MEMPHIS

MEMPHIS

TARA M. STRINGFELLOW

TORÐSILHAS
Rio de Janeiro, 2023

Memphis

Copyright © 2023 Tordesilhas é um selo da Alaúde Editora Ltda, empresa do Grupo Editorial Alta Books (Starlin Alta Editora e Consultoria LTDA).

Copyright © 2022 Tara M. Stringfellow.

ISBN: 978-85-7881-726-8.

Translated from original Memphis. ISBN 978-0-593-44677-5. This translation is published and sold by The Dial Press, an imprint of Random House, a division of Penguin Random House LLC, the owner of all rights to publish and sell the same. PORTUGUESE language edition published by Tordesilhas.

Impresso no Brasil — 1ª Edição, 2023 — Edição revisada conforme o Acordo Ortográfico da Língua Portuguesa de 2009.

Dados Internacionais de Catalogação na Publicação (CIP) de acordo com ISBD

S918m   Stringfellow, Tara M.

        Memphis / Tara M. Stringfellow ; traduzido por Carolina Candido. - Rio de Janeiro : Tordesilhas, 2023.
        320 p. ; 16 cm x 23 cm.

        Tradução de: Memphis
        ISBN: 978-85-7881-726-8

        1. Literatura americana. 2. Ficção. I. Candido, Carolina. II. Título.

2023-1257
                                  CDD 813
                                    CDU 821.111(73)-3

Elaborado por Odilio Hilario Moreira Junior - CRB-8/9949

Índice para catálogo sistemático:
1.! Literatura americana : Ficção 813
2.! Literatura americana : Ficção 821.111(73)-3

Produção Editorial: Grupo Editorial Alta Books
Diretor Editorial: Anderson Vieira
Editor da Obra: Rodrigo de Faria e Silva
Vendas Governamentais: Cristiane Mutûs
Gerência Comercial: Claudio Lima
Gerência Marketing: Andréa Guatiello

Assistente Editorial: Caroline David
Tradução: Carolina Candido
Copidesque: João Costa
Revisão: Evelyn Diniz e Renan Amorim
Diagramação: Rita Motta

ALTA BOOKS
GRUPO EDITORIAL

Rua Viúva Cláudio, 291 — Bairro Industrial do Jacaré
CEP: 20.970-031 — Rio de Janeiro (RJ)
Tels.: (21) 3278-8069 / 3278-8419
www.altabooks.com.br — altabooks@altabooks.com.br
Ouvidoria: ouvidoria@altabooks.com.br

Editora
afiliada à:

abdr
ASSOCIAÇÃO BRASILEIRA DE DIREITOS REPROGRÁFICOS

ASSOCIADO
CBL
Câmara Brasileira do Livro

Para a senhorita Gianna Floyd —

escrevi-lhe um conto de fadas negro
entendo se você ainda não estiver pronta
para lê-lo ou se sua mãe
lhe disser para esperar um pouco e
tudo bem este livro não vai
a lugar algum este livro estará aqui
para quando você o quiser
para quando tiver terminado de brincar
lá fora naquele mundo lindo e brilhante
que seu pai amava tanto criança,
é certo deixá-lo de lado
Deus sabe que não há alma nesta terra
que vá culpar você por sair por aí —
correndo rindo respirando

Durante anos neste país, não houve ninguém em quem homens negros pudessem extravasar sua raiva exceto mulheres negras. E, durante anos, as mulheres negras aceitaram essa raiva — até mesmo consideraram essa aceitação como seu indesejável dever. Mas, ao fazê-lo, elas revidavam com frequência, e parecem nunca ter se tornado a "verdadeira escrava" que as mulheres brancas veem em sua própria história. É verdade que a mulher negra fazia o trabalho doméstico, o trabalho penoso; é verdade que ela criava os filhos, muitas vezes sozinha, mas fazia tudo isso enquanto ocupava um lugar no mercado de trabalho, um lugar que seu companheiro não conseguia ou que o orgulho dele não lhe permitia aceitar. E ela não tinha nada em que se apoiar: nem masculinidade, nem branquitude, nem feminilidade, nem nada. E da profunda desolação de sua realidade, ela pode muito bem ter se inventado.

—Toni Morrison, "What the Black Woman Thinks About Women's Lib", *The New York Times*, 1971

O Sul tem algo a dizer.

—André 3000, Outkast, *Source Awards*, 1995

Árvore Genealógica

Hazel
n. 1921
c. 1943
m. 1985

Jaxson
n. 1957
c. 1978

Mirian
n. 1955
c. 1978

Joan
n. 1985

Mya
n. 1988

da Família North

Myron
n. 1922
c. 1943
m. 1955

August
n. 1963

Derek
n. 1980

Sumário

Parte I

CAPÍTULO 1

Joan

1995

A RESIDÊNCIA PARECIA HABITÁVEL. Mamãe apertou minha mão com força enquanto nós três a observávamos, nosso cansaço enfadonho destoando do brilho alegre à nossa frente.

— Meu pai, Myron, escolheu e colocou cada pedra da fundação dessa casa sozinho — sussurrou ela para mim e para Mya. — Com a paciência e o empenho de um homem totalmente apaixonado.

A casa baixa era um respiro nas sombras das ameixeiras, nada parecida com a fortaleza vitoriana de três andares que acabávamos de abandonar. Essa casa parecia, ao mesmo tempo, grande e pequena. Tinha tantas divisões diferentes que se espalhava em todas as direções, em um selvagem labirinto do Sul. Um longo caminho de acesso percorria a extensão do jardim, cortado ao meio por um portão pivotante de madeira. Mas o que fazia a casa respirar, o que dava pulmões à casa, era a varanda da frente. Largos degraus de pedra levavam a uma varanda coberta por uma densa trepadeira, madressilvas e glórias-da-manhã. Acima da varanda, meu avô ergueu um pergolado de madeira. Os raios de sol surgiam entre as vinhas verdes e placas de madeira que faziam da varanda uma confusa estufa. As madressilvas atraíam beija-flores do tamanho de bolas de beisebol; eles flutuavam sobre o dossel em tons de anil, esmeralda e vinho. Da varanda, era possível ver os gatos, dezenas deles, talvez, um número impossível exceto pelo que uma rápida contagem me revelou. Alguns dormiam em pilhas que pareciam bastante macias, enquanto outros estavam sentados no topo do dossel verde, balançando as patas na direção dos pássaros. Abelhas do tamanho de punhos zumbiam por aí, polinizando as glórias-da-manhã, conferindo ao jardim a sensação de que a própria vastidão verde estava viva, zumbindo e se movendo. Foram as borboletas que consolidaram minha fascinação. Pequenas e da cor de lavanda, elas dançavam no dossel. As borboletas eram violetas-africanas que ganharam vida. Era o toque final para uma sinfonia do Sul toda conduzida em um lote de mil metros.

— Agora não, Joan — disse mamãe, suspirando.

Eu havia tirado meu caderno de desenhos do bolso e já estava me remexendo à procura do pedaço de carvão em alguns dos muitos bolsos do meu macacão Levi's. O meu caderno de desenhos maior, minhas telas em branco do tamanho de xícaras de chá, meus pincéis, tintas e óleos estavam todos rigorosamente embalados no carro. Mas mantinha o caderno menor sempre comigo. O tempo todo. Aonde quer que fosse.

Eu queria capturar a vida da varanda da frente, estampá-la em meu caderno e em minha memória. Uma rápida paisagem. Levaria apenas alguns minutos, mas mamãe estava certa. Estávamos todas exaustas. Até mesmo Loba, que dormiu na maior parte da viagem. O rosto de Mya não demonstrava seu resplendor usual, e guardei meu caderno de volta no bolso traseiro, um pouco derrotada. Quando segurei sua mão, ela estava quente e enfraquecida.

Mya, mamãe e eu subimos os largos degraus de pedra de mãos dadas. Minhas lembranças de quando estive ali eram vagas e distantes — eu tinha apenas 3 anos de idade, e parecia ter sido muito tempo atrás —, mas podia me lembrar de sentar na varanda e servir leite para os gatos. Lembrava da mamãe me alertando para não derrubar o leite, o que sempre acabava por fazer. A risada dela, também — o som, semelhante ao de sinos da felicidade feitos de conchas, vindo de dentro da casa enquanto eu brincava com os gatos, ecoava em minha mente de anos atrás. E a porta, eu me lembrava dela. Era uma besta enorme. Uma cabeça de leão dourada com uma argola cor de ouro no nariz ficava no meio da porta de madeira, pintada em amarelo vivo. Precisava desenhar essa porta, mesmo que tivesse que passar meses, anos, procurando as nuances perfeitas. Era tão magnífica quanto aterrorizante. Ao bater, ao abrir a porta, eu sabia que deixaríamos sair toda a espécie de fantasmas.

Mamãe ergueu o braço, segurou a aldrava e bateu três vezes.

Uma gata malhada roçava em zigue-zague nas pernas de Mya, miando suavemente.

Mya soltou minha mão para poder acariciar o pelo da gata, murmurando com gentileza para ela.

Loba ficou no carro. Mamãe explicou que ela teria que entrar pelo quintal de trás, para que não ficasse tentada a atacar toda a vida selvagem vagando na parte da frente. Ela estava no banco de passageiro com a janela aberta. Não pularia para fora do carro; era grande demais para isso. Parecia mais um mamute do que um cachorro. E, apesar de ser bastante amigável com todos os cachorros, suspeitava de todos os humanos que não eram da família. A curva de seus lábios e os dentes à mostra eram o suficiente para fazer com que grande parte dos homens adultos corresse para o outro lado da rua. Quando filhote, Mya a chamava de "Cavalo" em vez de "Loba". Loba a carregava, Mya puxava suas orelhas como rédeas, e Loba não se importava. As pernas roliças infantis de Mya se agarravam ao grosso pelo de Loba. Loba aprendeu a exigir esses passeios. Ela incentivava Mya primeiro com uma lambida no rosto inteiro, fazendo-a fechar os olhos, seguida por uma mordida gentil na ponta do nariz de Mya, avisando-nos que estava pronta para ser montada.

Agora, Loba havia colocado a grande cabeça coberta de pelo cinza para fora da janela da van e rosnava, baixo. Ela sentiu a porta da frente se abrir antes de nós. Quando mamãe ergueu a mão para bater de novo, a porta amarela se abriu, revelando tia August. Seus cabelos estavam presos em grandes bobes rosa, do tipo que já vi em fotos antigas de meninas pinup, e ela vestia um longo quimono de seda cor de creme, com garças da cor do pôr do sol bordadas na frente, levantando voo sobre uma piscina verde. O quimono parecia ter sido amarrado às pressas: uma gravata masculina cor de beterraba casualmente mantinha o tecido preso, quase incapaz de esconder os seios fartos e quadris que pareciam querer escapar por entre as dobras. Minha tia ficou parada, piscando sob a viva luz da manhã, com uma expressão de resignação e exaustão em seu rosto que fazia com que ficasse parecida com mamãe.

— Que guerra vocês perderam? — perguntou tia August.

Minha tia parecia a versão mais alta e majestosa da mamãe. Tia August tinha quase um 1,80 metro de altura. Eu havia lido as histórias de Anansi. Sabia que os vilarejos antigos costumavam enviar para batalhas as mulheres altas como árvores e mais ferozes do que Deus. Se mamãe era Helena de Troia, August era Asafo. Ela parecia não ter fim, parecia ter a mesma altura que a porta. Tinha quadris do tipo que escultores gregos passariam meses talhando, grandes e arrojados e amplos. Sua pele era notavelmente escura, ainda mais escura que a minha, de modo que senti certo orgulho. Sempre invejei mulheres de pele escura como a dela. Havia certo mistério na beleza delas que me hipnotizava, como sereias. Era raro que aparecessem na *Jet*, *Ebony* ou *Essence,* as revistas que assinávamos, a não ser que fossem famosas — a mãe de *Um maluco no pedaço,* Whoopi

Goldberg, Jackie Joyner, Oprah. A maioria das mulheres negras que o público dizia ser bonita se parecia com mamãe. Barbies negras. Mais claras. Cabelos mais cacheados do que crespos. Corpo esguio. Então, quando minha tia August abriu a porta e eu vi que a pele dela era tão escura que refletia todas as outras cores que nos cercavam — o dourado da luz da manhã, o amarelo da porta, o alaranjado da gata malhada se enrolando nas pernas curtas de Mya —, eu sabia que a tia da qual mal conseguia me lembrar era, por si só, um pequeno e delicioso milagre.

— Tem comida na geladeira? — perguntou mamãe.

August abriu mais a porta, assimilando o espetáculo em frente a ela.

— O papa é católico?

Mamãe deu de ombros.

Eu conseguia ouvir Loba rosnar de novo acima do burburinho e dos zumbidos das abelhas e dos beija-flores.

— Por Deus — disse August, então, em um sussurro —, está tão ruim assim?

— Vou ficar com meu quarto antigo se puder — disse mamãe.

Tia August se remexeu nas profundas dobras de seu quimono de seda, o rosto contraído numa leve irritação por alguns instantes. Como se uma parte de seu corpo coçasse e ela não conseguisse alcançar. Do bolso do quimono veio o inconfundível pacote verde e branco do cigarro de menta da marca Kools, e foi possível perceber o alívio no rosto de tia August. Aquele pacote de cigarros. Senti uma pontada afiada em minhas costelas, como se uma delas estivesse faltando. O papai fumava Kools. Pega religiosamente o maço verde e branco e o batia contra o joelho algumas vezes, antes de retirar e acender um dos cigarros, perguntando se Mya e eu queríamos ouvir outra história de fantasmas.

Em uma série de movimentos hábeis, August removeu um cigarro e posicionou o isqueiro com a outra mão, pronta para atacar. Ela apontou com o cigarro, primeiro para Mya e então para mim.

— E as meninas? — O olhar dela pareceu repousar mais tempo em mim do que em Mya.

— Juntas. No quarto de costura — disse mamãe, sua voz em um tom agudo que soava quase defensivo, mas com algo a mais que não consegui decifrar.

August, com a rapidez de uma serpente, esticou a mão e agarrou o queixo da mamãe em sua palma, virando o rosto dela de um lado para o outro.

— A base não está no tom certo — observou ela.

Então, tia August perdeu sua compostura. Um lampejo de raiva rapidamente se converteu em lágrimas, e seu rosto se contorceu como o de Mya quando disseram que ela não podia abrir as bolachas de água e sal dentro do supermercado. August foi na direção da mamãe, com todo seu quase 1,80 metro colapsando, inclinada como uma palmeira desgastada nos braços da irmã.

— O que diabo aconteceu com você, Meer? — perguntou August, soluçando nos cabelos da mamãe.

— Mãe, quem são elas?

Era uma voz masculina. Não de um adulto, mas de alguém prestes a se tornar um, em uma masculinidade crescente. Isso nos chocou. Não ouvíamos uma voz masculina havia dias, com exceção de Al Green em todas as rádios e do homem branco no posto de gasolina a meio dia de viagem. Era como se um predador de repente tivesse anunciado sua presença em nosso pequeno refúgio seguro.

Um menino, quase tão alto quanto August, mas com um corpo mais delgado e novo, apareceu na soleira da porta, bloqueando a entrada.

Ele não se parecia conosco. Não tinha as bochechas altas, o lábio superior levemente arrebitado, a grande testa que todas as outras pessoas da minha família tinham. Sua pele tinha um tom marrom-acobreado que parecia um pouco diferente para mim, como conhecer alguém de uma tribo completamente diferente.

Mas eu o reconheci. Meu primo Derek. E, naquela fração de segundo, eu também me lembrei do que ele havia feito comigo — uma memória que havia esquecido após todos esses anos, voltando de repente para mim com uma força que não conseguia conter.

— Derek — disse tia August, soltando o ar do cigarro — essas são as suas primas. Essa é a Mya — falou, apontando com o cigarro. — A Mya era recém-nascida da última vez que vocês vieram aqui. E essa é a Joan.

— Derek, você é tão alto quanto sua mãe. Quantos anos você tem? — perguntou mamãe.

— Quinze — respondeu ele, estufando o peito.

— Quase um homem — constatou ela, falando baixinho.

No caminho até Memphis, eu havia notado cervos espiando na floresta, ao longo da rodovia. Enquanto comíamos sanduíches de atum sentadas em um banco de parque em uma das paradas a oeste de Knoxville, alto nas Montanhas Smoky, uma família de veados veio bem à nossa mesa. Mamãe colocou o dedo indicador por cima da boca, sinalizando para fazermos silêncio. Não dissemos nada, mas fiquei sentada boquiaberta enquanto Mya, corajosa e graciosa, estendeu a mão com um pedaço de maçã. Um pequeno cervo a arrancou como Eva deve ter arrancado aquela maçã. Sem pensar demais. Puro desejo. Depois, no carro, mamãe explicou que os cervos vêm na sua direção se você ficar em silêncio ou se estiver cavalgando. Eles só nos temem quando os caçamos. Mas se ficar em silêncio em meio a eles, é quase como se você fosse invisível. Você se mistura com a natureza em volta do cervo.

Vendo Derek agora, eu queria desaparecer em meio à flora e a fauna da varanda da frente e do jardim. Os gatos caçando os pássaros, os beija-flores competindo com as abelhas para poder sugar o mel — tudo isso fazia sentido para mim. Havia uma ordem lógica em meio ao caos. Mas ninguém, nem mesmo Deus, poderia sentar aqui e explicar para mim porque aquele menino havia me imobilizado no chão do quarto dele sete anos antes.

August se afastou da mamãe, respirando com dificuldade.

— Bom, entrem, todas vocês — disse ela, com um novo afeto na voz que parecia ter resultado do abraço. — Sem ficar paradas aqui, como se fossem vendedoras, como se não fôssemos parentes. Andem, vou esquentar algo para vocês comerem. Fiz costeletas de cordeiro ontem de noite. Podem se servir — prosseguiu, secando os olhos nas mangas do quimono. A emoção fez suas mãos tremerem um pouco quando ela finalmente acendeu o cigarro.

— É sexta-feira — disse mamãe. Sua voz soava baixa, exausta.

— E daí? — perguntou Derek.

August bateu com força na nuca de Derek.

— Olha com quem você está falando. E como. Meer, vocês vão comer carne, comer até se fartar hoje, pelo amor de Deus. — Derek passou por ela, para o cômodo escuro atrás da porta.

Eu não iria, não podia, me mover.

— Joanie? — perguntou mamãe. — Você está bem?

De repente, senti as mãos de mamãe nos meus ombros e pulei quase um metro no ar.

Tia August parou no patamar, um pé para dentro.

Eu não conseguia tirar meus olhos da escuridão do corredor atrás dela, nem mesmo para olhar para mamãe. O breu começou a tomar minha visão; eu percebia, vagamente, que estava segurando a respiração. Ele estava ali, em algum lugar. Do lado de dentro, ouvi o relógio de piso marcar a metade da hora.

— A menina não fala? — perguntou tia August.

Meu coração pulsava em minhas orelhas. Então...

— Meu Deus! — disse August, levando uma mão à boca. Ela apontou o cigarro acesso para a perna da minha calça.

O focinho do leão na aldrava da porta parecia zombar de mim. Eu me sentia paralisada, como se fosse passar o resto dos meus dias parada naquele lugar na varanda da frente até me transformar em uma trepadeira e me tornar mais uma vinha para as abelhas explorarem. As abelhas — o zumbido vinha de longe agora. Eu percebi, como se estivesse distante, que o volume do mundo inteiro parecia ter sido abaixado. Exceto pelo meu coração batendo forte em advertência.

— Joanie? — Mamãe me virou com tanta força que quase tropecei. Seus olhos grandes tinham salpicos de amarelo nele, que capturavam os raios de sol por entre as vinhas, o brilho repentino ofuscando meus olhos. Senti algo quente descer pela minha perna esquerda, um calor molhado que logo se tornou gelado. Era xixi, percebi, sentindo-me um tanto surpresa, como se estivesse observando o corpo de outra pessoa, a vida de outra pessoa. Eu nem ao menos me senti envergonhada. Mamãe me sacudia com força.

— Ela só está exausta — disse, agora olhando nos meus olhos. — Nossa viagem foi muito longa. — Eu senti os olhos de Mya em mim, vigilantes.

— Bom, vocês estão em casa agora — afirmou tia August, a voz um pouco mais alta do que antes. Soava quase como uma pergunta ou talvez uma prece.

— Vamos lá, Joanie — encorajou mamãe com suavidade, com a mesma voz que eu me lembrava que ela usava para acalmar Mya quando ela era apenas um bebê. — Você precisa se limpar. — Em uma voz mais alta, como se respondesse a uma pergunta, ela disse: — Mya, pode ir.

Tia August esticou uma mão. Mya olhou para mim, então para mamãe, então para mim de novo e, por fim, deu a mão para nossa tia e foi com ela para dentro.

Parecia impossível que eu voltasse a me mover. Pensei que fosse morrer bem ali. Até esperei que isso acontecesse. Exceto que... Mya.

— Venha, Joanie. — Mya havia se virado novamente. Mya. Minha irmã mais nova. Sete anos de idade e, ainda assim, destemida. Algo pequeno fez com que a vida retornasse ao meu corpo. Poderia não conseguir me mover um centímetro por mim mesma, mas por Mya... eu me forcei a dar um passo e depois outro. Não permitiria que ela entrasse lá sem mim. Eu tinha que, ao menos, ser uma fortaleza por Mya.

Entrei, as mãos da mamãe ainda nos meus ombros.

Dentro, a sala de estar era uma continuação da varanda da frente. Havia folhagem por toda parte. O papel de parede preto com peônias cor-de-rosa pintadas à mão cobria as paredes altas e subia uma alta viga octogonal no centro do ambiente. As janelas eram do tipo que eu já vira em filmes antigos sobre a máfia ambientados em Chicago, os cantos revestidos com vitrais coloridos salpicados com intricadas vinhas cor esmeralda e violetas roxas, lançando uma luz cravejada de pedras preciosas no quarto. Depois de me ajustar à melodia da escuridão e da luz, o contraste do papel de parede preto com o brilho das peônias pintadas, o sol da manhã batendo nos vitrais na medida certa, fazendo as trepadeiras dançarem no chão em um arco-íris de luz —, meus olhos observaram os móveis. A sala estava cheia de antiguidades: um telefone de disco com cabo de pérola que pousava acima de um pequeno aparador de aparência vitoriana; jarros cheios de pássaros amarelos empalhados; as mesmas borboletas azuis que eu havia visto do lado de fora, mas pregadas em um pergaminho e emolduradas em vidro; uma vitrola; um piano.

— Uau! — Mya deixou escapar.

Um tapete persa desgastado se esticava à nossa frente, em direção a uma lareira de tijolos. Era ali que Derek estava parado.

O olhar de Derek se moveu com rapidez em três direções; para mim, para minhas calças molhadas e, então, para o chão, onde ficou. Eu via agora que ele tinha os mesmos olhos semelhantes aos de um cervo que todas nós tínhamos. Prova de que ele era nosso parente. Eu odiava esse fato. Que ele pertencia a nós — a mim. Senti a bile se remexer em minha barriga e engoli com força para mantê-la onde estava.

Quando os olhos de Derek se voltaram para minha direção, vi que ele parecia diferente e familiar ao mesmo tempo. Seus cabelos estavam em um corte fade curto que, odeio admitir, era atraente nele.

— Oh, olha esses móveis antigos! — exclamou Mya, sumindo. Ela correu para os cantos e esconderijos escuros da sala de estar e do saguão adjacente, explorando. Por mais que fosse corajosa, ainda tinha 7 anos de idade. Adorava se esconder em um bom armário.

Abandonados na sala octogonal, mamãe ficou parada atrás de mim e tia August atrás do filho. Ninguém falou pelo que pareceu uma eternidade.

O silêncio se acomodava no ambiente como uma neblina densa. Eu podia sentir meu próprio sangue queimando e correndo em minhas veias. Sentia a umidade fria da perna da minha calça.

— É melhor nos limparmos primeiro — concluiu mamãe, que me guiou, com gentileza, até o banheiro.

Era estranho que eu tivesse feito xixi sem perceber. Porém, mais do que o xixi fazendo minha perna ficar fria, mais do que a tontura e as reviradas doentias de meu estômago, mais do que qualquer vergonha detectável, senti uma emoção completamente nova. Enquanto minha mãe me ajudava a tirar as roupas com uma delicadeza que só aumentava meu medo, entendi porque o primeiro pecado na terra fora um assassinato. Entre parentes.

CAPÍTULO 2

Miriam

1995

A NÉVOA AZUL SE AGARRAVA às montanhas como um xale de renda. Miriam deduzira que elas seriam cinzas — as montanhas Smoky. A imensidão azul a deixou atônita. Ela ergueu o braço direito. A habitual cor de caramelo parecia tênue. Nenhuma cor era capaz de competir com a glória azul das montanhas do Tennessee. Estava em casa, ou perto dela. Naquela manhã, ela pensou ter sentido o cheiro de Memphis — a baforada de um perfume familiar em um restaurante lotado. *"Vamos conseguir"*, pensou ela, *"vamos conseguir"*. Ela trancou a van Chevrolet Astro de 1992 com as duas crianças e uma cadela husky.

— Esperem aqui.

Quatro olhos castanhos a encararam de volta, olhos famintos por uma resposta, por estar em casa. Eles faziam Miriam se lembrar de soldados perdidos.

Ela andou devagar na direção do posto de gasolina Exxon. Bastante consciente de seus arredores. A única mulher negra em quilômetros, ela sabia. Um cume de montanha se erguia como um tsunami à frente dela. Um azul que faria inveja a qualquer oceano, pensou ela. *"Quase em casa, Meer. Quase em casa."*

Quando ela abriu a porta do posto, um sino da felicidade cantou acima dela.

— Bom dia, mocinha.

— Bom dia.

— Como posso ajudar?

Ele sorriu. *"Um bom sinal"*, pensou ela. Sem nenhuma malícia detectável. Ele era redondo, carnudo, mas pequeno. Outro bom sinal. Poderia correr mais rápido do que ele se fosse preciso. As chaves estavam no bolso de trás. Ela alcançaria a van, as crianças, em bons quinze segundos, no máximo. Então, era rezar para que a porcaria da van pegasse. Rezar. Colocar na primeira marcha.

Ele usava os longos cabelos prateados penteados para trás em um rabo de cavalo e acariciava o cavanhaque grisalho quando anunciou, alegre:

— Você é minha primeira cliente esta manhã. Está muito cedo. Para onde vai?

— Memphis.

Ele deixou escapar um assobio.

— Você sabe que ainda tem boas dez horas pela frente? Acha que está pronta para isso?

— Estarei. Olha, o ar-condicionado não para de piscar. Liga e desliga. Liga e desliga. Queria saber se você entende de carros.

Ele deixou escapar outro assobio.

— Mocinha, se tem quatro rodas, eu não preciso nem de volante para dirigir a coisa. Se máquinas de lavar tivessem rodas, ia pintar a minha de vermelho e chamar de Long Tall Sally, como a velha canção de Little Richards. A *única* coisa em que sou bom, minha esposa diz. Que tipo de carro?

Miriam sorriu. Ela não podia evitar. Ele tinha pronunciado "máquina" como se tivesse um *r* em algum lugar no meio. *"Quase em casa"*, pensou ela.

— Um Chevrolet Astro. De 1992. Câmbio manual.

— Mocinha, você vai dirigir com câmbio manual até Memphis?

Ela relaxou. Esse homem branco era bom. Tão bom quanto um homem branco pode ser.

— Bom, eu rezei para criar asas, mas o bom Deus só deu risada.

— Bom, não tem ninguém aqui. Vamos dar uma olhada nessa danada irritadinha. Se você quiser. — Ele ergueu as mãos, as palmas viradas para frente. — Não posso prometer nada. Mas com certeza vou tentar meu melhor para uma mocinha como você.

O pescoço de Miriam tensionou, os nervos se expandindo e contraindo.

Ele desceu do banco em que estava sentado, deixando escapar pequenos grunhidos a cada curta mudança de peso. Apontou um dedo indicador gorducho na direção da porta.

— Primeiro as damas.

As montanhas haviam assumido um tom prateado como a lua que fez com que Miriam parasse ao se virar.

— Uma vista e tanto, não é? Mesmo depois de todos esses anos, ainda não me acostumei. Montanhas. Como é que elas surgiram? Às vezes fico sentado na loja o dia inteiro pensando nisso. Não faz sentido para mim que alguém possa questionar a existência de Deus quando acorda com montanhas como essas todas as manhãs. Toda a prova de que preciso. Você tem filhos? — Ele apontou o dedo grosso para uma cortina na van que se fechou de repente. Aqueles pares de olhos castanhos, observando tudo.

Miriam assentiu.

— Marido também. Vamos encontrar com ele em Memphis. Tem uma base da marinha lá. — A mentira era como um doce em sua boca.

— Seu homem é militar, então?

— Um oficial e um cavalheiro. — Ela quase riu de si mesma. Então, quase ergueu a mão para a sobrancelha esquerda, ainda sensível, coberta com uma base barata da Maybelline que não era do seu tom porque nenhuma farmácia jamais tinha base em seu tom. Ela apontou com a cabeça para o teto da van branca. Tão grande que as crianças a chamavam de "a Casa Branca". Tão incômoda que ela a havia batizado de "os Reagans".

— Você consegue consertar?

Ele estava nas vísceras da van. Ela espiou por cima da figura troncuda. Então...

Ela não ouviu a porta do lado do passageiro se abrir devagar, apenas um pouco, ou o pequeno tamborilar dos pés. Mas ouviu o rosnado.

Loba estava a um metro de distância, Mya atrás dela. A filha mais nova. Mya se erguia em pernas que não tinham nem 7 anos de idade. Loba, da cor da neve no topo das Montanhas Smoky, se abaixou e mostrou dentes brancos brilhantes e gengivas rosadas manchadas de preto.

O homem branco se virou. Parecia horrorizado.

— Loba, volte para o carro. Mya, você também. — Miriam ergueu seu braço negro, apontando para a porta de passageiro.

— Mulher, você tem uma arca de Noé completa.

— Quem é ele, mamãe? Onde está o papai? — perguntou Mya.

— Venha. — Miriam viu Joan esticar a pequena cabeça pela janela.

— My. Loba. Venham. *Agora.*

Miriam teria sorrido se a pergunta de Mya não tivesse feito os músculos de seu pescoço atingirem um nível completamente novo de tensão. O tom de Joan era agudo. Mya obedeceu a irmã mais velha. Loba se afastou, sem tirar os olhos do homem branco. Desconfiada. Protetora. Um forte rosnado se formava em suas papadas. Mya seguiu, apesar de Miriam perceber que ela parecia relutante.

O homem branco se virou mais uma vez para as vísceras da van.

— Vê isso aqui? Isso é a válvula de vácuo. Está vendo esses buracos? Tudo que preciso fazer é colocar fita adesiva neles. Entre a carne e Deus, a única coisa que o homem precisa é de fita adesiva. Salvou a tripulação da *Apollo 13,* sabia? Seu marido é piloto?

— Quem me dera ter essa sorte. Ter aquele homem no espaço em vez de Memphis. — O sabor agridoce em sua boca havia se dissolvido. Miriam se surpreendeu com a verdade que revelou.

O homem branco parou de trabalhar. Cruzou os braços na frente do corpo e se acomodou, encostado na van.

— Minha mulher tem Alzheimer. Ela já não sabe mais quem é. Me chama no meio da noite. *O que eu sou? O que eu sou?* Eu amei aquela mulher durante trinta anos. Nem todos foram bons. Mas estivemos juntos. Juntos. Aposto que, se ela estivesse em Marte, eu ia equipar aquele caminhão para me fazer chegar lá. — Ele suspirou. — Vem aqui, olha só, está vendo isso? Se sair de novo, empurre assim.

Dez minutos depois, Miriam estava de volta ao assento do motorista, saindo do posto de gasolina, a mão erguida para acenar ao estranho em agradecimento. As quatro pequenas palmas negras de suas filhas pressionadas contra as janelas em agradecimento. Ele ergueu um braço, despedindo-se.

O ar-condicionado estava funcionando perfeitamente. As meninas podiam respirar de novo. Loba parou de ofegar, aconchegou-se perto dos pés de Mya e dormiu. A tensão do encontro já havia ficado para trás, e Miriam se viu usando as costas da mão para enxugar as lágrimas. Tentando esconder as fungadas. Mas ela sabia que as meninas sabiam. Entendiam o impacto da viagem que estavam fazendo sem o pai. Sua voz falhou quando disse, quase inaudível acima de Al Green:

— Estamos quase lá, pessoal. Estamos quase lá.

Ela pensou em onde poderiam parar para almoçar. Com sorte, haveria um lugar dentro de uma ou duas horas onde poderiam pedir algo para viagem. Preferiria parar em algum lugar para comer, mas Joan se recusava a comer dentro da maioria dos restaurantes. A mostarda. Ela não chegava perto do molho. E se recusava a dizer algo a mais ou entrar. Ficava apenas sentada no carro com Loba, esperando.

Miriam deixou sua mente voltar para o dia anterior. O jardim estava cheio. Armários, baús, elefantes de jade, uma variedade de blocos de madeira de gueixas japonesas e um fogão de ferro fundido — em que qualquer mulher do Sul teria orgulho de fazer biscoitos — cobriam o gramado.

Os vizinhos. Miriam se lembrou do choque e temor em seus olhos, das bocas abertas, das mãos que as cobriam para esconder a consternação. Tudo que ela tinha estava à mostra. Uma antiga batedeira de madeira com alça de pérolas custava US$20. Como se Miriam estivesse ela mesma à mostra no jardim em um quimono aberto, com os seios à mostra e completamente exausta.

Os vizinhos — especialmente as mulheres, Miriam relembra — balançavam as cabeças. Ela sabia que estavam pensando no baile da noite anterior. Quem não se lembraria de quando Miriam apareceu usando um vestido de paetê dourado com sapatos de salto alto de um vermelho vivo? Ela tinha certeza de que eles pensaram que era porque Jax havia sido promovido a major.

O pescoço dos vizinhos virava de um lado para o outro e, como pombos famintos, procuravam pelo major. Mas ele não estava à vista. Somente as filhas dele. As meninas. Mya, pequena, menor do que Loba, vociferando em cima de uma penteadeira que elas venderiam por apenas US$10.

E então havia a Shelby. Dormindo como uma fera preta bem no começo do jardim. Todo o regimento, dos generais aos de primeira classe privada, sabia que Jax amava aquela pantera negra tanto quanto, se não mais do que, a corporação. Mais do que as porcelanas, os móveis ou a ausência de Jax, era o cartaz na janela do Mustang de 1969 que proclamava que a tempestade que era o casamento de Miriam e Jax havia por fim acabado. Em letras garrafais da mesma cor que o batom rosa de Miriam, o cartaz dizia apenas GRÁTIS.

O ar-condicionado da van quebrou novamente quando chegavam a Sugar Tree, Tennessee. Miriam estacionou o Chevrolet em uma parada solitária encoberta por uma nogueira antiga. Enfiou os braços fundo nas entranhas da van e a consertou sozinha, a nogueira acima de sua cabeça pesada em seu esplendor verde.

CAPÍTULO 3

Miriam

1978

Miriam não ergueu os olhos do romance que lia quando o sino acima da porta da loja de discos anunciou a entrada de um novo cliente. Era tudo que podia fazer para não revirar os olhos. Ela deu uma mordida no pêssego que segurava, enterrando ainda mais o rosto em seu Brontë. Não gostava de trabalhar na loja de discos e não gostava muito de trabalhar. Preferia estudar. Química. Física. Anatomia. Aquele era um trabalho de verão — temporário, apenas para ajuntar algum dinheiro entre a formatura da faculdade e o início dos estudos na escola de enfermagem naquele outono.

A loja de discos era decadente e empoeirada, com paredes repletas de capas de álbuns de vinil: uma sorridente Bessie Smith, uma desamparada Roberta Flack, e o *Sgt. Pepper* dos Beatles. Pilhas de discos excedentes se alinhavam em três lados da loja, e no quarto ficava uma mesa alta de recepção. A luz da tarde entrava pelas janelas altas, criando longas diagonais de poeira flutuantes.

Miriam usava os cabelos em um penteado afro largo e crespo que rivalizava com o de Diana Ross. Sua auréola de cachos apertados balançava a qualquer pequeno movimento de sua cabeça. Com exceção de seus cabelos, ela era uma cópia exata da mãe. Seus seios haviam crescido, não muito, mas o suficiente para chamar a atenção. A beleza de suas formas estava em seus quadris — tão largos e acolhedores quanto uma varanda frontal. E, ainda assim, Miriam sabia, os homens costumavam achá-la o oposto de acolhedora. Era indiferente às cantadas, convites e visitas que faziam à sua casa. Dava de ombros ao receber elogios ou inclinava a cabeça, confusa, entrando de volta em casa, murmurando para si mesma que homens eram criaturas estranhas.

— Você tem EJ?

Miriam não queria erguer os olhos da página do livro. Heathcliff retornara, vitorioso e furioso. Catherine, grávida, estava doente.

— Deus, se essa mulher morrer... — falou.

— Você sabe, EJ! EJ? Elton John. *"Beh-beh-beh-Bennie and the Jets."*

Miriam revirou os olhos. Ela com certeza não se importava se esse preto estava perguntando por Elton John ou pelo Papa. Ela inclinou a cabeça para a direita, os olhos profundamente presos ao livro.

— Ali... em... cima — anunciou devagar, separando as palavras, fazendo questão de demonstrar sua irritação.

— Vidrada no livro, hein? Eu entendo. É um baita livro. Tenho certeza de que Heathcliff era negro.

Miriam ergueu seus olhos castanho-escuros do romance e os fixou no estranho em frente a ela. Miriam — que sempre encarava os homens como excentricidades e aborrecimentos inevitáveis, nada além de picadas de mosquito no verão, mariposas que se enfiavam nos peitos nos meses de inverno, a poeira que se acomodava em cima dos livros — sempre indiferente às armadilhas dos homens, caiu em um amor profundo, de queimar os ossos, no momento em que seus olhos de cervo encontraram aqueles do jovem rapaz em frente a ela.

Ela nunca havia visto alguém tão escuro. Ele era da cor de uma rua solitária no meio da noite. Quase anil. Tinha um nariz largo que se tornava um bulbo na ponta e lábios grandes que se curvavam em uma ponta fina no topo. Era tudo que Miriam podia fazer para não beijá-los. E os cabelos dele — Miriam se deteve de passar sua mão por eles. Ela percebia que seus cabelos eram crespos porque, apesar de estarem em um corte curto, ondas alisadas com gel brilhavam sob a luz matinal da loja.

Analisando o homem por completo, Miriam sentiu algo dentro dela se agitar. Ele usava o mesmo uniforme do Corpo de Fuzileiros Navais que o pai dela havia usado. Camisa cáqui, peitoral esquerdo resplandecendo com distintivos detalhando onde ele havia sido alocado, as medalhas que havia recebido. Calças verde-escuras, um chapéu de pano dobrado e enfiado no cinto. A mãe dela ainda engomava os uniformes antigos do pai a cada dois meses. Ela surpreendeu a mãe colocando todos os uniformes na cama de trenó e os encarando por horas, antes de os guardar mais uma vez.

Miriam sabia que deveria responder ao jovem, mas, pela primeira vez em sua vida, havia perdido o poder de falar. Pensou que, se falasse, apenas gaguejaria e deixaria escapar pedaços de palavras. Ela sentou e o encarou, a boca entreaberta e piscando. Sentiu o rubor começar e se espalhar pelas pontas dos dedos.

— Então... — disse o homem, devagar. Ele se remexia nos pés, as mãos enfiadas nos bolsos. — Preciso dizer, e espero que você não se importe. Deve ouvir isso o tempo todo. Mas você tem os olhos mais bonitos que já vi. Eles fariam a Miss Diana Ross ficar em segundo lugar. Olha só, sou novo em Memphis. Bom, Millington. Estou na base de lá. Acabei de me tornar primeiro-tenente. Desculpa. Sinto que estou falando sem parar. Eu falo muito, Mazz sempre diz. Mazz, Mazzeo, Antonio Mazzeo. Por Deus, eu estou fazendo sons de abelha para você. *Mazz. Mazz.* Ele é um amigo meu lá na base. Olha só, o que você vai fazer amanhã? Sábado de noite? Desculpa, você deve saber que amanhã é sábado. Não precisa que eu diga. Enfim. Alguns de nós vamos para o Clube dos Oficiais. É legal, eu prometo. E terão outras garotas lá. Desculpa, outras *mulheres*. Namoradas e esposas. Não que eu esteja pedindo você em casamento. Já disse que falo demais? Olha só, é sempre quente assim por aqui? Como você consegue sobreviver?

O sorriso tímido dele, a risada nervosa, a forma como ele passava os dedos entre as suaves ondas dos cabelos enquanto falava sem parar fizeram Miriam se tranquilizar. Talvez, quem sabe, o Cupido tenha acertado sua flecha nos dois.

Miriam endireitou-se na cadeira, arrumando a postura dos ombros. Tentou disfarçar o longo suspiro que saía de seus lábios trêmulos. Ela mordeu o lábio. Ergueu uma página de seu romance e dobrou-a para marcar.

— Você está em Memphis, agora. Nada de EJ — disse ela, levantando-se de onde estava sentada. — O único branquelo que ouvimos aqui é de Tupelo.

Ela abriu a pequena porta pivotante que a mantinha atrás do balcão. Certificou-se de balançar os quadris enquanto andava pelos corredores abarrotados da pequena loja de discos. Fez questão de se esfregar contra a manga cáqui do homem o tão leve quanto pode.

— Bem — prosseguiu ela, pausando e chamando-o por cima do ombro, — você não vem?

Eles passaram o resto do turno de Miriam remexendo os discos de Elvis, contando histórias de suas vidas, trocando olhares tímidos e se apaixonando. Falando sobre Hemingway, Fitzgerald e Faulkner, eles concordaram que nenhum deles, nenhum desses branquelos, poderia escrever uma frase tão boa quanto Zora Neale Hurston.

Ele contou tudo para ela. Como havia saído de Chicago. Fora recrutado, o que surpreendeu até mesmo o irmão gêmeo, Bird. Mas precisava sair daquela cidade. Precisava. Bird acabou por entendê-lo. Ambos haviam nascido no ano da pandemia da gripe aviária de 1957 que matou milhares. Mas não a mãe deles. Marvel deu à luz seus gêmeos em uma frígida noite de novembro, tossindo devido ao vírus. Ele contou como havia sido criado no regimento. Chegou do programa de aceleramento de oficiais em Quantico, Virginia, para ser alocado como o primeiro tenente em Millington. Menos de meia hora de distância. Havia chegado em maio e encontrou Memphis a todo vapor. Memphis em maio lembrava-lhe a ode de Coleridge a Xanadu — majestosos prédios antigos se transformaram em enormes casas de plantação com varandas ao redor de cada um dos andares, e a magnificência do rio Mississippi faria com que qualquer santidade do rio Alph se envergonhasse. Magnólias brancas floresciam, exalando aromas tão perfumados quanto de madressilvas. O ar era espesso com plantas. Durante as noites, independentemente do dia que fosse, ele podia sentir o cheiro do churrasco assando em defumadores quentes e, às sextas-feiras, o cheiro de inúmeros peixes sendo fritos permeava o ar úmido, crepitando. Havia música. Sempre havia música em Memphis. Velhos gramofones, Cadillacs estridentes e rádios caseiros de madeira, em formato oval, estavam sempre, sempre, ligados e no último volume, e ele ouvia as vozes que fariam o Arcanjo Gabriel corar — Big Mama Thornton, Furry Lewis, o longo e imortal lamento de Howlin' Wolf. Jax percebeu que os pretos de Memphis andavam empertigados. Não que os negros em Chicago também não o fizessem, mas Jax apenas conseguia se lembrar do vento feroz de sua cidade, imagens de figuras negras agrupadas em camadas e caminhando inclinadas devido à força brutal do furioso vento que vinha do lago Michigan. Mas ali, os pretos de Memphis caminhavam pelas ruas como se dançassem valsa, como se estivessem no ritmo da música, tão onipresente quanto Deus. Pessoas negras amando cada segundo de sua negritude. À noite, ele se dirigia à Beale Street com os outros oficiais solteiros, olhos arregalados em admiração — todas as ruas negras não tinham nada além de corpos negros. Beale estava repleta de homens negros bebendo uísque, e rindo, e amando em cantos escuros, e cantando, e desenhando com canivetes, e afinando violões, e mascando tabaco, e dançando. O algodão chegava à altura do joelho. Campos verdes eram cultivados em filas organizadas de algodão branco que transbordava. Havia os campos de frutas não comestíveis — as plantações que trouxeram ao país os ancestrais dele e os ancestrais de todas as outras pessoas negras que já havia conhecido, para colher e escolher sem um centavo, sem terem consciência de sua dignidade por quatrocentos anos. Agora que ele havia chegado ao Sul, ele disse a Miriam, não entendia como alguém poderia querer sair dali.

E Miriam contou tudo para ele também: como ela estava ajudando a criar a irmã mais nova, August — bom, meia-irmã, tecnicamente, mas irmã inteira em todos os aspectos que importavam. Como a mãe dela havia se tornado militante em sua busca por direitos civis, por igualdade. Disse a ele que, se amava Memphis, gostaria de Douglass, a vizinhança dela ao norte de Memphis. Como a casa delas — deslumbrante, cheia de antiguidades e construída pelo próprio pai — havia se tornado um refúgio para intelectuais, políticos e ativistas negros. Como, em uma terça-feira de manhã aleatória, o próprio Al Green passara na casa e Miriam nunca, em toda sua existência negra, esqueceria como ele e uma August de 14 anos haviam trabalhado com esforço em seus tons no salão. Ela contou para ele sobre a Srta. Dawn, sua quase avó — a casa inclinada, o tom atrevido e seus feitiços. Miriam contou ao jovem oficial naval à frente dela que nunca havia se apaixonado.

Miriam não sabia bem quando exatamente ficou sabendo o nome dele naquela tarde. Mas ela deve ter aprendido. Porque, quando foi dormir naquela mesma noite, o nome dele era a oração que ela recitava. O nome dele transformando-se em caramelo, girando, fazendo piruetas acrobáticas em sua boca: "*Jax. Jax. Jax.*"

NA NOITE SEGUINTE, Jax a levou até o Clube dos Oficiais na base de Millington. Após vasculhar o guarda-roupa dela e da mãe, Miriam havia escolhido um vestido reto de lantejoulas vermelhas que deixava as costas de fora e tinha uma grande fenda. Ela o combinou com saltos Sabrina e uma pequena bolsa do tipo envelope preta. A mãe sabia a respeito do encontro e a deixou ir, bastante feliz.

— Jovens deviam sempre ficar juntos. Deus sabe, não há uma alma neste mundo que me impediria de conhecer seu pai — disse Hazel, ajudando Miriam a esquadrinhar entre guarda-roupas, baús e armários pelo vestido perfeito.

A mãe dela parou de repente. Foi até a ponta da cama de Miriam e sentou, subitamente cansada.

— Volto para casa à meia-noite, mamãe — afirmou Miriam.

Miriam ouviu uma buzina. Ela abriu a porta da frente depressa às 18h30 para encontrar Jax no meio-fio, parado ao lado do que parecia ser uma máquina do tempo, segurando um pequeno buquê de violetas-africanas e olhando para ela boquiaberto.

Ele não fez movimento algum. Parecia paralisado, hipnotizado, enquanto os saltos Sabrina de Miriam batiam no pavimento que levava da varanda dela à rua.

Ela também estava espantada. Jax dirigia um carro esportivo do tipo que ela nunca havia visto antes. Era mais escuro do que a noite que os envolvia. Uma vez dentro do carro, notou que ele tinha o mesmo cheiro de Jax: almíscar, couro, cigarros e graxa de sapato. Ela inspirou fundo.

No clube, Miriam conheceu Antonio Mazzeo, conhecido por todos como Mazz, do lado norte de Chicago. Ele e Jax eram inseparáveis desde o acampamento, cinco anos antes. Ambos ainda carregavam o sotaque de Chicago com eles — Cs agudos e vogais ainda mais agudas e curtas. Compartilhavam o amor pelo time Chicago Cubs, por salsichas polonesas com bastante pimenta, verões em uma cidade de deslumbrante esmeralda nas águas do lago Michigan. Mazz pertencia à única família ítalo-americana vivendo em um bairro muito irlandês. Ele podia sair da estreita casa de quatro andares em que moravam e onde, no andar de baixo, ficava a padaria da família, que servia cannoli, cappuccinos e nhoques de batata recheados feitos à mão, para ir ver os primeiros jogos de Ernie Banks. Jax e Mazz haviam formado uma irmandade no acampamento. Jax ficou chocado — Mazz era o primeiro menino branco que conhecera que não havia tentado cuspir nele ou matá-lo. Sendo cuspidos, em vez disso, pelo sargento, eles sentiram certa afinidade — ambos odiados por sua linhagem e ambos nativos de uma das melhores cidades do mundo.

Mazz sentou-se entre Miriam e Jax no bar, com a bochecha apoiada na palma da mão, encarando Miriam enquanto ela bebia o vinho e discorria sobre o fato de que todo preto em Memphis quer um disco, mas ninguém quer um livro de romance.

— Case com essa aí — sugeriu Mazz, erguendo um copo para Miriam antes de beber o shot de tequila em um só gole.

Miriam corou. Ela notou que Jax se remexeu em seu assento.

— Estou falando sério. Eu falei para ele. Não falei? "Encontre uma mulher de Memphis", eu disse. As belas mulheres do Sul. — Mazz deixou escapar um longo assobio.

Miriam não pôde deixar de corar.

— Eu consigo ouvi-lo, senhor — disse ela.

— Eu *quero* que você ouça! — exclamou Mazz. — Faça dele um bom homem. Se você puder. Case. Pessoas que nem vocês não têm o costume de pular uma vassoura ou algo assim?

— Pessoas que nem vocês — repetiu Jax, com um sorriso.

Miriam notou que os lábios dele, já tão adoráveis, se destacavam quando ele sorria.

Mazz tomou outro shot de tequila. Levantou-se do banco em que estava sentado no bar.

— Não, não vá embora — protestou Miriam.

— E assim, senhoras e senhores, deixo vocês dois, duas belezuras, curtirem sua noite — despediu-se Mazz, arrastando um pouco as palavras.

Miriam sorriu, observando-o se afastar. Ele tropeçou em um casal que dançava lentamente uma música de Isley Brothers. Jax usou essa oportunidade para se aproximar de Miriam. Com um movimento hábil, arrastou o banco dela para mais perto dele. Ela podia sentir o metal dos distintivos e faixas militares dele contra seu vestido. O cheiro dele — couro e mais alguma coisa que ela não conseguia distinguir.

— Oh! — Miriam ergueu uma das mãos para cobrir o sorriso, apenas para perceber que Jax, com gentileza, abaixou a mão dela.

— Nunca faça isso — interrompeu, com tom sério. — Nunca cubra esse sorriso. Eu acho que ele seria capaz de fazer mil barcos zarparem.

Miriam corou novamente, sentindo o rubor se espalhar como um pequeno incêndio. Ela o sentia nos dedos dos pés.

— Vamos — disse ele, levantando.

— Aonde vamos?

Jax estendeu a mão.

Miriam analisou. Ela aceitou, colocando a mão dela na dele.

— Vamos para o centro. Você pode me mostrar sua cidade. — Jax deu um beijo suave na bochecha de Miriam e, então, correu para pegar o carro. O beijo era a coisa mais suave que Miriam já havia sentido em toda sua vida. Ela ficou parada esperando com a bolsa nas mãos, mais uma vez encantada pela monstruosidade de veículo que Jax parou na porta do clube. Ele saiu, abriu a porta do passageiro e olhou para ela em expectativa.

— Que tipo de carro é esse? — perguntou Miriam, caminhando em direção à porta aberta.

— É um Shelby — respondeu Jax.

Miriam ergueu as sobrancelhas, surpresa e impressionada.

— Um Shelby Mustang GT 350 de 1969 — descreveu Jax com orgulho.

— Ele com certeza é impressionante — opinou Miriam. Ela podia ouvir o deslumbramento na própria voz.

— Pensei a mesma coisa quando vi você. — Jax deu outro beijo na bochecha de Miriam antes de fechar a porta dela e correr para o lado do motorista do Shelby. Ele ligou o motor e engatou a marcha na primeira. — Você fica maravilhosa de vermelho, por falar nisso — falou baixinho, parecendo quase tímido.

Naquele momento, Miriam teve certeza de que, em algum lugar nas profundas reentrâncias da terra, em alguma caverna subterrânea preenchida pelo oceano, havia um pequeno, mas incontestável, terremoto.

Eles dirigiram por Memphis. As luzes brilhavam centro da cidade, e as ruas estavam cheias de pessoas. As janelas do Shelby estavam abertas e, enquanto eles dirigiam devagar pela cidade, ela podia ouvir as cordas dos violões preenchendo o ar noturno, a música crescendo em uma cacofonia quando chegaram à Front Street. O aroma da comida quente frita permeava o ar da noite.

— Você está muito quieto — observou.

— Estou apenas absorvendo sua cidade — retornou Jax. Ele reduziu para a segunda marcha e virou para a esquerda na Front Street — e pensando no que Mazz disse — acrescentou.

Miriam piscou, confusa. Mazz havia dito uma série de coisas malucas aquela noite; tinha dificuldades de lembrar ao que Jax se referia.

Eles pararam em um farol vermelho e, à esquerda deles, casais dançavam ao som do blues tocado por artistas de rua no meio da Beale Street. Eles assistiram por alguns instantes, então Jax se virou para olhar para Miriam.

— Por que não fazemos isso? — indagou.

— Fazer o quê? — perguntou Miriam. Ele não podia estar falando do que ela achava que estava falando. Mas e se estivesse?

— Nos casar?

"Pense, Meer. Você não o conhece. Esse é o primeiro encontro de vocês. O amor à primeira vista acontece nos clássicos e não costuma terminar bem. Mas mamãe disse que ela sabia, apenas sabia, que era o pai..."

Os pensamentos de Miriam eram um tornado se virando de um lado para outro, aproximando-se da lógica e fugindo dela. Mas, no fundo de seu ser, em suas veias, artérias e tendões, ela sabia que amava esse homem desconhecido.

— Bom — falou, virando-se para encarar a janela em vez de Jax —, porque nós nos conhecemos há um dia.

— Trinta e duas horas — rebateu Jax, dirigindo quando os carros começaram a se mover de novo.

— Trinta e duas horas — repetiu Miriam.

— E isso não é tempo suficiente?

— Não chega nem perto — afirmou.

— Certo.

Eles ouviram o inconfundível lamento de um trompete. Alguém em Beale tentava tocar "West End Blues" de Louis Armstrong e, como todos desde Satchmo, não estava fazendo direito.

— Quem é seu pai? — perguntou Jax de repente, a voz cortando o lamento do trompete.

— Como é que é? — Miriam virou a cabeça de repente para encará-lo.

— Hm. Olha só, acho que isso não soou como deveria.

— É melhor você não verbalizar seja qual for a confusão que você está pensando nessa sua cabeça ianque — brincou Miriam. — Eu sou uma boa menina católica.

— Desculpa. Eu, eu quis dizer... — balbuciou Jax — tudo que eu quis dizer é que eu queria, hm, pedir a sua mão. Sabe, formalmente. Como eles dizem aqui no Sul? Desposar?

— Você está falando sério?

— Estou.

Miriam lançou-lhe um olhar que poderia intimidar Satanás.

— Por quê?

— Por quê? — Jax riu.

— Estou falando sério.

— Porque você é a garota, a mulher, mais fascinante que já conheci. E seria uma honra. Eu acho que seria uma honra. E tudo bem se você precisar de mais tempo. Leve todo o tempo que quiser. Mas eu sei. Apenas sei. Não consigo explicar direito. Olha só, às vezes você simplesmente sabe de algo. E ouça, vou ser honesto. Não posso dizer que sou um homem bom. Não sou. Eu andava com alguns caras barra pesada em Chicago. Eu nem tenho certeza se sei o que é o amor, como ele se parece. Mas eu sei, sei mais do que sei sobre mim mesmo, é que eu rejeitaria Deus por você. Então. Para quem preciso perguntar? Para pedir sua mão?

— Meu pai morreu — falou Miriam. Ela voltou a olhar pela janela do Mustang. — Apanhou tanto que não era possível reconhecê-lo. O corpo foi jogado no Mississippi. Nunca conheci o homem.

— Jesus Cristo.

— Está tudo bem — disse, pensativa. — É com a mamãe que você precisa se preocupar.

CAPÍTULO 4

August

1978

UMA BATIDA NA PORTA fez August parar de tocar o piano na sala de estar. Ela rosnou, frustrada. Ouviu a batida de novo. E mais uma vez. Ela jogou as longas tranças por cima dos ombros.

— Está bem! — gritou. — Estou indo. Estou indo.

Ela se balançou no banco giratório do piano, deslizou e foi com rapidez até a porta. Escancarando-a, se surpreendeu com quem viu ali. Um homem alto estava parado em frente a ela, com um uniforme que parecia familiar. Ele usava umagrossa jaqueta cáqui verde-escura e chapéu e calças condizentes. Divisas prateadas em ambos os ombros capturavam e refletiam os raios solares matinais de Memphis.

— Não queremos o que você está vendendo — retrucou.

O homem riu.

— Você deve ser August. Ouvi muitas histórias sobre você.

August franziu a testa, projetou o quadril direito e colocou a mão nele. Ela encarou o homem.

— Quem falou besteira de mim para você?

— August! — Miriam apareceu atrás dela, o sorriso tão brilhante quanto vaga-lumes no campo à noite. — Não é assim que falamos com as pessoas.

August apontou para o homem, incrédula.

— É assim que falamos com *ianques*.

— Garota, vá brincar lá fora.

— Ah, *claro* — rebateu August. — Ótima ideia. Deixa eu ir pegar uma Barbie. Não, não, você está certa. Deixa eu ir brincar na rua e chupar o dedão e caçar sapos enquanto esse negro estranho entra na nossa casa.

— Não posso bater em você porque a mamãe não deixa. Eu pergunto todos os dias — disse Miriam.

— Você disse que ela era sabichona, mas caramba — o homem tirou o chapéu e o acomodou confortavelmente embaixo do braço. — Posso entrar? — perguntou ele.

August lançou um olhar de canto de olho para a irmã. Com quase 15 anos de idade, já era quase da altura de Miriam.

— Sim, é claro. Bem-vindo — falou Miriam, com uma pressa em sua voz que August nunca tinha ouvido antes.

— Vamos mesmo fazer isso, é? — August ergueu as mãos para o alto. — Está bem, pode entrar. — Ela acenou. — Ali está o piano, o sofá, a vitr... o velho gravador. Esse é um gato qualquer que deve ter entrado quando você interrompeu meu treino de piano, um lindo telefone de disco. Você tem uma mala de viagem grande o suficiente para colocar tudo isso?

— August Della North, desapareça, por favor, antes que eu faça isso por você. — A voz de Miriam era uma combinação de canto e silvo de alerta.

August ergueu o queixo e berrou:

— Mãe!

— Ai, meu Deus, me desculpa — disse ao homem. — Não fomos criadas por lobos, eu prometo. Você quer beber alguma coisa? Chá?

— Estamos servindo bebidas ao ladrão agora? É isso que vamos fazer? — perguntou August. Ela balançou a cabeça e gritou de novo: — Mãe! Mãe! Vem aqui. Meer está servindo chá gelado para um ianque.

August ouviu a mãe se aproximar da parte de trás da casa, murmurando consigo mesma:

— Deus, me dê paciência.

August sorriu e Miriam cruzou os braços.

Quando a mãe delas surgiu, vinda da cozinha, vestia seu uniforme de jardinagem — macacão e um largo chapéu de palha ao estilo Huckleberry Finn[1]. Trazia consigo, do jardim, uma cesta cheia de quiabos verdes e folhas de nabo. Ela segurou as luvas de jardinagem, cheias de terra, em uma das mãos. Deu uma longa olhada na cena que se desenrolava no cômodo da frente e ficou em silêncio. Então disse, como quem coloca um ponto final:

— August, vá brincar lá fora.

Ela não obedeceu por completo. Havia uma ameixeira do lado esquerdo da casa, apoiada nas janelas cheias de vitrais da sala de estar. Seus

---

[1]   Personagem principal de romance do escritor americano Mark Twain, que vivia aventuras pelo rio Mississippi em uma balsa, usando um chapéu de palha. (N. da T.)

galhos escuros criavam uma espécie de toldo em volta da casa, as frutas manchavam o chão que a cercava de um roxo-escuro.

— Eu estava cuidando da minha vida — sussurrou ela para si mesma enquanto subia a ameixeira. — Eu juro que estava cuidando da minha vida. Expulsa da minha própria casa. E tudo que eu queria fazer hoje era tocar piano. — Ela alcançou um galho abaixo da janela. — Perfeito — disse para si mesma.

E era quase perfeito. As vozes vindas da sala de estar seriam abafadas a cada vez que um carro passasse, roncando seu motor alto, pela Locust Street. Mas August ouviu o suficiente para entender que a irmã se mudaria de Memphis.

— Então você quer tirar minha alegria de mim? Minha primogênita? O que um ianque não roubaria de alguém do Sul, somente Deus sabe. — August ouviu o desprezo na voz da mãe. — Você quer levar minha Miriam de mim? A única filha que tive com Myron.

August arfou, chocada por ouvir a mãe contar seus segredos para um estranho, ainda por cima um ianque. Ela sabia, é claro, que ela e a irmã tinham pais diferentes — a mãe falava disso desde que conseguia se lembrar —, mas nunca ouvira a mãe contar essa informação de forma voluntária para alguém que não fosse da família. Que não fosse de Memphis.

— Meu Deus, por falar em August, ela não ofereceu chá gelado para você? — August ouviu o tom de risada na voz da mãe. — Aquela ali. É terrível. Age como se tivesse sido criada por lobos em vez de uma mãe do Sul temente a Deus.

— Não é preciso, obrigado — respondeu o homem com a voz profunda.

— Então, você veio tirar Miriam de mim. A única prova de que um dia amei um homem decente.

— O pai de August não era um homem decente, então? — perguntou o ianque.

— Você não acreditaria quem é o pai daquela menina se eu dissesse, o que não vou fazer nesse Sabbath. Nesse Sabbath, dou a você uma honra que duvido que consiga cumprir: fazer Miriam feliz pelo resto da vida. Bem, essa é uma honra ainda maior, uma responsabilidade ainda maior do que todos as divisas e medalhas nos seus ombros.

— Com todo o respeito, Srta. Hazel...

August ergueu uma sobrancelha. Miriam deve ter ensinado a etiqueta apropriada do Sul para ele ao se referir a uma mulher viúva. Esse fato, mais do que qualquer outra coisa, fez August perceber que a irmã levava esse homem a sério.

O estranho com o uniforme do Corpo de Fuzileiros Navais continuou:

— Eu sou um oficial comissionado na Marinha. Tenho um salário estável e com certeza serei capitão. Quando o fizer, nos mudaremos para Camp Lejeune, na Carolina do Norte. Vamos escolher uma casinha linda próxima à costa. Posso sustentar Miriam.

— *Posso sustentar Miriam* — repetiu a mãe de August, rindo. — *Miriam* pode sustentar Miriam. Deus sabe, eu não criei uma menina boba. Não é tanto pelo fato de que ela estaria abandonando o Sudoeste...

Uma pick-up prateada, com a caçamba cheia de varas de pescar, derrapou pela rua, encobrindo a conversa que se desenrolava na sala de estar.

— Droga — praguejou August. Ela lançou um olhar furioso ao carro enquanto ele passava. — Os pretos aqui estão sempre pescando — murmurou.

— Você vai *amá-la*? É isso que me preocupa — dizia a mãe. — Vai tratá-la bem? Cuidar e dar atenção a ela? Estar lá quando ela estiver doente e solitária?

— A senhora é fã de Edith Wharton?

— Você é literato, então. Bem, ao menos isso já é alguma coisa. Não tinha certeza do que vocês do Norte aprendem nas escolas. Ou se aprendem alguma coisa.

— Eu a amo — resumiu o fuzileiro naval.

E naquele exato momento, August e a mãe disseram exatamente a mesma coisa — August em um sussurro agudo para as folhas da ameixeira, a voz da mãe alta e ameaçadora na sala de estar silenciosa.

— É melhor que ame mesmo — disseram as duas mulheres North.

DEZESSETE ANOS DEPOIS, August atenderia o telefone no meio da noite para ouvir a irmã soluçando do outro lado da linha. Algo que Miriam raramente fazia: chorar. Quase impossível entender o que dizia. August teve que se esforçar, mas conseguiu distinguir as palavras *briga, olho roxo* e *vergonha*. Mesmo sem estar completamente acordada, conseguia se lembrar de sentar na ameixeira, fazendo esforço para ouvir pela janela de vitrais, escutando enquanto a mãe se resignava ao destino da filha.

Deitada na cama de dossel de carvalho da mãe, ouvindo a irmã soluçar, August contou silenciosamente as balas que havia deixado na pistola, calculou quantas horas levaria para dirigir de Memphis até a Carolina do Norte, estimou quanto tempo ficaria na cadeia por matar um ianque ruim. Se ela sequer deveria se incomodar em enterrar o corpo. Talvez ela preferisse levar o maldito cadáver para a delegacia por conta própria, jogá-lo pela porta e gritar: *"Levem essa desgraça."*

— Venha para casa — disse August. Ela tinha certeza e sentia em seus ossos, que a mãe teria dito exatamente a mesma coisa.

CAPÍTULO 5

Miriam

1995

O BAILE PRETO E BRANCO, que acontecia todos os anos no Corpo de Fuzileiros Navais, era uma extravagância. O código de vestimenta era formal. Oficiais do alto escalão usavam a vestimenta azul: uma jaqueta azul com costura vermelha combinando com magistrais calças azuis com uma lista vermelha condizente enfeitando as laterais da calça. Sua espada estava do lado direito, o cabo de marfim da arma brilhando como um dente. Como era tradição há duzentos anos, mulheres usavam preto ou branco ou uma combinação dos dois.

O vestido de paetê dourado de Miriam brilhava como uma centelha celestial no chão de taco do Pavilhão Marston. O Camp Lejeune, no condado de Onslow, na Carolina do Norte, era a maior base do Corpo de Fuzileiros Navais da Costa Leste e o enorme Clube dos Oficiais tinha vista para o Rio Novo, e ao fundo,, era possível ver a costa do Atlântico. Ela e Jax se aproximaram do Salão Tinian, que estava inundado de luzes. O lugar havia sido batizado em homenagem a uma batalha do Pacífico em que, em questão de dias, a Marinha devastou, capturou e ocupou uma pequena ilha asiática ao norte de Guam, chamada Tinian. Três lustres grandes demais para serem considerados candelabros dependuravam-se do teto e conferiam ao ambiente um estilo românico.

Miriam estava exausta. Passar os dias cuidando de Joan, com 10 anos de idade, e Mya, com 7, deixavam-na cansada por volta das 20h. Além disso, ela e Jax ficaram acordados até tarde na noite anterior, antes de lançarem insultos ardentes um ao outro. *"Você não é um homem de ver-dade. Você precisa dessas medalhas e divisas, não é? Não consegue ser homem em casa."* Miriam estava agarrada ao bilhete que encontrara nos bolsos do uniforme do marido, escrito pela secretária dele. E Jax. Sentado em uma poltrona fofa, no escuro, fumando um cigarro atrás do outro e sorrindo. A língua afiada. O escárnio na voz. *"Que importa se saí da linha? Você deixou aquele menino fazer aquilo com Joan. Ter você como mãe é pior do que não ter mãe nenhuma."*

Ela havia decidido naquela manhã que usaria o vestido mais doura-do que pudesse. O Baile do Corpo de Fuzileiros Navais era, por tradição, em trajes preto e branco. Miriam não se importava. Ao menos uma vez, queria estar na liderança, usar o que sentia vontade de usar naquela noi-te, sem dar satisfações.

O vestido era pesado. O paetê fora costurado a mão. Tinha uma fen-da dramática e deixava as costas de fora. Um pequeno fecho na base do pescoço o mantinha no lugar, junto com a vontade dos deuses. O vestido havia sido criação da sua avó. Lembrou-se da mãe olhando-o profunda-mente ao entregá-lo para Miriam, enrolado em um lenço de papel azul e guardado em um baú apertado para evitar as traças.

— Minha mãe fez esse vestido para mim. Eu usei na noite em que Myron voltou para casa, vindo da guerra. Tivemos um excelente jan-tar em Beale... — disse Hazel, deixando-se dominar pela nostalgia. Miriam pegava o vestido de vez em quando, mas nunca o havia usado antes. Queria guardá-lo para uma ocasião que honrasse a última vez em que fora usado.

— Você parece uma maldita idiota — sussurrou Jax. Ele agarrou o braço dela com mais força do que o necessário para ajudá-la a se equilibrar enquanto a guiava na direção do elegante e sofisticado salão.

Todos no salão — fuzileiros navais com esposas em longos vestidos pretos e brancos e garçons uniformizados segurando bandejas de espumante — pareceram virar o pescoço ao mesmo tempo conforme Miriam caminhava. O falatório vivo parou, substituído pelo arfar de algumas das esposas dos fuzileiros. Até mesmo a música parou por alguns instantes. A banda se atrapalhou com os instrumentos enquanto o casal continuava andando para a mesa que havia sido atribuída a eles. Não se ouvia um único som, com exceção dos saltos vermelhos de Miriam contra o chão de taco.

Miriam sussurrou:

— Você está machucando meu braço.

Jax ignorou-a e às centenas de olhos chocados que seguiam o avanço deles pelo salão.

Então, um sotaque de Chicago, forte com As agudos e Os marcados, quebrou o silêncio.

— Ora, ora. Se não é o casal que eu ajudei a formar.

Sempre solteiro, Mazz estava sozinho, parado em pé ao lado da mesa, segurando um copo de uísque que já o fazia oscilar um pouco. Sempre uma cópia exata de um jovem Marlon Brando, ele estava elegante em seu traje azul dos fuzileiros. Era tão durão quanto bonito. Tinha escorpiões como bichos de estimação no Golfo. Fumava charutos ou mascava tabaco. Zombava de cigarros. Dizia que eram para mulheres e crianças. Era o que os fuzileiros chamavam de "Old Salt"[1]. O melhor atirador de Camp Lejeune e, apesar de estar uma posição abaixo do marido dela, Mazz era quase tão respeitado quanto ele.

A orquestra voltou a tocar uma animada valsa e as pessoas voltaram a conversar.

Com um puxão forte, Miriam se soltou da mão de Jax.

— Antonio — cumprimentou e, do modo italiano que ele havia ensinado, deu dois beijos suaves nas bochechas de Mazz.

— Miriam — respondeu Mazz. Então, acenando na direção de Jax: — Ainda não consigo entender. Como diabos você conseguiu uma mulher dessas?

Miriam, erguendo um copo de espumante de uma bandeja que passava, deixou escapar uma risada amarga, jogou a cabeça para trás e bebeu todo o conteúdo do copo em alguns poucos goles. Ela entregou o copo vazio para Jax, que o segurou sem olhar para ela.

— Vou ao banheiro — disse então, sem fazer esforço algum para disfarçar o desprezo em sua voz.

— Não vá me usar para começar a próxima Troia, Meer — falou Mazz em voz alta enquanto Miriam saía. — Estou ligadão demais para segurar meu fuzil, juro por Deus.

Segurando a cauda do vestido e rezando para não tropeçar e cair no caminho até o banheiro, Miriam não virou para trás.

BROOKE SANDERSON, esposa do primeiro-tenente Billy Sanderson, estava aplicando um batom cuja cor se assemelhava a uma ameixa podre,

---

[1] Termo utilizado na Marinha norte-americana para designar um marinheiro ou oficial que conta muitas histórias. (N. da T.)

olhando-se no espelho. Ela parou e encarou quando Miriam entrou. Brooke usava um longo vestido preto de seda com gardênias brancas que iam de um ombro até a bainha da saia em uma longa linha, os cabelos arrumados em cachos apertados. A imagem perfeita da esposa de um primeiro-tenente.

— Ora, onde *diabos* você arrumou esse vestido? — perguntou.

Há dois tipos de esposas de militares, na opinião de Miriam — aquelas que apoiam os maridos e aquelas que pensam que também são fuzileiras. Brooke se enquadrava no último. Comparecia a cada compromisso de esposas de oficiais, das tardes de chá, almoços e passeios de caridade a saídas para jogar golfe. Ela comandava o programa do Camp Lejeune que arrecadava brinquedos no Natal, o Toys for Tots, como se fosse a primeira-ministra britânica durante a guerra. Miriam a julgava a mulher branca mais privilegiada que havia conhecido — desinteressante, a vida tão entrelaçada com a do marido que já não era possível distingui-la enquanto mulher.

— Oh, Brooke — respondeu Miriam com indiferença. — Oi. Era da minha mãe, na verdade. Trouxe comigo de Memphis. — Miriam tirou o batom da bolsa dourada de paetê combinando com o vestido e começou a aplicar a cor vermelho-sangue em seus.

— *Memphis*? — perguntou Brooke. — Não sabia que tinham coisas boas lá. Achava que todos andavam para lá e para cá de macacão. — Ela deu de ombros e acendeu um cigarro. Soltando o ar, olhou Miriam de cima a baixo e perguntou: — Está celebrando alguma coisa hoje?

— Não estamos todos? — observou Miriam com cautela, usando um lenço para limpar os cantos da boca.

Brooke revirou os olhos.

— Oh, por favor. Tornar-se major é algo importante, e meu Billy ainda é apenas um primeiro-tenente. — Ela suspirou. — Mas vamos chegar lá. Major. Uau. Tenho *certeza* de que usaria um vestido assim também.

Major. Jax não havia contado para ela. A mão de Miriam congelou no meio do movimento. O grande banheiro pareceu encolher até ficar do tamanho de uma miniatura de casa de boneca. Miriam sentiu dificuldade de respirar, como se fosse um pequeno grão de areia caindo dentro de uma concha fechada, remexendo-se sem parar. De repente, em vez do próprio reflexo chocado e da expressão meio surpresa, meio convencida de Brooke no espelho, ela viu as páginas surradas do Brontë que lia na loja de discos na Cooper Street, em Memphis. Ela viu Jax também, um estranho alto, negro e bonito tentando chamar a atenção dela pela primeira vez.

O que havia acontecido com *aquele* homem? Com o casamento dela? Miriam não sabia com exatidão. Tudo o que sabia era que não estava preparada para o quão solitário o casamento podia ser. Jax estava sempre longe, em formação, durante meses, sabe lá Deus onde, treinando para a guerra. E, então, uma guerra começou. E lá foi ele, deixando-a sozinha. Mais uma vez. Miriam odiava a grande casa vitoriana para a qual haviam mudado após o casamento dezessete anos atrás, com as escadas em espiral, cantos e fendas secretos e o chão que rangia. Ela odiava todo aquele momento da noite, após colocar as meninas para dormir, em que seus passos ecoavam pelo corredor. Não tinha ninguém com quem conversar na Carolina do Norte. Sentia saudade de Memphis. Quando Jax retornou do Golfo, estava ainda mais distante do que quando partira. Mal falava uma palavra e, quando o fazia, era para discutir. Eles brigaram por causa da conta de telefone — exorbitante devido às ligações noturnas de longa distância que fazia para August. Eles brigaram quando ela encontrou os pedaços de guardanapos com telefones de mulheres escritos com batom em uma cor que ela não tinha. E agora isso: o fato de que uma mulher branca arrogante em um banheiro sabia mais sobre o marido dela do que ela. Miriam estava farta. Estava farta de ser infeliz o tempo inteiro.

— Você deve estar orgulhosa — concluiu Brooke, olhando para Miriam no espelho.

— Extasiada — retornou Miriam, abrindo um largo sorriso.

DE VOLTA AO SALÃO TINIAN, Miriam encontrou Mazz abraçado ao copo de bourbon, os pés em cima da cadeira, fumando um charuto. Ela passou os olhos pelo ambiente.

— Ele está falando com o coronel, bem ali. — Mazz apontou com o charuto para uma mesa lotada.

Miriam se sentou.

— Ainda tem espumante? — perguntou ela.

— É uma daquelas noites, hein?

— Sim. Uma daquelas. — Miriam não percebeu que estava tremendo até Mazz pousar uma mão no braço dela. — Para mim chega, Mazz — soltou.

Mazz a encarou.

Ela assentiu.

— Para mim chega — repetiu. — Não é nem pelas traições, sabe? — Miriam riu. — Estou até pensando em dar algum dinheiro para ela. É um favor que ela me faz. *Venha tirar isso das minhas mãos.* E eu tentei. Deus sabe o quanto tentei, Mazz. Eu tentei. Ser uma boa mulher, uma boa mãe... — Então parou de falar. — Me dê seu bourbon, já que não tem espumante.

Mazz ergueu a mão dele no ar para chamar um garçom.

Miriam riu, zombeteira.

— Branquelo salvador.

Mazz fingiu ter levado um tiro no coração.

— Estou pedindo a bebida para *você*. Não sou *eu* o escravo aqui?

Miriam riu, apesar do que sentia, aceitando um copo de espumante do garçom.

— E aí está ela. Aí está a velha Meerkat de volta.

— Seria bom ter o velho Jax de volta — disse Miriam, olhando na direção do marido.

— Você não deveria ter usado esse vestido — repreendeu Mazz, de repente. — Eu sei que não estou na posição de dizer isso. Caramba, estou bêbado. Mas que droga, Meer, isso foi algo muito baixo de se fazer com o homem.

Miriam revirou os olhos.

— Esse vestido era da minha mãe. Eu uso o que quiser...

Mazz interrompeu, erguendo uma mão.

— Esses sapatos vermelhos acabaram com ele, Miriam. Que se foda o vestido. Quer dizer, não. É maravilhoso. Você entendeu o que quis dizer. Por que teve que usar *esses sapatos?* — Mazz parecia bravo. Miriam se sentia na defensiva e confusa. Mazz havia amenizado muitas brigas entre Jax e ela durante os anos usando o humor, assim como parecia nunca escolher um lado e, ao mesmo tempo, ficava do lado dos dois. Ela o observou se ajeitar no assento, dando mais uma tragada no charuto cubano. Os olhos dele estavam fora de foco; não parecia estar bravo com ela, mas com algo que ela não conseguia ver.

— Quero que você entenda algo — prosseguiu ele. — Primeiro e acima de tudo. Um comandante tem a autoridade e obrigação de usar todos os meios necessários e disponíveis, de modo a tomar todas as ações apropriadas para defender a unidade dele e as forças dos Estados Unidos frente a um ato hostil ou demonstração de intenções hostis. — As palavras saíam apressadas, como Miriam costumava fazer suas preces quando criança, memorizadas tão profundamente que quase não parava para pensar no significado do que dizia.

— Essa é uma citação direta do Direito de Guerra do Corpo de Fuzileiros Navais dos Estados Unidos. Jax seguiu ordens. Ele usou todos os meios disponíveis para nos defender naquela creche e foi isso o que ele fez, diabos, entende? Não aceito opiniões contrárias. Primeiro e acima de tudo. O resto... — e continuou Mazz, desviando-se do assunto.

Miriam estava quieta, atenta. De que creche Mazz estava falando? Quantos dos segredos de Jax ela teria que descobrir em vinte e quatro horas?

— O Golfo foi um inferno, Miriam. A guerra *é* um inferno. E era assustador. Maldição, eu estava totalmente assustado. Nunca tinha visto alguém levar um tiro antes. Ser esfaqueado? Claro. É a vida em Chicago. Mas preciso dizer que nunca senti tanto medo quanto quando os tiros foram disparados e Jenkins foi atingido. — Mazz estava encarando, sem ver, um lugar distante na mesa. A orquestra tocava uma melodia animada, e alguns casais dançavam juntos na pista.

— E nós éramos tão novos, Meer. Esse é o problema. Nenhum de nós tinha acima de 30 anos. Nenhum. Quando Jenkins foi atingido, sabe quem ele chamou, aos berros? A mãe. Sem parar. Mamãe! Mamãe! Tive que parar de chamar a minha de "mamãe" por um tempo. Como diabos você explica isso para uma mulher de 75 anos de idade que, até hoje, se recusa a falar inglês? *In bocca al lupo.*

Miriam podia ver Jax do outro lado do salão, jogando a cabeça para trás enquanto ria de algo que outro fuzileiro havia dito.

— Nós saímos dali naquele dia, sob o comando de Jax — continuou Mazz. Ele sempre foi um contador de histórias nato, um dom oriundo da vonta de se sentir confortável com outras pessoas e com ele mesmo. Mas, naquele instante, parecia não ter consciência do ambiente em que estava, em um estado diferente do habitual, quando dedicava sua atenção aos ouvintes, arrancando risadas de doer a barriga. Miriam entendia: ele não estava contando essa história para ela.

— Ele tinha acabado de ser nomeado capitão. Eu era o primeiro-tenente dele naquela época. Fomos enviados para salvar uma unidade do exército abatida e incendiada. Sabíamos disso porque era possível ouvir os bombardeios de dentro do veículo militar. A bala de uma AK faz um som que parece um zumbido. Mas então ele acaba, o zumbido, substituído por um som abafado, como o de uma mosca varejeira. O veículo balançou, certo? Imagine essa pilha de fuzileiros navais amontoados, todos emaranhados e xingando. Depois, mais tiros. Tiroteio. Cada vez mais perto. Engraçado. Lembro que me fez pensar em jogar bombinhas chinesas na calçada quando criança.

— Jax percebeu que precisávamos de uma piada — continuou Mazz. — Ele contou uma piada. Disse algo como que se aquilo nos fizesse virar maricas, não íamos aguentar nem um dia nas ruas do South Side de Chicago. Não consigo expressar o quanto essa risada era necessária. Então ele abriu um mapa sobre os joelhos, nos mostrou o que iríamos fazer e nós saímos.

Miriam estava olhando para a mesa também, nenhum dos dois focando o que viam. A voz de Mazz estava mais baixa, em volume e em tom. Seria difícil ouvi-lo se não fosse pelo fato de que parecia não ouvir mais nada no recinto, a não ser ele. Nem Mazz nem Jax jamais haviam contado histórias do que viram e fizeram. Ela já não estava no salão, vestida em dourado, cercada pelo farfalhar de vestidos e o tilintar de copos. Estava naquele veículo no Golfo, ouvindo os estalos dos tiros.

— O veículo parou e, então, já não éramos mais indivíduos; éramos uma arma tática coordenada de destruição. Estávamos em pé, deslizando pelo bairro, e vimos os dois veículos militares em chamas no fim da rua. Olhei para a esquerda e para a direita, vendo que a cidade de Khafji era só isso, uma droga de cidade. Cheia de prédios residenciais, cafés, seres humanos. Quem mandaria um tanque para uma cidade ocupada, com prédios altos alinhados com a rua? O exército dos Estados Unidos.

Mazz balançou a cabeça.

— A única unidade pior é a maldita Força Aérea. Enfim, eu segui Jax, e havia mais doze fuzileiros atrás de nós, todos seguindo Jax. O prédio que entramos era baixo, um único andar, e, no escuro da noite, tinha a mesma cor de um osso. As janelas do lado norte do prédio estavam estouradas. A porta do lado leste tinha buracos de bala.

"Estávamos todos atrás de Jax, agrupados como uma maldita bomba. Então, começamos a vasculhar os ambientes. Tinha um corredor longo e estreito com uma série de salas laterais brotando como veias. Quartos de pacientes talvez, não sei. Tudo o que conseguia pensar era: *Il mio dio, temos que verificar cada uma dessas porcarias.* E foi o que fizemos. Arma primeiro, corpo depois. Bang. Outra porta se abria. Um rodopiar da lanterna das armas. Alguns segundos de silêncio. Repetir o procedimento."

"Mas a quarta e última porta não queria abrir."

"Àquela altura, estávamos exaustos. Suando. Jenkins, o jovem atirador, parecia que nunca tinha entrado em uma mulher, uma penugem rala em cima do lábio, recuou para tomar mais distância, balançou o braço direito para trás com o aríete e bateu na porta. Todo o 1,80 metro e 90 quilos de força, e a maldita porta ainda não abriu."

"Nessa hora, Jax gritou: '*Somos do Corpo de Fuzileiros Navais dos Estados Unidos! Abra a maldita da porta!*' Nada. Mas podíamos sentir que os desgraçados estavam lá, se escondendo. Respirando. Juro ter ouvido uma arma engatilhando. Estava tão quente naquele maldito corredor que parecia que eu estava dentro de um útero. Os homens estavam ficando bastante inquietos, amontoados naquele corredor escuro, a tempestade perfeita para uma morte sem sentido."

"Então um barulho. De dentro da sala. Rápido. Quase sutil. Todo mundo começou a gritar: '*Estão atirando! Estão atirando!*' Nos agachamos como aranhas. Olhamos uns para os outros. Olhares rápidos para ter certeza de que nenhum fuzileiro tinha se ferido. Mas um se feriu. Jenkins. O que, naquele instante, estava mais perto da porta. A bala o fez cambalear para trás. Ele começou a gemer. Baixo, constante. '*Mamãe.*' Era o que ele gemia. *Cazzo.* Ainda consigo ouvi-lo."

"Então, mandamos ele calar a maldita da boca. Não queríamos revelar nossa posição e os gritos de Jenkins eram como um farol para o inimigo. Estávamos todos fora de si naquele momento. Jenkins, deitado de costas, clamando aos berros pela mãe, por Deus."

"Não sei se foi nesse instante que Jax notou que a porta não ia até o teto. Tinha uma espécie de janela bem no topo. Mas Jax fez o que tinha que fazer. Pegou uma granada do cinto. Jogou aquela porcaria em um arco perfeito, passando pela janela acima da porta para dentro do quarto, gritando: '*Ukhrug barra! Ukhrug barra!*' e, para o resto de nós: '*Para trás, para trás!*' Me lembro de pensar que ele tinha arremessado que nem Fergie Jenkins, com uma excelente mira. Após a explosão, vimos movimento dentro da sala e atiramos."

Mazz fez uma pausa. Ergueu os olhos da mesa e olhou para mim de frente por um momento. Então, notou que seu copo estava vazio e o agitou no ar. Um garçom prestativo se apressou.

— Como diabos deveríamos saber que a sala estava cheia de crianças, Meer? — perguntou ele. Sua voz estava mais alta agora, mais próxima de seu tom normal. — Uma garota, mais ou menos da idade que Joan tem agora, estava protegendo o forte. Protegendo os irmãos. Tínhamos acabado de atirar na primeira coisa que se moveu. A sala estava totalmente escura, com poeira e detritos flutuando no ar. A energia dos abrigos tinha sido cortada muito antes. Você já viu algo acontecer tão rápido que só entende o que viu em retrospectiva? Foi só depois disso que percebi que não era outro exército, suas armas, que se moveram. Tinha sido uma pequena palma levantada em súplica. E, mesmo através do verde da visão noturna, todos nós podíamos ver o vermelho brilhante de um único sapato minúsculo. Preso a um pé marrom, um pedaço da tíbia brotando do tornozelo, deitado no chão ao lado de um berço.

"Foi o sapato vermelho que o quebrou. Nós entramos na sala. Todas as crianças estavam mortas. A maioria delas em pedaços."

"Encontrei Jax depois, andando em círculos pela carcaça em chamas do veículo do exército que fomos enviados para salvar. Onde deveria estar a arma dele, presa ao peito, o metal cruzando o coração como um crucifixo, estava o sapato vermelho. O pé da criança ainda estava dentro do sapato. Tentei arrancar o pé das mãos de Jax, mas ele não soltou. Ficava resmungando, repetindo que Joan era louca por *O mágico de Oz*. Disse que tinha acabado de dar a ela um par daqueles sapatos vermelhos no Natal..." — Mazz tomou um longo gole da bebida.

— E eu coloquei sapatos vermelhos esta noite — concluiu Miriam. Sua voz soou mais forte do que ela pensou que soaria.

— E você colocou sapatos vermelhos esta noite — repetiu Mazz. Ele pegou mais uma bebida.

Miriam recostou-se. A história foi horrível. De fato. Mas ela não era estranha ao medo. Terror. Luto. Fúria. Ela pensou em Jax sentado em sua poltrona nas primeiras horas daquela manhã, café preto na mão, dizendo com uma frieza amarga:

— Ter você como mãe é pior do que não ter mãe nenhuma.

— Fico feliz de ter usado — concluiu Miriam.

Mazz inclinou a cabeça.

— Aquele preto vai se lembrar da noite em que o deixei.

CAPÍTULO 6

Joan

1995

ACORDEI COM O SOM DE UM TORNADO. Ouvi algo pesado se quebrar no andar debaixo e joguei minhas muitas cobertas para o lado, olhando para Mya em meio à pilha de livros de L. M. Montgomery e Addie agrupados na mesa de cabeceira entre as novas camas, que combinavam. O quarto estava escuro, com exceção do abajur noturno rosa que Mya insistia em deixar ligado todas as noites. Fui até Mya. Ela estava deitada na cama em um sono profundo, roncando. Independente do terremoto que atingia nossa casa, Mya continuaria dormindo. O teto do nosso quarto era inclinado e abobadado, com uma enorme janela saliente com vista para a rua. Costumava me sentar naquela janela durante horas quando era mais nova, olhando para as estrelas, convencida de que Peter Pan apareceria para me ensinar a voar.

Eu amava nossa casa. De estilo vitoriano e com três andares, ela parecia, para Mya e para mim, a réplica exata de uma casa de bonecas.

Cobrávamos US$1 das crianças que viviam por perto para que pudessem entrar e explorar os pisos irregulares, a despensa de mordomos escondida e a inesperada escadaria de criados que levava para os quartos da parte de trás. A visita ao sótão custava US$1,50. Nós a chamávamos de "A casa do jardim secreto". Mya tinha medo de que a casa fosse assombrada. Mas eu dizia: *"O que esses brancos mortos vão fazer? Apagar as luzes?"* Ainda assim, Mya insistia que o abajur noturno rosa em cima da nossa pilha de livros deveria ficar ligado a noite toda. Batia o pé para insistir, na verdade. Então, o deixávamos ligado todas as noites. Nunca escondi a esperança de que a luz rosa talvez, apenas talvez, me deixasse presenciar o momento em que meus brinquedos ganhariam vida.

Ouvi outro barulho. Parecia uma frigideira atingindo o chão. Saí devagar pela porta e a fechei silenciosamente atrás de mim, para não acordar Mya, para que minhas bonecas pudessem voltar à vida e falar do que viria. No topo da escadaria em espiral de criados que levava à cozinha, vi Loba. Ela tinha a cor da neve e quase o mesmo tamanho que eu quando se esticava, do focinho à cauda. As pontas pretas das orelhas se ergueram quando me aproximei. Começou a andar no topo da escadaria, agitada.

— Sou só eu, menina.

Loba relaxou quando me viu. Deitou-se de novo e apoiou a colossal cabeça nas enormes patas dianteiras, dando um suspiro cansado.

Acariciei a orelha de Loba da forma como ela gostava, e então desci as escadas, com cuidado, nas pontas dos pés, pisando na parte dos degraus coberta com carpete para esconder minha aproximação. Ergui minha longa camisola azul-pálida, enfiando as pontas embaixo do braço. A luz na parte de baixo das escadas se intensificava conforme eu descia. Encontrei meu esconderijo perfeito, que já havia usado muitas vezes antes, onde a sombra encontrava a luz, onde poderia espiar a cozinha iluminada e onde o corrimão grosso me mantinha escondida nas sombras.

Entendi porque Loba tinha ficado no topo da escada.

As brigas entre meus pais se intensificaram ao longo do ano. A polícia fora chamada algumas vezes. Não fomos nós quem chamamos, nunca fomos nós: eram os vizinhos. A barulheira. Gritos que faziam a casa inteira tremer. Não é de se espantar que ela fosse chamada. As panelas batendo; os pratos sendo quebrados. A polícia, em respeito ao meu pai — afinal de contas, ele era um oficial do alto escalão do corpo de fuzileiros navais — batia na porta antes de entrar, e meus pais faziam silêncio. Papai pressionando um dedo irritado nos lábios, um rosnado como os de Loba ainda pairando sobre eles enquanto ele, devagar, deixava os oficiais entrarem.

Parecia que um furacão tinha passado pela nossa cozinha. A porta da geladeira estava aberta, e a comida fora derramada. Pés de alface, tomates no chão. Panelas e frigideiras penduradas em ângulos estranhos no suporte no centro do teto. A grande panela prateada que minha mãe ressuscitava a cada Natal para cozinhar intestino de porco estava de lado em uma das bocas do fogão. Balançava lentamente para frente e para trás.

Ouvi meus pais antes de vê-los, ouvi o inconfundível tom alto da voz do meu pai.

— Olha só, você *tinha* que usar aquele vestido. Você parecia uma maldita idiota hoje.

A risada amarga da minha mãe.

— Sou uma péssima mãe, certo? Então, melhor ser uma péssima esposa também. Me largue!

Meus pais se atracavam pela cozinha em direção à geladeira aberta como uma única força caótica, uma mistura de paetês e roupas azuis dos fuzileiros navais. Papai ainda vestia a jaqueta azul, cujos laços brilhavam sob a luz da cozinha. As costas da mamãe atingiram a quina da geladeira com força e vi nela um olhar assustado enquanto se contorcia como um ciclone devido a dor. Mamãe se jogou na ilha da cozinha para não cair. E papai era como a sombra dela, com postura de boxeador, quicando nos pés, esperando para atacar. Prendi a respiração, as mãos fechadas em punhos, como se eu fosse o oponente dele na luta. Já ouvira meus pais brigarem antes. Por ter sono leve, com frequência acordava com o som dos gritos deles. Meu pai xingando, minha mãe chorando. Mas nunca vira meu pai *bater* na minha mãe. Não achava que esse tipo de caos fosse possível. A verdade me chocou, mas não podia negar. Estava ali, na minha frente: meu pai era capaz de fazer coisas obscuras e terríveis. Ele batera nela. Talvez já o tivesse feito antes. A forma casual como a seguia, a postura de boxeador. Talvez seja por isso que meus músculos estavam tensionados: estava pronta para descer correndo os degraus que restavam e me jogar na frente da minha mãe.

Mas mamãe era uma força. Ela correu em volta da ilha da cozinha com seu paetê dourado, criando distância entre eles em fração de segundos. Com os reflexos rápidos de um animal raivoso, ela pegou uma embalagem de mostarda Heinz em meio à confusão no chão e jorrou seu conteúdo no rosto do meu pai, do outro lado da ilha.

O spray amarelo me fez lembrar, ridiculamente, o arco de uma corda jogada na altura. Desceu pelo uniforme perfeito do meu pai, o amarelo barato parecendo não fazer sentido no azul formal. Por um momento, pensei em um mundo paralelo em que pais terminavam uma noite glamourosa comendo hambúrgueres suculentos tarde da noite, divertidos e provocantes.

— Peça para sua vadia usar preto e branco! — gritou minha mãe.

Papai cambaleou para trás, batendo na geladeira aberta, gritando como um animal ferido enquanto limpava os olhos. Mais barulho do que mamãe fez quando bateu na porta da geladeira, pensei vagamente.

Mamãe parou, abaixou a embalagem e, com a mesma rapidez, correu até meu pai e perguntou:

— Você está bem, querido?

Papai arremessou o braço.

Pode ter sido intenção do meu pai ou não, pode ter sido uma explosão de medo ou raiva, mas o fato é que o punho dele encontrou o preocupado olho esquerdo da minha mãe com um gancho direito que a fez voar para longe. Mamãe caiu em câmera lenta, o vestido de paetê parecendo milhares de vagalumes brilhando em um campo sulista no verão.

Papai andou até a pilha no chão que era mamãe. Não sei dizer onde ele encontrou um pano de prato. No caos que a cozinha estava, tudo acontecia depressa. Ele se inclinou sobre ela, e eu pensei, com uma pontada de medo, que talvez tivesse sangue que ele precisava limpar. Mas então, eu vi: papai usou o pano para limpar o rosto. Ele estava abaixado agora, pairando sobre mamãe.

— Você deixou aquele menino fazer aquilo com Joan — disse ele. — Como eu falei: pior do que não ter mãe nenhuma. — E passou por cima dela. Saiu da cozinha para o corredor escuro que levava para a sala. Manchas amarelas escorriam dos ombros dele. Enquanto o observava ir, as costas dele pareciam as de um estranho.

Eu me agachei, congelada, no meu esconderijo. Não sei como ela fez aquilo, mas, após um minuto, vi mamãe rastejar como já havia visto fuzileiros fazendo em seus treinamentos. Rastejou até atingir a parede, onde ficava o telefone. Um braço se ergueu, procurando o fio. Não encontrou. Fraquejou. Tentou mais uma vez. Fiquei tensa junto com ela, desejando que o telefone caísse na mão dela. Da terceira vez, ela o encontrou. Conseguiu se virar para ficar meio ereta, meio esparramada no chão da cozinha. O olho esquerdo estava inchando, mas era o direito que me assustava. Havia ali um medo e desespero que nunca tinha visto antes em ninguém, principalmente na minha mãe. Não consegui ver os números que ela discava no telefone, mas sabia que não podia ser o número da polícia, porque foram mais do que três dígitos.

— August? — ouvi mamãe dizer. Então, ela começou a soluçar.

CAPÍTULO 7

Miriam

1995

APÓS ALGUM ESFORÇO, Miriam finalmente conseguiu pegar a garrafa de bourbon Pappy Van Winkle que estava em uma prateleira alta da cozinha. A cozinha, assim como a sala, também tinha uma alcova cônica e com vigas altas. A sala, no entanto, era bastante escura, enquanto a cozinha era iluminada e clara. Painéis de madeira pintados de um amarelo claro. O pai dela também havia pintado à mão lilases e aglomerados de lavandas roxas e os beija-flores nas paredes. Miriam se lembrou de que, entre as flores, havia datas escondidas em uma discreta letra cursiva preta: 1º de janeiro de 1863; 7 de dezembro de 1941; 14 de agosto de 1945. E na altura dos olhos, escondida em um buquê: 6 de junho de 1943, a data em que seus pais se casaram.

O pai de Miriam construíra a cozinha para que remetesse a intimidade de um restaurante italiano antigo. Havia uma enorme bancada de madeira que ocupava uma parede inteira. Panelas e frigideiras de todos os formatos e tamanhos estavam penduradas no teto alto. A parede ao norte era de tijolos, e lá ele colocou o fogão e a geladeira tão grande que era quase possível entrar nela. Em vez de uma mesa de cozinha tradicional, ele havia construído uma copa completa com um sofá em formato de U. Um banco curvado em volta da mesa tinha almofadas verde acolchoadas de veludo, e Miriam lembrava que a sensação de sentar nelas era a mesma que sentar em nuvens.

Miriam foi até o sofá, onde a irmã estava sentada em uma almofada esmeralda, espirais de fumaça do cigarro no ar. Miriam não disse nada. Conhecia bem a irmã. Uma sobrancelha arqueada ou um canto retorcido da boca eram evidências o suficiente de suas críticas. Mas já era muito depois da meia-noite. Todas as crianças dormiam. Qual seria o problema?

Miriam serviu a bebida de August primeiro. Colocou um dedo de uísque no copo pequeno e largo dela. Miriam olhou para a própria bebida depois, medindo com um dedo e depois servindo uma vasta quantidade.

— Ah, por que não? — disse, sentando-se em frente à irmã, no sofá.

— Onde você conseguiu esse uísque? — perguntou August.

Miriam fez uma careta enquanto bebia.

— Roubei na noite do baile do Clube dos Oficiais.

— Você não fez isso.

— Fiz sim — confirmou Miriam e tomou outro gole.

— Não faça disso um hábito — advertiu August.

Miriam ergueu uma sobrancelha.

— Acha que não vi a outra garrafa de uísque lá em cima?

August tomou um gole.

— É para limpeza! — cortou.

— O quê?! — Miriam riu, cuspindo a bebida.

— Para quando preciso limpar minha vida dos homens — esclareceu August. Sempre que as irmãs estavam prestes a brigar, August costumava dizer algo que fazia Miriam rir até ficar histérica, arruinando toda chance de uma discussão duradoura. — E sabe como é, para limpar a garganta — adicionou August.

— Menina, quando foi a última vez que um homem entrou aí?

August pausou, o copo a meio do caminho até os lábios.

— Um homem de verdade? Merda, não desde os nossos pais.

Miriam gargalhou alto ao ouvir aquilo. Apoiou a bebida na mesa e ergueu uma mão para cobrir o riso igual ao do Gato Risonho[1].

— Tem notícias do pai de Derek? — perguntou. Se August podia fazer qualquer conversa ficar engraçada, Miriam podia fazer qualquer momento carregar a seriedade do último suspiro de um homem.

August quase cuspiu a bebida.

— Eu não te contei? Aquele preto morreu. Morreu em uma briga de facas em New Chicago. Deus não dá asas, né? Menina, você está longe há tempo demais.

— Você não devia falar assim de Deus. Ou dos mortos. — Miriam sabia que não deveria criticar tanto a irmã quando ela mesma, por vezes, duvidava de Deus. De Seu julgamento. De Suas decisões irracionais. Mas Miriam era a irmã mais velha; vivia em criticismo, quando muito porque queria o melhor para a irmã, queria que a vida dela fosse melhor do que a própria de todas as formas.

Miriam relembrou o momento em que estacionou na enorme entrada da casa naquela tarde. Parar em frente a uma casa mais familiar para

[1] Personagem fictício do universo de Alice no país das maravilhas, criado por Lewis Carroll, característico por seu sorriso pronunciado. (N. da T.)

ela do que o sangue que corria em suas veias. Chegara em casa. Por conta própria. Pela graça de Deus e, ainda mais surpreendente, pela bondade de um velho senhor branco. Miriam sabia que Deus gostava de pregar peças. Assim como Ele dava, tirava. Deu para ela uma ótima mãe e tirou o pai. Deu duas filhas por quem cruzaria o Saara, deu o olho roxo, tirou o marido, a dignidade. Deus era um duende. Uma fada. Podia assumir a forma que Ele quisesse. Talvez tivesse feito isso em Sugar Tree.

Miriam viu a reprovação no rosto da irmã.

— Quem precisa de Deus quando tenho Al Green? — disse. — Sabe como é, ele ainda prega. Juro por Deus. Nem a cinco quadras de distância. Mas só canta música gospel agora. Não é uma merda isso? A voz mais bonita do mundo, a menos de cinco quadras de distância, e não podemos ouvi-lo cantar "Belle". — August tomou um gole da bebida e respondeu à sobrancelha julgadora de Miriam: — Ouça, Meer. Eu gosto de acreditar em pretos que ao menos consigo ver. — Segurou o copo de uísque e começou a mexê-lo em círculos. — E não vejo um bom homem há anos.

— Se não temos Deus, August, quem diabos nós temos? — perguntou Miriam. Ela tentou, mas não conseguiu conter a irritação na voz. Odiava que a irmã não compartilhasse a mesma fé dela. Miriam ia à missa porque a mãe ia. Sentia que a fé da mãe fora concedida a ela, algo hereditário, algo herdado, algo que a mantinha mais perto da mãe, que as deixara.

August riu por muito tempo. Então, ela ergueu o copo.

— Temos esse uísque bem aqui.

Elas brindaram.

— Você sempre tem algo inteligente para dizer — falou Miriam, rindo, decidindo ignorar. Não era como se ela fosse à missa todos os domingos. Não estava exatamente na posição de dar sermão e não tinha a energia para comprar briga. Ao menos não essa briga.

O jantar aquela noite foi difícil. Sem que precisassem combinar, Miriam e August sentaram no meio da família recém-formada, os corpos criando uma barreira entre Derek e as meninas.

Quando Miriam levou Joan ao banheiro, apoiou-se em um joelho, despiu a filha com a habilidade que somente as mães possuíam e a abraçou por muito tempo, as duas sem dizer uma palavra.

No centro da mesa de jantar redonda havia uma pequena caixa de cristal. Joan tinha ficado quieta durante o jantar, então Miriam abriu a caixa e, com um aceno, encorajou Joan a pegar um dos cartões lá dentro.

Joan hesitou por um segundo, mas então pegou o cartão. Seus olhos se arregalaram quando começou a ler a oração escrita em dourado.

— "Não vos esqueçais da hospitalidade, porque por ela alguns, não o sabendo, hospedaram anjos". Hebreus 13:2 — leu.

— Que oportuno — brincou August. — Aposto que estou fazendo milhares de anjos rirem agora. Alguém me dê um Emmy!

Mya deixou escapar uma risada esganiçada e bateu a mão na mesa, balançando os pratos de cordeiro cozido em vinho tinto, batatas vermelhas amanteigadas com salsa e inhame cristalizado no vapor.

— My, você por acaso sabe o que é um Emmy? — perguntou Joan.

— E *você* sabe? — Derek interrompeu. Era a primeira vez que Derek falava diretamente com Joan. Palavras escolhidas como uma arma. O silêncio era como um revólver. E quando aconteceu, quando foi disparado, toda a mesa ficou em silêncio.

Miriam e August trocaram olhares, então o olhar de cada mulher foi para sua respectiva criança.

Miriam viu Joan colocar o cartão de volta devagar, com cuidado, na caixa de vidro e fechar a tampa. Joan então apertou os olhos até que fossem meras fendas em seu rosto.

— Eu sei mais do que você pensa — respondeu, por fim. Então fez o sinal da cruz três vezes e pegou a faca de cortar carne.

Miriam foi trazida de volta para o presente com uma rispidez que a fez pular em seu assento acolchoado.

— Tiros — disse August. Então: — Vocês vão ouvir com frequência. Menina, parece que você levou o último bom cidadão consigo quando foi embora. — E deu uma tragada no cigarro de menta. Fumara até chegar no filtro. Fumaça e o eco do tiro pesavam no ar. — Merda, eu vi uma menina semana passada em Chelsea. Não tinha nem 14 anos de idade. Na esquina, menina. *Mostrando tudo.* Está me ouvindo? O crack podia ser um vírus pelo tanto de estrago que causou aqui.

Miriam terminou o que restava do uísque em um único gole, jogando a cabeça para trás para que a bebida fizesse mais efeito. As bochechas estavam vermelhas, sabia disso. O tiro soara desconfortavelmente perto. A última vez que tinha ouvido um tiro, tinha a idade de Joan: 10 anos. Também fora uma arma de calibre 32 naquela época. E ela estava com a mãe.

— August, eu sou uma mãe ruim por ter vindo aqui? Por trazer as meninas? — Miriam mordeu o lábio e torceu o longo rosário de ouro em seu pescoço como sempre fazia quando estava nervosa.

August se remexeu nas dobras do quimono e pegou o maço de cigarros e o isqueiro. Ela levou bastante tempo removendo um cigarro novo do maço, colocando-o na ponta de seus lábios carnudos, inclinando a cabeça na direção da chama e cobrindo-a com uma mão eficiente, acendendo o cigarro, inspirando e expirando em um longo fluxo de fumaça.

— Você só é uma mãe ruim se não alimentar suas filhas — respondeu August em meio à fumaça. — E, falando nisso, com o que você vai trabalhar? Estão contratando secretárias na delegacia.

— A mesma que matou meu pai? — questionou Miriam.

— Touché — disse August. Ela balançou o copo para frente e para trás com rapidez, sinalizando para a irmã que precisava de mais.

Miriam revirou os olhos. Ela serviu uma boa quantidade para a irmã e depois fez o mesmo para ela.

— Não. Vou deixar nossa mãe orgulhosa.

Os olhos tediosos de August se fixaram em Miriam.

— Você *não vai* — falou ela, com surpresa em sua voz.

— Eu vou. Trouxe meu histórico escolar. Não sou uma idiota completa. Trouxe o que era importante.

— E eles vão pagar você?

— Eu liguei. A mulher no escritório de admissões disse que faria o que pudesse. — Miriam ergueu o copo em um brinde.

— Ah, e isso não resolve tudo? — August brindou com a irmã. — Mais uma enfermeira na família. Sei que mamãe ficaria orgulhosa, Meer. Muito orgulhosa.

— Vai ser um inferno — predisse Miriam, mas sorriu. Levou uma palma preocupada à testa e a manteve ali enquanto exalava. Voltaria para a faculdade, aos 40 anos. Somente os estudos seriam o suficiente para sobrecarregá-la. As noites que passaria na biblioteca. E todos os outros estudantes, tão jovens, famintos e ambiciosos. Miriam só era faminta. Sabia que precisava sustentar as filhas. E algo nela, profundo e quase animalesco, instintivo, não queria o dinheiro de Jax nem que ele o oferecesse. Queria fazer isso sozinha.

A mente dela voltou a uma briga do passado, quando Jax fez uma pergunta perversa que ela não conseguiu responder: "*Onde você acha que vai, quão longe acha que pode chegar, com dois bebês, sem faculdade e com essa cara negra?*". Miriam duvidava que tinha a resposta naquele instante. Mas sabia que precisava tentar encontrá-la.

Talvez fosse o uísque, mas sentiu um calor repentino no peito quando a perna molhada da calça de Joan surgiu em sua mente. *"Como vamos sobreviver"*, pensou consigo mesma. *"Como diabos?"* Foi sacudida da própria preocupação quando sentiu a irmã agarrar o braço dela de repente, com força.

— Tem que ser melhor do que aquele inferno que você acabou de largar, Meer. Tem que ser.

— É melhor mantermos aquele menino longe da Joan.

August endureceu em seu assento.

— Não aja dessa forma — disse Miriam. — É melhor dizer em voz alta. — Ela remexeu o uísque no copo. — Tenho medo que minha Joanie acabe matando seu menino.

CAPÍTULO 8

Miriam

1988

ELA ESTAVA GRÁVIDA DE NOVO. Dessa vez era o começo do outono e as noites de Memphis estavam espetaculares. Grande parte das árvores estavam alaranjadas — a luz do sol batendo nas flores douradas. Ela e August estavam sentadas na varanda da frente, chá gelado em mãos, e Miriam se sentia grata pela noite de ar fresco. A brisa sacudia os girassóis que a mãe havia plantado anos antes e que, de alguma forma, sobreviveram à primeira geada de Memphis e cresceram, tão fortes quanto titãs. E sem a morte da mãe pairando sobre sua gravidez, o bebê parecia mais leve, mais fácil. Miriam estava cansada do luto. Cansada de ver a falecida mãe em todas as partes da casa em Memphis. Miriam a via como se estivesse ali, em carne e osso, parada na cozinha com uma panela de comida quente fervendo no fogão. Ou, em outra ocasião, pensou que havia alguém no quintal, e jurava ter visto a mãe ali, perto dos tomates, com o chapéu de palha e tudo mais.

Quando Miriam ficou grávida de Joan, finalmente entendeu porque a mãe, por vezes, pegava o uniforme do pai, engomava-o, deitava-o na cama e chorava baixinho próximo a ele, até cair no sono. Quando Hazel morreu, tudo que restou para Miriam foi o luto por ela. Então, a via o tempo todo. Ela estava na sala de parto. Durante 26 horas, Miriam suou e respirou pesado e empurrou seu primeiro bebê para fora, enquanto gritava:

— Mãe, isso dói!

O bebê era uma menina.

— Joan. — Miriam batizou a filha.

— E ela viu coisas que outros não poderiam — disse para Jax quando tudo acabou.

E, agora, Miriam retornara a Memphis para dar à luz uma segunda vez. Jax estava fora, em um treinamento de oficiais, uma estadia anual para qualquer oficial do alto escalão do Corpo de Fuzileiros Navais. Ele perderia o parto da segunda filha. Mas Miriam tinha sido inflexível de que a segunda filha também deveria nascer em Memphis.

Apesar de sentir falta do marido, estava feliz por estar de volta em casa com a irmã e o jovem sobrinho. Joan também amava a casa, seu corpo pequeno explorando como um filhote de gato, sempre se escondendo nos recantos dos móveis antigos. August tinha dado à luz oito anos antes, o primeiro filho homem na família North em gerações. Ela falava pouco do pai dele, e Miriam, por não querer chatear a irmã, fazia poucas perguntas.

Do lugar em que estavam sentadas na varanda, as irmãs olhavam do outro lado da rua, a nogueira-pecã no jardim do vizinho, oscilando gentilmente com a brisa. Elas deram um gole nas bebidas, apesar de o chá gelado de August ter sido incrementado com uísque. Estava enrolada em um novo quimono de seda que Miriam dera de presente para ela.

— Como está se sentindo? — perguntou August.

Miriam não respondeu. A forma como a irmã perguntou, o tom da voz — como se a irmã se aproximasse de um animal selvagem ferido e fraco — a fez de lembrar da noite do casamento dela.

August, com quase 15 anos de idade naquela época, estava parada atrás dela, enrolando os cachos longos de Miriam em pequenos bobes cor-de-rosa. Miriam usava uma longa camisola de seda com mil garças brancas delineadas em lantejoulas esmeralda ao longo das dobras do tecido.

A mãe delas estava sentada na ponta da cama acolchoada do quarto das filhas, observando. Al Green cantava no toca-discos. *"Don't look so sad. I know it's over"*[1].

— Como você está se sentindo? — perguntou Hazel. A preocupação se moldava ao seu rosto como a base da maquiagem.

— Mãe — disse Miriam, suspirando, tentando não revirar os olhos em exasperação.

— Você sabe que ela está apaixonada, mãe. Sabe lá Deus porque — acrescentou August.

— Eu amo vocês, suas duas loucas, sabe lá Deus porque — respondeu a mãe, um sorriso tímido no rosto. Então, após uma pausa, o sorriso sumiu. A preocupação havia voltado. — Meer, vocês não sabem nada um do outro.

— Eu sei que quero ficar com ele — afirmou Miriam.

— Ser esposa de um fuzileiro é difícil, muito difícil.

— Ficar sozinha também é.

---

[1] "Não fique triste, eu sei que já acabou", da música "For the Good Times", de Al Green. (N. da T.)

A mãe ficou em silêncio. Miriam analisou a enorme safira pousada no dedo anelar esquerdo dela.

— Você afogaria, com certeza — disse August, rindo.

— August! — sussurrou Miriam. — Se algo acontecer, eu volto para casa, mãe.

"All ya gotta do is, all ya gotta do is make believe you love me one more time"[2], cantava Al Green.

— Minhas amadas filhas, tão lindas, as duas podem sempre, sempre voltar para casa — disse a mãe, enxugando as lágrimas nos olhos.

Agora Miriam sentia as lágrimas surgirem nos cantos dos olhos enquanto olhava para a barriga, sentada no balanço da varanda, perguntando-se se sempre pensaria naquele lugar como sendo sua casa. Se os futuros filhos o fariam. A irmã sentou ao lado dela, chutando seu pé com gentileza para manter o balanço se movendo.

— Me pergunto se as nozes estão prontas para serem colhidas — considerou August. Algumas haviam caído devido ao vento e quicaram perto das raízes retorcidas da árvore do vizinho, antes de se acomodarem no gramado escuro.

— Como vai a faculdade? — August havia sido aceita na Southwestern, que passara a se chamar Rhodes, na primavera anterior e estava se dedicando aos estudos.

— Parece que tudo que faço é ler e escrever. Consigo ler um romance antes de terminarmos essa garrafa. — August bebeu.

---

2   "Tudo o que você precisa fazer, tudo o que você precisa fazer é fingir que me ama mais uma vez". (N. da T.)

— Você ainda não está falando com Deus? — perguntou Miriam. Por que ela era assim? Tão crítica com a amável e brilhante irmã? A única na família que não era devota.

— Sobre o quê? — indagou August, cuspindo as palavras em uma amargura aguda.

— Você sabe que não é culpa Dele que mamãe morreu.

August remexeu o gelo no copo, encarando-o, e bebeu um gole.

— Então de quem diabos é a culpa?

Uma batida, a enorme porta amarela se abriu, o vento batendo com uma força que a fez se escancarar e se fechar de novo.

— O que diabos é isso? — começou August. — Derek, a hora de dormir já passou faz tempo. — Ela parou de falar tão abruptamente quanto a porta havia aberto.

Miriam teve que inclinar a cabeça para o lado, já que August era muito mais alta, mas por fim viu Joan.

Joan estava nua da cintura para baixo, com a camiseta do pijama do Caco o sapo desgrenhada e parte dela presa nos cachos do cabelo. Pequenos filetes de sangue desciam pelas pernas negras e rechonchudas de bebê. Os olhos estavam arregalados como pires mas secos como ossos, olhando através do crepúsculo e do vento de outono.

— Meu Deus — sussurrou August. O copo dela caiu, tombando nas dobras do quimono e molhando as almofadas do balanço da varanda.

Miriam não se lembra de ter levantado, mas deve ter se movido como um raio, porque de repente estava de joelhos na varanda, os braços em volta de Joan, tentando absorver o corpo da filha no seu, sussurrando *"Oh, querida. Oh, querida. Oh, querida"*, como se as palavras fossem um encanto que fizessem tudo ficar bem. *"Ela tem 3 anos"*, pensava sem parar. *"Ela só tem 3 anos."*

August encontrou o cabide de arame no quarto de Derek. Uma das pontas retorcidas, escorregadia por causa do sangue.

Uma semana depois, Miriam e Jax estavam sentados no consultório do pediatra no centro de Memphis. Ela vestia um terno rosa com grandes botões pretos que desciam por toda a frente, luvas de renda, o cabelo preso. Queria parecer tão respeitável quanto possível. Dentro do caos da semana, o conselho tutelar visitara a casa, levara Derek para aconselhamento e terapia mandada pelo Estado, afastado por meses. E se o mesmo acontecesse com Joan? Era um pensamento assustador demais para lidar. Então, ela vestiu as melhores roupas. Certificou-se de que Jax fizesse o mesmo. Ele não a deixou ajustar a gravata logo pela manhã. Tirou a mão dela com um tapa, sem dizer uma palavra. Miriam notou o suor pingando do cabelo grosso cortado rente, como se ele tivesse vindo correndo do avião. Talvez tivesse.

Ele tirou licença dos treinamentos dos fuzileiros assim que Miriam telefonou. Pegou um helicóptero em uma discreta instalação militar, embarcou em um voo militar e posou em Millington um dia depois. Entrou na antiga casa de tijolos de Memphis, escancarou a ampla porta amarela e pegou a filha no colo. Só falou com ela por dias. Acariciou os seus cachos macios e pequenos. Sussurrava: *"Minha Joanie. Minha Joana D'Arc. Minha valente Joanie."*

Chegaram dez minutos mais cedo na consulta. Miriam se certificou de que isso acontecesse. Mandou August esperar no carro. Levar Joanie para tomar sorvete, talvez. Ou comer ovos, como ainda era bastante cedo. Não deveriam demorar mais do que uma hora.

Miriam viu a consciência brilhar nos olhos castanhos escuros da irmã enquanto falava. Parecia âmbar brilhando. Miriam não precisou dizer mais nada. Ela tinha estendido a mão para a janela do carro. Deu um tapinha tranquilizador na mão da irmã, pousada no volante do Cadillac, e seguiu Jax até o hospital. Não precisou olhar para trás. Não precisava verbalizar suas preocupações: *"E se a tirarem de mim? E se disserem que não sou uma boa mãe e levarem minha filha? Tirarem ela daqui. Levarem ela para longe."* A irmã havia compreendido: o brilho âmbar no olhar pestanejou enquanto se afastava, Joan presa na cadeirinha no banco de trás.

O Dr. Seth Cobb era um homem pequeno com dedos longos e finos e uma testa grande acentuada pelos óculos com grossos aros pretos. O escritório ficava no sexto andar da ala infantil do Hospital Mount Zion Baptist, o mesmo hospital em que Miriam e Joan nasceram e onde a mãe de Miriam, Hazel, trabalhou como a primeira enfermeira negra.

O médico estava sentado em uma cadeira estofada de couro com uma fila de diplomas atrás dele, organizados na parede como uma exposição. Joan fora examinada por ele mais cedo e também na noite do estupro. Miriam e Jax estavam sentados na frente do homem, que mantinha o pequeno queixo erguido enquanto falava, como se estivesse olhando para eles de cima.

Miriam retorcia o rosário dourado, enquanto Jax, perto dela, estava completamente imóvel. Não estava uniformizado. Vestia uma camisa Oxford bastante branca e calças plissadas.

Miriam parou de morder o lábio e soltou:

— E quais são os próximos passos?

— O hímen dela se rompeu. Ela tem algumas cicatrizes, mas irá se recuperar. Vou receitar alguns antibióticos para isso.

"Meu Deus. Minha bebê", pensou Miriam.

— Ela é alérgica a penicilina.

O médico ergueu ainda mais o queixo enquanto examinava algumas das anotações em frente a ele.

— O que acontece quando ela toma penicilina?

Miriam não gostou do tom dele. Havia dúvida. Como se não acreditasse nela. Mas ela sabia muito bem ao que a filha era ou não era alérgica.

— Surgem erupções na pele. — A voz de Miriam estava tensa. Falava devagar, tentando ser educada, cordial.

— Ah, sim. Há outros remédios. Não se preocupe.

— Estou preocupada com minha filha, doutor. Com o trauma. Ela vai se lembrar disso? Para o resto da vida? Vai ter que carregar *isso* com ela? Queremos... — Miriam levou alguns instantes para formular a frase. — Queremos o melhor para nossa filha. Somos bons pais.

O Dr. Cobb deu de ombros.

— Ela não vai se lembrar disso — afirmou categoricamente.

Ela não conseguia acreditar.

— E por que você acha que não? — perguntou Miriam. Deixou de lado as gentilezas, sem tentar mascarar o desprezo em sua voz.

— Porque a garota só tem 3 anos — replicou ele, brusco, bem direto ao ponto.

Miriam se encolheu. O modo como ele disse "garota".

— Olha. — O Dr. Cobb apoiou as mãos ordenadamente na enorme mesa em frente a ele. — Eu vejo muitos casos assim. Casos demais, na verdade. Crianças abandonadas. Em lares ruins.

Miriam precisou reunir todas suas forças para não se levantar nesse instante. Mas, por mais que se esforçasse, não conseguiu deixar de erguer uma das mãos enluvadas.

— Meu pai é Myron North. O primeiro negro a se tornar detetive de homicídios nessa cidade. Meu marido é capitão no Corpo de Fuzileiros Navais nos Estados Unidos. Esse *terno?* — Miriam agarrou o colarinho da roupa. — Chanel vintage. Não falta nada àquela *menina*. Nada. — A mão de Miriam tremia de raiva.

— Veja bem, não estou dizendo que esse é o caso aqui — continuou, monótono, como se ela não tivesse dito nada, como se não tivesse ouvido uma única palavra da enfática proclamação de Miriam sobre a humanidade da família. — Estou falando de forma geral, entende.

Miriam percebeu, com um misto de alívio e horror, que seu maior medo — Joan ser levada para longe dela — não passava de uma fantasia. Duvidava que aquele homem se importasse com a vida de uma criança negra.

Ele continuou, indiferente, parecendo inabalado, o tom seco nunca mudando.

— E ela é nova. — Ele balançou uma mão. — Não será afetada. Ao menos o psicológico dela não será. Vai ficar dolorida durante alguns dias. Recomendo banhos quentes. Banhos com aveia. Vai sentir algum desconforto, é claro. Pode ser doloroso na hora de urinar, mas os remédios vão ajudar com isso. Devido à idade dela, vou prescrever uma dose muito pequena de remédio para dor. Se perceber que a dor piorou ou que tem sangue na urina, traga ela de volta. Mas seria mais raro do que o cometa Haley aparecer três vezes — disse ele. — Uma menina de 3 anos se lembrar do próprio estupro.

"Por Deus, que seja assim", Miriam pensou. *"Não mate esse branco. Se recomponha. Mantenha a cabeça no lugar. Pergunte sobre aconselhamento."*

Assim que Miriam abriu a boca, o Dr. Cobb se levantou e disse:

— Um bom fim de semana para vocês. — E abriu a porta para eles saírem.

CAPÍTULO 9

August

1988

AUGUST QUASE CONSEGUIA ouvir a voz da mãe dizendo:

— Não deixe o carro morrer, August. Pegue leve com ele. É o último presente que Myron me deu. — O Cadillac Coupe de Ville de 1950 tinha a cor do fogo. August se perguntava se isso fazia dele mais uma carruagem ou uma bomba naquele dia.

August fez uma leve curva à direita no East Parkway na direção da entrada do Hospital Infantil Mount Zion Baptist e viu a forte luz do sol de novembro. Verificou o retrovisor para ver se a curva havia perturbado Joan. Ela não estava dormindo. Não fizera som algum durante o passeio, mas os olhos estavam abertos, olhando a distância pela janela, a cabeça apoiada na cadeirinha.

August obedecera a Miriam apenas em partes. Em vez de sorvete, levou a menina para o Rhodes College, que ficava perto. Caminhou com ela pela grama do campus, apontou para os grandes carvalhos, a hera cobrindo as pedras alabastro dos prédios da faculdade. August não tinha notado para onde ia até que estivesse no estacionamento da faculdade. Sentia-se como se tivesse sido guiada por uma força do subconsciente, algo que a lembrava que não era só o futuro de Joan e de Derek que estava em jogo. O dela também. O objetivo de seguir os passos da mãe.

Enquanto August caminhava pela grama, segurando a sobrinha, refletia como aquele pitoresco dia de novembro não refletia a vergonha da situação. A hera parecia moedas douradas escalando os prédios altos. As folhas laranjas das árvores brilhavam no leve vento, fazendo com que as árvores parecessem faíscas que cintilavam. Para August, o dia parecia uma maldita celebração.

Deus com certeza tinha senso de humor.

August dirigiu na direção da luz, procurando pela irmã e pelo cunhado. O mínimo que podia fazer era deixá-los no prédio, manter Joan a salvo durante a consulta deles e depois buscá-los, nenhum dos dois em condições de dirigir. Com Derek ausente, a casa estava mortalmente silenciosa enquanto ela cuidava de Joan.

— Eu preciso que a porra de um médico olhe nos meus olhos e me diga que minha filha vai ficar bem — dissera Miriam pela manhã, com olhos turvos e parecendo em coma durante o café da manhã. August nunca ouvira a irmã xingar. Nunca ouvira esse tipo de vulgaridade em sua boca. Desprovida de vida. Joan, enquanto isso, estava grudada no quadril da mãe como um carrapato.

August parou o Caddy do lado de fora da entrada, em ponto morto. Analisou o horizonte. Uma fileira de nogueiras enfeitava o lado oeste do hospital em uma linha ordenada.

Ela avistou a irmã vindo de uma das entradas menores, laterais, à esquerda da entrada principal. Era difícil não enxergá-la — faltavam alguns dias para Miriam dar à luz. Ela seguia Jax até onde a calçada encontrava o asfalto. August deu seta para a direita. Ela virou o carro e atravessou o estacionamento.

Jax se virou então, não para August — ele ainda não tinha visto o carro dela — mas de volta para Miriam. Ela o alcançou com rapidez. Ele dizia algo que August não conseguiu entender. Ela apertou os olhos sob a luz da manhã, xingando a si mesma por ter deixado os óculos escuros na maldita mesa da cozinha em casa. O sol estava de cegar, refletindo nas árvores com um brilho dourado.

Ela engatou a segunda marcha e acelerou um pouco. Nunca gostara muito do maldito ianque, de jeito nenhum, e não gostava do jeito como ele estava gesticulando para a irmã.

Estava quase lá. Então... um movimento rápido. E Joan começou a gritar, um som terrível e desesperado. O pé de August escorregou da embreagem e ela parou o carro.

O braço direito de Jax estava estendido como se ele estivesse alcançando uma tocha olímpica. Exceto que, em vez disso, sua mão estava fechada com força ao redor do pescoço da irmã. E ele apertava. August viu os pés da irmã chutarem o ar. O preto a estava erguendo do chão!

— Deus... — e August proferiu o mesmo xingamento que usou quando encontrou a mãe morta no jardim — Caralho! — Ela se atrapalhou com a ignição. Tentou ligar o carro de novo, mas como Deus era ardiloso, ele morreu pela segunda vez. — Merda! — gritou August.

Jax ainda estava estrangulando a irmã dela.

— Que se foda — disse August, soltando o cinto de segurança. Ela deixou a porta do lado do motorista aberta. Chaves ainda na ignição, correu em direção a eles. Podia ver que Miriam estava com as mãos sobre as de Jax em uma tentativa de afrouxar o aperto.

A poucos metros de distância, percebeu que podia ser alta, apenas um pouco mais baixa que Jax, mas não pesava o suficiente para dar um soco no rosto desse homem, e parecia necessário mais do que um tapa. Mas Jax estava de costas para ela. Poderia derrubá-lo. Usar o peso de sua corrida para se impulsionar como uma bola de basquete humana contra ele.

E foi exatamente isso que ela fez. Empurrou o corpo nas costas de Jax com toda a força que tinha.

Jax caiu.

Assim como Miriam.

Mas August estava lá para pegá-la, amortecer sua queda. Ela se permitiu cair no chão e deixou a irmã tombar sobre ela. Se certificou de que a barriga da irmã estava protegida, apoiando as mãos para receber todo o peso de Miriam e do bebê.

Como conseguiu catapultar o próprio corpo para derrubar Jax e salvar a irmã, August nunca chegaria a saber. Mas não agradeceria a Deus por isso. De modo algum. Ele permitiu que tudo aquilo acontecesse, August pensou enquanto estava deitada no asfalto frio, a irmã em cima dela, arfando, ofegante. Afinal, que tipo de Deus faz uma tia abandonar a sobrinha gritando em um carro?

Que tipo de Deus faria uma mulher negra escolher uma coisa dessas?

Que tipo de Deus permitiria que a irmã dela ficasse com um homem assim?

Mais tarde, naquela noite, Miriam explicou calmamente a August que Jax era o marido dela. Que ele nunca tinha feito isso antes. Que ele melhoraria. Todos eles melhorariam. O médico disse que Joan não se lembraria do estupro. Talvez ela nem se lembrasse de Derek. Da consulta. Todos eles se recuperariam disso. Jax não estava sendo ele mesmo. O estresse daquela situação. O choque. A vergonha.

— Você sabe como são os homens, né?

August não ouviu e não sabia de nada. Sabia apenas que Deus era ardiloso. Assim como todos os homens que ela conhecia. August estava cansada daquilo. De toda aquela confusão.

Mais tarde, no silêncio solitário da casa escura, depois que todos foram para a cama, August não conseguia parar de ouvir os gritos de Joan. Ecoando pelo estacionamento, projetando-se para fora da porta aberta do lado do motorista do Coupe de Ville.

Essa Joan. August precisava que o médico branco estivesse certo — talvez ela não se lembrasse daquilo. De nada daquilo. Talvez ela nem se lembrasse de ter sido deixada no carro.

O som dos gritos de Joan ressoou na memória de August. Ela pegou a garrafa de uísque da prateleira da cozinha e bebeu até não conseguir ouvir nada além de sua promessa para si mesma — *se aquela menina pedir qualquer coisa para você, seja o que for, você dará.*

CAPÍTULO 10

Joan

1995

APÓS O JANTAR NA NOSSA primeira noite na nossa casa de Memphis, mamãe levou Mya e eu para o quarto de costura. A parte de trás da casa era dividida em duas alas — leste e oeste, com um corredor comprido que conectava as duas. No meio desse corredor ficava o banheiro em que mamãe me limpara mais cedo naquele dia. O corredor escuro parecia vagamente familiar. Eu tombei minha cabeça para a esquerda e fiz uma promessa para mim mesma de nunca ir além daquele banheiro compartilhado. Nunca iria para o lado da casa em que Derek ficava.

Mamãe nos conduziu pelo corredor, onde havia dois quartos — o quarto de costura na esquerda e o quarto em que ela dormiria à direita. Quando mamãe abriu a porta, vi colchas enormes, grandes o suficiente para cobrir nossas camas de solteiro duas vezes, penduradas nas paredes com papel de parede azul. A sala era toda enfeitada com elas. Mais para dentro, vi uma pequena antessala em um canto com uma cortina que escondia parte de uma enorme máquina de costura bronze da Singer, completa com pedais.

Mya correu para a cama embaixo de uma enorme colcha amarelo vivo com um diamante azul no centro, como enfeite. Para mim, restou a cama mais perto da janela saliente, a cama embaixo da colcha verde-esmeralda com padrões da Árvore da Vida. Era nossa árvore genealógica, ramificando-se em lindas folhas com nomes costurados; vi "Hazel", "Della", "Myron" e nomes que eu não conhecia, como "Sarah", "Clyde" e "Arletha".

Minha mãe segurou minha mão e usou nosso aperto para apontar para a colcha com a Árvore da Vida.

— Você viu seu nome do meio, Joan? Foi dado em homenagem à sua bisavó, Della, que fez essa colcha.

Mya tinha subido na cama dela e estava pulando, testando sua elasticidade.

— Eu gosto daqui! — exclamou entre pulos.

— Sua avó Hazel também fez algumas dessas — disse mamãe. — A amarela, na cama da My. Se recusava a comprar uma máquina de costura. Fez essas, tudo isso, a mão. Ela dizia "que escrava tinha uma máquina de costura?" e voltava a costurar a mão. — A voz ficava embargada sempre que falava da mãe dela.

— Obrigada — disse Mya pulando — aos — outro pulo — ancestrais — outro pulo — por colher algodão — mais um pulo — para que a gente não tenha que colher!

— My, se você não descer dessa cama, vou fazer você ir buscar o chinelo para mim.

Nós duas sabíamos que essa ameaça era uma brincadeira. Mamãe nunca nos batia. Mesmo quando devia fazê-lo, como quando quebramos o conjunto de elefantes de jade brincando com eles como soldadinhos; os olhos grandes dela ficavam tão marejados e tristes que Mya e eu pedíamos desculpas na mesma hora. Talvez ela soubesse que ouvíamos todas as brigas que tinha com papai. Talvez ela soubesse que havia um limite do que meninas pequenas podiam aguentar.

Uma colcha com hipnotizantes padrões quadrados, de cor azul-claro, estava pendurada em um baú marrom. Mamãe apontou na direção dela com a cabeça.

— Ela fez aquele ali para você, Joan. Começou a fazer quando liguei para dizer que estava grávida. My... eu juro. É melhor você parar de pular nessa cama!

Mais tarde, naquela noite, enfiadas embaixo de pilhas de colchas e cobertores, Mya e eu ouvimos as vozes abafadas de mamãe e da tia August. Vinham em ondas, como suas risadas. Então, havia momentos de longo silêncio. Um grito. Uma garrafa batendo no balcão da cozinha. Mais risadas. Alguém soluçando baixinho.

Apesar de o quarto ter duas camas, Mya saíra da dela para se aconchegar comigo na minha cama, o que fazia sempre que estava assustada, mas não queria admitir. Loba era grande demais para caber na cama que eu e Mya estávamos dividindo — mas só Deus sabe o quanto aquela cachorra tentou subir ali. Ela se deitou em cima de nós, 35 quilos de um cobertor de pelos, e começou a lamber o rosto de Mya.

— Loba, pare — pediu Mya, empurrando a enorme cabeça de Loba para longe dela.

— Desce, Loba — mandei.

Loba chorou em resposta, mas obedeceu. Ela se enrolou como uma bola e dormiu no chão, o mais perto que conseguia da cama.

— Sua testa é tão grande — disse Mya. Ela bateu o dedo indicador na minha testa como se enviasse uma mensagem em código Morse. — É gigantesta.

Eu a belisquei o mais forte que consegui.

— Fica quieta e vai dormir.

— É igual a testa do papai.

Eu a chutei, não forte demais, por debaixo das cobertas.

— Vai dormir — disse, fazendo "xiu".

— Você se parece com o papai, mas eu pareço com a mamãe, então eu sou bonita.

Minha sobrancelha se ergueu e eu ri.

— É mesmo? — perguntei.

—É sim.

— Tudo bem para mim. Eu sou a inteligente.

Mya se remexeu embaixo das cobertas, pegando grande parte das cobertas.

— Às vezes — pausou — você é *um pouco* inteligente — concluiu, levando bastante tempo para dizer "um pouco".

— Meu Deus, eu quero um irmão.

— Você acha que vamos ver ele de novo?

— Quem? — perguntei.

— Achei que você era a inteligente! — A voz de Mya parecia cantada, zombeteira.

Eu não queria pensar no meu pai. Papai: o vilão violento. E, ainda assim, sentia falta dele como se tivesse perdido parte do corpo. Sentia falta até do cheiro das mãos dele. Da graxa de sapato para as botas militares que ele engraxava todas as noites, e dos cigarros. Os da marca Kools.

— Amanhã, devíamos sair para explorar — sugeri, mudando de assunto.

Uma explosão repentina nos assustou. Loba ficou de pé em menos de um segundo, os pelos eriçados do pescoço até o rabo. Ela rosnou baixinho.

Mya agarrou meu braço, enfiando as unhas e balançando.

— O que foi isso? — perguntou ela entre dentes. Sempre teve medo de tempestades. O uivo do vento a fazia correr para o colo da mamãe ou para a juba de Loba.

As vozes da mamãe e da tia August pararam por um instante, depois recomeçaram.

— Xiu, não é uma tempestade — disse para Loba.

— Não gosto mais daqui — falou Mya. — Mudei de ideia. — E então: — O que o menino fez para você?

— Nada.

— Não vai me contar?

— Não vou.

— Vai sim. — Uma pausa. Loba se acomodou perto da cama de novo. — Se você quiser, posso matar ele.

— My! — exclamei.

— Eu posso. Entro de fininho no quarto quando ele estiver dormindo. Bato na cabeça dele com uma frigideira.

Eu gargalhei. Mya riu. Deu-me uma cotovelada forte nas costelas. Empurrei-a, com delicadeza.

Ficamos deitadas ali por um instante, quietas. Virando a cabeça para ela, eu lhe disse:

— Nunca entre no quarto daquele menino. Você entendeu? Por nada. — Tentei soar tão severa, tão séria quanto possível. Mya tinha que saber que não podia nunca, por motivo algum, jamais, ficar sozinha com aquele menino.

Os olhos de Mya me faziam lembrar do cervo que vimos na parada do restaurante: arregalados e interrogativos.

— Você ouviu? — perguntei. — My. É importante.

— Sim — respondeu ela, imitando meu tom de voz sério.

— Bom. Agora vai mais para lá. Não consigo dormir com você suando em mim.

— Bom, *eu* não consigo dormir com a sua testa tão brilhante e iluminada — provocou Mya. — Parece a Lua.

— Pense nela como aquele maldito abajur noturno que você tanto gosta — sugeri. — Você devia era me agradecer.

NA MANHÃ SEGUINTE, a cozinha tinha cheiro de casa — da mistura de farinha, manteiga e bacon fritando. Mya e eu observávamos nossa mãe e nossa tia prepararem o café da manhã. Era estranho; elas se moviam da mesma forma. O movimento das mãos, dos quadris — até mexiam os pulsos do mesmo jeito quando colocavam uma fatia de tomate na mistura. Tia August era uma versão mais alta e mais escura da mamãe. Era tudo bastante desconcertante.

Eu sempre fui a mais escura. Mya era um clone exato da mamãe. Pele no mesmo tom de sorvete de nozes. Mais claras do que eu. O cabelo obedecia à chapa alisadora, ao pente alisador ou ao secador. O meu não. Meu cabelo era uma densa floresta de cachos rebeldes. Não ligava para o pente nem para minhas preces a Deus. Tanto Mya quanto mamãe eram pequenas, mulheres esguias. Eu era mais alta que Mya porque era três anos mais velha, mas era provável que fosse sempre mais alta. Tudo em meu corpo era grande: as pernas, os braços. Quando Mya estava brava comigo, ela me chamava de Espantalho de *O Mágico de Oz*. E minha pele escura — mamãe nunca me tratou diferente de Mya por causa disso, graças a Deus. Mas não precisava fazê-lo. Os vizinhos já faziam. Minhas professoras. Outras meninas, negras e brancas, do nosso bairro. As pessoas que trabalhavam nas mercearias. Os pais me entregando quantidades menores de doces no Halloween. Todas as pessoas que olhavam confusas, duas vezes, os olhos encarando. A dó por trás dos olhares prolongados vinha a seguir. Então, o desgosto.

E agora vinha com tanta clareza, vendo minha tia August colocar tomates verdes no óleo escaldante, que eu tinha puxado a ela. E ela era uma visão. A pele dela tinha a cor da noite. Eu imaginava desenhá-la. Queria acertar o tamanho de seus membros, a curva das bochechas altas. Queria colocá-la no papel. Fazer com que morasse ali. Uma prova da beleza negra. Queria que o mundo visse e se envergonhasse.

Ela começou a cantarolar em frente ao fogão quente. A voz, mesmo cantarolando baixinho, parecia os sinos da igreja tocando. Minha mãe não sabia, mas certa vez, Mya e eu ficamos acordadas até tarde assistindo *A cor púrpura*. Se a tia August não era a própria Shug Avery...

Não sabia onde Derek estava e não perguntei. É provável que ainda estivesse dormindo.

Enquanto comíamos, mamãe disse:

— Meninas, levem essa torta na mercearia do Stanley quando terminarem. É no fim da rua; não dá para não ver. — Usava um avental por cima do vestido de ficar em casa, e o cabelo ainda estava enrolando nos bobes. Estava coberta de farinha. Colocou uma torta de limão na nossa frente. Precisei de todas minhas forças para não enfiar o dedo no meio e trazer o sabor adocicado para minha boca.

"Levem a Loba com vocês — prosseguiu. — Ela precisa de uma boa caminhada. E digam ao sr. Koplo que fui eu que mandei."

— Menina, Stanley já morreu — anunciou tia August. Minha tia estava parada perto do fogão, jogando o último dos tomates verdes fritos de um lado para outro na gordura do bacon, sem tirar os olhos da panela.

— Não! — Mamãe fez o sinal da cruz, então pressionou a cruz na ponta do rosário de ouro na boca.

— No mesmo mês que mamãe — acrescentou tia August. — Que coisa, não? Mas o filho dele comanda o lugar agora. Muito bom. É igualzinho a ele. — Ela virou um tomate verde na frigideira.

— Por que você não me contou? — gritou mamãe.

— Menina, você estava grávida de oito meses. Mamãe tinha acabado de morrer. Não era inferno suficiente?

Mamãe suspirou e se virou para nós.

— Bom, levem para a mercearia do Stanley de qualquer modo e digam que é da família North e, com sorte, o filho dele vai saber porque — disse ela.

— Eu quero comer a torta — falou Mya.

August riu.

— Eu fiz uma torta para a gente — afirmou a mamãe.

As tortas dela eram famosas no nosso bairro. Ela as distribuía como presente de Natal para os vizinhos, nossos professores, o carteiro. Durante os feriados ou qualquer um dos meus aniversários ou os de Mya, o balcão da cozinha ficava coberto de farinha e merengue e cachos de amoras para as tortas.

— Por quê? — perguntei.

— Porque ela fez uma torta para a gente? Você está doida? Elas são deliciosas — falou Mya, batendo em meu ombro.

— Não — retruquei — porque temos que *entregar* a torta.

Mamãe suspirou. Eu percebia que ela queira que saíssemos da cozinha.

— Porque aquela família fez uma boa ação para o pai da sua mamãe há algum tempo — explicou August.

— O que você quer dizer com "o pai da sua *mamãe*"? — perguntei.

— Se vocês não saírem daqui agora... — ameaçou mamãe.

Mya desceu do banco e tentou equilibrar a torta na cabeça.

— August, tire minhas filhas daqui antes que eu faça isso.

Minha tia se virou do fogão para observar a atuação de Mya ao equilibrar a torta.

— Bem, ao menos a mais velha tem bom senso — observou, voltando a cozinhar.

— Mya, se você derrubar essa torta que levei a manhã inteira para fazer... — alertou mamãe, nos apressando para fora da cozinha. Podia ouvir na voz dela que estava tentando esconder um sorriso. Loba estava pronta, próxima a porta, sapateando no tapete persa.

— Mãe, fique quieta. Você nos criou direito — salientou Mya em um sotaque britânico surpreendentemente bom, a torta ainda equilibrada na cabeça.

Mamãe abriu a porta da frente para nós, balançando a cabeça.

Loba saiu correndo na direção dos gatos malhados empoleirados nos degraus da varanda.

— Não destruam minha cidade — gritou mamãe quando chegamos à calçada.

— É *nossa* cidade agora! — gritou Mya de volta, com o mesmo sotaque britânico.

— Onde diabos você aprendeu isso? — sussurrei, então fiz o sinal da cruz. Estava convencida de que se fizesse o sinal da cruz a cada vez que falasse um palavrão, cancelaria qualquer pecado.

Mya se virou bruscamente, quase derrubando a torta.

— *Mary Poppins*! Como que você...? Você não se lembra... você estava sentada bem do meu lado assistindo, criança!

Revirei os olhos. Minha mãe estava certa; podíamos ver o açougue da calçada em frente à casa, na esquina do próximo quarteirão. Se virássemos para a direita, estaríamos ali em alguns minutos e depois voltaríamos. Mas se virássemos para a esquerda...

Mya e eu trocamos olhares significativos.

— Direita, então, campeã, segure isso — falou Mya enquanto me entregava a torta. Ela assobiou, algo que nunca aprendi a fazer, e Loba deixou os gatos que perseguira até uma nogueira e veio até nós.

— Ainda precisamos entregar a torta — disse.

— Sim sim, xiu xiu, colega — respondeu Mya e prendeu a correia na coleira de Loba.

No final da nossa rua, do lado oposto da mercearia de Stanley, que acabava em uma amoreira, ficava uma velha casa rosa. Era a maior em toda a rua, ainda maior do que nossa casa em Camp Lejeune, mas também era a mais antiga. A casa de plantação sulista em ruínas se apoiava por completo em seus alicerces, como uma mulher negra exausta de um dia de colheita de algodão. Era rosa — ou tinha sido quando fora construída, provavelmente centenas de anos antes. Agora, o rosa desbotado mais parecia um malva fosco, rachando e borbulhando na base de cada coluna da varanda que circundava a casa. Originalmente pintada de branco, a varanda também estava descascando e desbotada. Um ninho de falcão estava empoleirado no parapeito de uma janela no andar de cima.

Mya assobiou maravilhada quando nos aproximamos. Eu me sentia como se estivesse em algum antigo quadro sulista em que, a qualquer instante, um general confederado fantasmagórico apareceria nos degraus da varanda, fumando um charuto e declarando que os malditos ianques amantes de pretos seriam derrotados no Natal.

Em vez disso, uma mulher da cor das margens lamacentas do rio Mississippi estava sentada nos degraus da varanda. Seus longos cachos estavam agrupados em cima de sua cabeça e envoltos em um intrincado pano Kente. Ela usava um vestido azul esvoaçante tão desbotado quanto a casa. Cestas de vime iguais repousavam em um degrau mais baixo, na frente da mulher. Ao nos aproximarmos, pude ver que as cestas estavam cheias de verduras. A mulher pegava legumes de caule longo, quebrava as pontas em um movimento rápido e jogava os pedaços em suas respectivas cestas.

Assim que as vi, soube que precisava desenhar as mãos dela. Eram encantadoras. Seus dedos longos e negros escuros me cativaram, entrelaçados como estavam em uma dança fluida com a vagem. Eu não saberia dizer a idade dela — parecia jovem e velha ao mesmo tempo —, mas era óbvio, por sua pele escura refletindo a luz da manhã, que era linda. *Talvez Memphis não seja tão ruim assim*, pensei. *Todas essas mulheres de pele escura ao meu redor. Tanto para desenhar. Tantas cores para pintar.*

Paramos perto da base da escada e Loba sentou, quase tão alta quanto Mya, mesmo quando sentada. Mãos são a coisa mais difícil de ser desenhada. Mas as mãos dessa mulher, com as veias anciãs e nós dos dedos endurecidos — eu sabia que suas mãos seriam minha *Mona Lisa*, as

Laranjas de Cézanne, as *Nenúfares* de Monet, se conseguisse desenhá-las corretamente.

— Vocês duas são as meninas de Miriam? — Sua voz era Memphis pura. Parecia o tiro que ouvimos na noite anterior, agudo e ainda assim lento, ecoando longe na escuridão da noite.

— Como você sabe quem somos? — perguntou Mya.

A mulher pareceu surpresa.

— Vocês North têm todas a mesma cara. Ninguém nunca disse isso para você antes?

— Eu te dou esta torta aqui se você me deixar vir aqui e desenhar você — disse sem pensar.

— Joanie! — exclamou Mya. Ela puxou meu braço e eu quase deixei cair a torta de limão.

— Fica quieta — sussurrei.

A mulher riu e jogou outra vagem partida na cesta.

— Não precisa disso. Por que você não colhe algumas amoras lá atrás e me traz uma torta? Pode me desenhar o quanto quiser se fizer isso.

— Aquelas amoreiras são suas? — perguntei. Apontei com a cabeça na direção esquerda da casa dela, para o fim da rua sem saída.

— Acho que sim — respondeu — e suas agora, se você me trouxer um pouco da torta da sua mãe. — Ela fez uma pausa, jogou uma vagem na cesta e disse: — De todo modo, por que você quer me desenhar?

— Eu gosto das suas mãos.

— Minhas mãos? — A mulher fez um gesto com a mão direita, segurando uma vagem comprida. — Essas coisas? Bem, suponho que *sejam* bastante mágicas.

— Quando você estala os dedos, pode fazer meus brinquedos dançarem? — perguntou Mya.

— Como é, querida?

— Mary Poppins consegue. E ela é mágica *de verdade* — disse Mya.

Belisquei o braço de Mya.

— Não seja grosseira — repreendi, torcendo a pele dela.

— Não, sua irmã está certa. Tem que provar. Minha magia — disse ela.

— Você pode fazer um tapete mágico para voarmos? Ou pode fazer com que vire noite agora? — Mya ignorou meu beliscão, pulando em antecipação da magia que estava prestes a testemunhar.

A mulher se levantou do lugar em que estava sentada nos degraus. Limpou a vagem que havia grudado em seu vestido.

Mya e eu, e até Loba, recuamos um pouco. Imaginei que a mulher abriria os braços, jogaria a cabeça para trás e diria algumas palavras mágicas que deixariam o céu preto no mesmo instante. Em vez disso, ela ficou lá nos degraus da frente e me encarou por um longo tempo. Parecia que eu estava olhando para um eclipse solar — eu sabia que não deveria encará-lo de frente, mas queria ver o fenômeno.

— Enterre algo daquele menino — disse ela.

Meu estômago embrulhou. Não havia dúvida de que ela se referia a Derek. Mas como, *o que*, ela sabia?

— O cabelo funciona melhor. Um pente. Enterre bem fundo na terra vermelha. Faça isso à meia-noite. Não conte para ninguém.

— E depois? — perguntei, tentando soar corajosa. — O que acontece depois?

A velha sorriu.

— Então você conhecerá a *verdadeira* magia da Srta. Dawn.

Dois anos depois que roubei o pente preto de Derek do nosso único banheiro compartilhado e o enterrei no fundo do quintal, enquanto Mya estava em cima de mim segurando a lanterna e entoando Ave Marias, dois anos depois do dia em que minhas mãos ficaram cobertas de barro fértil de Memphis, aquele garoto estava na cadeia.

CAPÍTULO 11

August

1995

O SALÃO DE AUGUST estava cheio naquela sexta-feira. Nos fundos da casa de dois andares, ao lado da cozinha, havia uma porta que dava para um porão rebaixado que, com três pequenos degraus, levava ao salão de beleza. August pegara capas de discos antigos para decorar as paredes com os rostos de Diana Ross, Jackson 5, Stevie Wonder, Earth Wind & Fire. Encostada na parede oeste havia um grande lavatório para os cabelos das clientes e, em frente a ele, quatro cadeiras de couro preto com encosto reclinável. Esses assentos estavam sempre, sempre cheios. Miriam sabia assar, mas August sabia estilizar. Cortar, encaracolar, condicionar, trançar — ela tinha um dom. Poderia fazer com que a mulher mais acabada e sem graça no norte de Memphis saísse parecendo a Srta. Diana Ross em carne e osso.

Um pátio nos fundos, anexo ao porão, também servia como sala de espera do salão. Também havia algumas cadeiras ali para as mulheres sentadas embaixo de gigantescos secadores de cabelo que pareciam capacetes de astronauta, esperando suas madeixas secarem. A porta de tela traseira servia como entrada do salão, para que as mulheres não precisassem passar pela casa principal para chegar até ali. Uma placa em cima da porta, escrita com fonte simples e preta, dizia SALÃO DA AUGUST e, embaixo, PROIBIDO CRIANÇAS, PROIBIDO HOMENS & AQUI COMEMOS PESSOAS BRANCAS.

Droga, pensou August enquanto seus dedos percorriam com suavidade o cabelo úmido de uma cliente. *"Preciso mudar a placa?"* Mya apareceu e sumiu do canto da visão de August. Fazia duas semanas desde que elas chegaram, mas a garota tinha descoberto como fazer a *jukebox* funcionar na primeira vez que entrou no salão. August ouviu os inconfundíveis acordes de abertura de "Respect" de Aretha.

"Bem, pelo menos a menina tem bom gosto, pensou. *Como diabos sobrevivemos com o dinheiro do salão é uma incógnita. Mya come como um homem. Droga, espero que Meer encontre alguma coisa e rápido."*

Duas mulheres tinham passado pelos secadores; aquela que, no momento, tinha seus cabelos lavados por August; Jade e seu alisamento habitual esperando por ela no sofá; e ela sabia que a Srta. Dawn chegaria a qualquer instante. August se virava bem com o dinheiro do salão quando era somente ela e Derek, mas houve meses em que as contas foram pagas com atraso ou as luzes se apagaram. Ainda que se qualificasse para tal, ela se recusava a receber auxílio alimentar do governo. Questão de orgulho. Ela quase riu alto naquele instante. Contando com Loba, a casa havia crescido em três humanos e uma cadela em uma única manhã.

— Isso é bom.

A mulher debaixo de August a trouxe de volta à realidade. August sorriu. Ela sabia que seu salão era uma bênção. As mulheres do norte de Memphis também sabiam disso e iam em massa até lá. August só tinha os domingos de folga. Ela entrava na cozinha nas noites de sábado, muito depois da meia-noite, afundava no banco macio da mesa e adormecia ali. Não conseguia nem percorrer o corredor até o quarto.

Mas August não pôde deixar de pensar em tudo que havia desistido. Os sonhos de ir para a faculdade, talvez até mesmo seguir e realizar o sonho da mãe de ter uma médica na família. Claro, ela tinha engravidado, e cedo. A maioria das meninas em Memphis fazia isso. Mas ela sabia, apenas sabia que teria conseguido fazer aquilo. Ir para Rhodes, terminar a faculdade. Obter o diploma. Viver. Sustentar o filho.

O filho — que, anos antes, interrompera abruptamente os planos de August de ir para a faculdade. Na mesma noite do estupro de Joan, o conselho tutelar apareceu na casa de Locust, e um policial arrancou Derek dos braços de August enquanto ela o mordia em frenesi. O filho dela. A quem ela havia perdido duas vezes — primeiro, por um mês após o estupro de Joan e, de novo, dois anos depois, quando ele quebrou o braço de um colega de classe. Desta vez, ele voltou para casa apenas após seis meses, porque August saíra de Rhodes e provara ao conselho tutelar que, com seu salão de cabeleireiro, estaria em casa o tempo inteiro para cuidar dele.

— "What you want, baby, I got it!"[1] — gritou Mya.

August de repente percebeu que Mya, com todos os 7 anos dela, tinha montado na *jukebox* do salão como se fosse um daqueles cavalos mecânicos na frente dos supermercados, em que se podia introduzir a moeda para brincar, e estava cantando junto com Aretha. Pente na mão para imitar um microfone.

— Joanie! — berrou August acima da voz de Aretha. — Pegue sua irmã!

---

[1] "O que você quer, querido, eu tenho", da música "Respect", de Aretha Franklin. (N. da T.)

— "Just a little bit. Just a little bit. Just a little bit"[2] — cantava Mya, seu rosto transformado com paixão.

Elas podiam ser pobres — as luzes se apagaram durante o jantar, enquanto comiam pé de porco e nabo; as duas meninas de Miriam foram enviadas para procurar velas, rastejando como baratas na escuridão —, mas eram mulheres North. Riam muito e alto sempre que podiam. Riam com frequência. Deixavam-se levar na loja de August.

Miriam e suas meninas, fugindo de um homem ruim que batia em Miriam para se sentir inteiro. Sim, August estava aliviada pela irmã por fim ter decidido ir embora, antes que Jax a matasse. Mas e agora? Depois daquele primeiro jantar, Joan se recusou a falar com Derek, nem mesmo dava sinal de perceber sua presença na maioria das vezes. Fazia com que os jantares familiares fossem esquisitos, às vezes silenciosos. Mas então Mya soltava algo engraçado: — *sis-boom-bah! O som que uma ovelha faz quando explode!* — e até mesmo Joan levava a mão ao rosto ou à barriga para não rir. Pelo menos isso: o riso. *"Pelo menos isso"*, pensou August.

August passou condicionador no cabelo da mulher, enrolou sua cabeça com habilidade em uma toalha e disse a ela para ficar sentada na varanda debaixo de um secador por vinte minutos.

— Minha cabeça está um ninho de vespas, querida criança, me ajude.

Enxugando as mãos em uma toalha, August ouviu a Srta. Dawn antes de vê-la. A música que tocava, "Please Please Please", de James Brown, deve ter silenciado a pequena campainha sobre a porta.

A Srta. Dawn era a cliente favorita de August. Ela morava na mesma rua, em uma casa que Joan e Mya batizaram de "Jumanji". Um enorme salgueiro cresceu bem dentro dela, brotando da própria fundação.

---

[2] "Só um pouco. Só um pouco. Só um pouco", mesma música. (N. da T.)

A Srta. Dawn chegava cedo todas as sextas-feiras à tarde, pontualmente às 13 horas, antes que as massas de mulheres negras descessem até o salão. Ela sentava para seu retoque padrão e saía da loja com os cabelos arrumados em uma escova elegante, gritando para as garotas de Miriam:

— É melhor vocês terem namorados na próxima vez que eu vir vocês — o que fazia Joan corar e Mya dar gritos incontroláveis de alegria.

— Ora, Srta. Dawn — disse August, com os braços estendidos para abraçar a senhora idosa — você chegou cedo hoje.

— Eu estava entediada, criança, naquela casa, entediada até a morte — respondeu a Srta. Dawn, dando um beijo leve na bochecha de August. — Achei melhor vir aqui ver o que vocês estão fazendo... — A Srta. Dawn fez uma pausa.

Mya, que havia descido da *jukebox*, usava uma vassoura para simular James Brown convulsionando no palco do Apollo, cantando seu amado sucesso de bilheteria. Joan fazia a segunda voz e imitava a irmã que se retorcia.

— ...e essas meninas... — continuou a Srta. Dawn com uma sobrancelha levantada. August encolheu os ombros e balançou a cabeça.

— É a vida — disse ela.

— É a vida — concordou a Srta. Dawn.

De repente, Joan surgiu na frente delas, seus olhos castanhos ansiosos brilhando para os olhos velhos da Srta. Dawn. Mya ainda estava encenando movimentos de James Brown para o deleite das outras mulheres no salão, a Srta. Jade a abanando com um antigo folheto da igreja.

— Queria muito mostrar meus últimos desenhos para você — disse Joan. Então, fez uma reverência.

— Menina, você acha que a Srta. Dawn é uma rainha ou algo assim? — perguntou August, surpresa, mas não sem achar graça.

— Sim — respondeu Joan, séria, sem nenhum sinal de vergonha ou constrangimento em sua voz. — Eu acho, tia.

Os braços da Srta. Dawn eram como os galhos da árvore que crescia no meio de sua casa — fortes e musculosos, velhos e elegantes, longos e castanhos. Ela apoiou um dos braços no ombro de Joan, puxou-a para perto e se inclinou para que suas testas se tocassem em um abraço silencioso e privado.

— Ora, ora — disse August. — Conheço você a vida toda e não é assim que nos cumprimentamos.

— Fique quieta. Eu e essa garota temos algumas coisas para aprontar. Vá pegar os desenhos, criança. Quero ver — pediu a Srta. Dawn.

Joan se foi em um piscar de olhos, seus passos ecoando pelos longos e emaranhados corredores da casa.

A Srta. Jade, outra cliente fiel, riu dessa interação enquanto esperava em um canapé dos anos 1950 por um alisamento. Jade estava com August desde que o salão abrira. Ela tinha sido amiga de sua mãe, ajudou a criar Miriam e comandava o jogo de apostas no bairro desde que ele veio a existir, ao que tudo indicava. Sempre usava um casaco de vison claro que valia uma pequena fortuna. Carregava uma pequena pistola na bolsa da Coach. Com cabo de pérolas. A Srta. Jade parecia a tia preocupada ou avó insistente que todas as pessoas têm. Queria sempre o cabelo alisado da mesma forma. Nunca mudava. Mas August havia se recusado a colocar um relaxante no cabelo da Srta. Jade. August foi esperta. O cabelo da mulher tinha crescido trinta centímetros desde que August começara a fazer a sua mágica.

August tentou fazer com que Miriam apostasse um número com a Srta. Jade uma semana antes, quando elas estavam bêbadas na mesa da cozinha.

— Você pirou? — Miriam arregalou os olhos. — Estamos falidas.

August riu, batendo com a mão na mesa. As risadinhas a dominaram. Sentia dificuldade em respirar. Mas conseguiu falar:

— Meer, você é católica, mas continua sendo preta!

— Está na hora de dormir, irmã.

— Hum, desculpa, Srta. August — disse uma voz de soprano, entrando da varanda dos fundos —, mas faz trinta minutos que estou esperando. Você sabe que tenho um encontro hoje à noite.

Mika era a cliente que August menos gostava, mas dinheiro era dinheiro. E August não era tão metida e poderosa que pudesse recusar o dinheiro de Mika. Maldição, precisava daquele dinheiro mais do que nunca. Jovem, com não mais de 30 anos, Mika entrava desfilando no salão, a cabeça enfaixada com um lenço de seda Gucci, os saltos no chão de ladrilhos fazendo o mesmo som de suas longas unhas de acrílico nos balcões de linóleo. E o som de sua voz. Deus! August não sabia que uma mulher negra podia soar tão parecida com uma branca.

Sim, Deus sabe, August precisava do dinheiro da hora que Mika havia marcado para arrumar o aplique, mas precisou reunir todas suas forças para não sair pela porta de tela para o pátio e sacudir Mika como a bebê chorona que era. Em vez disso, ela perguntou em voz alta:

— Por quê? Não é com um branco?

O salão rugiu. Explodiu em aplausos e risadas que duraram muito tempo, fazendo August se lembrar de *Showtime at the Apollo*[3].

---

[3] Programa de variedades apresentado por Steve Harvey. (N. da T.)

— Fala mesmo, August — gritou uma mulher de meia-idade debaixo de uma secadora, balançando um lenço rosa no ar para enfatizar seu ponto de vista.

— Senhor, tenha misericórdia — disse a Srta. Jade.

— Já estive com um homem branco uma vez — acrescentou a Srta. Dawn, deixando todas no salão chocadas. — Oh, sim, criança, deixa eu contar para você. Já faz anos que o matei.

Se o salão já havia entrado em erupção antes, esse era o primeiro grande tremor pós-erupção. Todas as mulheres no salão se sacudiam de tanto rir. Até Mika abriu um sorriso teimoso.

Jade disse do sofá:

— Vocês são todas malucas.

Nesse instante, Joan voltou correndo, com o braço em volta do caderno de desenho. August jurava que quase não via a menina sem ele.

— Não, não, estou indo, Mika. Só um momento, querida — gritou August por cima do alvoroço.

Mas o salão ainda não tinha terminado com Mika.

— Quando ele mostra o chucrute minúsculo, você não tem vontade de morder? — perguntou alto uma mulher alta e clara na fila para lavar os cabelos, o cabelo indo de um lado para o outro.

As capas de discos emolduradas nas paredes tremiam com as risadas. Riso que era, por si só, negro. Risadas que podem quebrar vidros. Risadas que poderiam estimular uma família. Uma cacofonia de alegria feminina negra em sua própria língua privada.

Joan se acomodou em uma cadeira ao lado da Srta. Dawn, o bloco de desenhos aberto.

August deu um tapinha no ombro da Srta. Dawn.

— Vou deixar vocês duas senhoras fazerem isso. O dever me chama, — sussurrou ela, então revirou os olhos na direção de Mika.

Assim que August se virou para Mika, pelo menor dos segundos, viu a si mesma com o canto do olho: seu rosto fora desenhado em intrincados detalhes a lápis no caderno de desenho de Joan.

Ela ficou surpresa — pela imagem de si mesma, tão realista, e pelo fato de que uma criança de 10 anos a havia desenhado. *"Ela tem um dom"*, pensou August. Como ela mesma tinha o dom da música. *"Isso não é algo notável? Como os dons podem viajar."*

August adorava aquilo tudo. O caos. Mya pulando em móveis como se tudo fosse um cavalo para montar. Até a pobreza, a incerteza. Deixaria para se preocupar outro dia com o que aconteceu e o que ainda poderia acontecer entre Derek e Joan.

Restavam apenas alguns resquícios das gargalhadas, agora risadinhas cada vez mais baixas com a alegria que se suprimia, como uma sinfonia em diminuendo. Eventualmente, um silêncio suave desceu sobre o salão lotado. As mulheres voltaram a ler a *Essence*, a *Jet*, seus romances. A Srta. Jade verificou a hora em seu relógio. Até as meninas se acalmaram, por fim entediadas com a *jukebox*. August viu que Joan largara o caderno de desenho para ajudar a irmã a descer da *jukebox*.

August começou a cantarolar, de modo lento e profundo, combinando com o tom de risada que ainda ecoava em seus ouvidos. Sua voz ficou mais alta, sílabas formando palavras. Uma música tão familiar para as mulheres no salão quanto as filhas são para as mães, irmãs para irmãs. Mya, sem que ninguém lhe pedisse, pausou a música que vinha da *jukebox*. A Srta. Jade também começou a cantar. Mya também. A Srta. Dawn. Joan. Todas as mulheres do salão. August sentiu que conhecia as palavras melhor do que ela mesma, na maioria das vezes. E quando ela atingiu aquela nota alta — aquele dó agudo —, até Mika acenou com a cabeça adornada com bobes e cantou junto.

Talvez fosse o fato de estarem todas juntas mais uma vez — as mulheres North embaixo do mesmo teto. Talvez fosse por ver o desenho de Joan e a onda de amor e proteção que brotou nela naquele momento. Querer que Joan sempre valorizasse seu dom a fez querer honrar o seu. August não sabia explicar direito, mas imaginou que a mãe ficaria orgulhosa. Então, talvez ela tivesse feito isso por ela.

"How sweet the sound that saved a wretch like me."[4]

---

[4] "Que doce o som que salvou uma miserável como eu." Trecho do hino *gospel* "Amazing Grace", de John Newton. (N. da T.)

Parte II

CAPÍTULO 12

Joan

1997

A BUZINA DE UM CARRO SOOU na entrada da casa, assustando a todos nós. Tia August, sobressaltada, pulou para a frente, fazendo o café cair da xícara. Mya estava entre colheradas do mingau de milho com queijo, mas parou a colher no ar, a caminho da boca. Eu estava sentada ao lado dela com meu caderno de desenho no colo, e meu lápis deslizou na página. Derek tinha uma mão na porta da geladeira e a outra segurava um litro de soro de leite coalhado.

Dois anos. Fazia dois anos desde que minha mãe, Mya, Loba e eu entramos em nossa van Chevy Astro branca, lotada com tudo o que tínhamos — umas às outra. Chegamos na casa da vovó Hazel exaustas, famintas, com o ar-condicionado quebrado, os cabelos desgrenhados, lembrando de todos os pecados que um homem negro cometera contra nós.

Minha mãe ainda estava no banho. Do meu lugar no banco da cozinha, conseguia ouvir a água do chuveiro caindo. Logo começaria o dia, correndo para a aula com uma rosquinha comida pela metade enfiada na boca. Fora aprovada no Rhodes College, no mesmo programa de enfermagem da mesma faculdade que a mãe dela frequentara. Nas noites de domingo, Mya, mamãe e eu nos sentávamos na cozinha para terminar nossos respectivos deveres de casa. Mamãe até conseguiu um emprego de meio período na biblioteca da faculdade, guardando os periódicos nas prateleiras e separando microfichas muito depois do horário de fechamento da biblioteca. Não era muito, mas já era alguma coisa. Eu nunca tinha visto minha mãe tão ocupada e tão contente.

A manhã tinha sido típica. Eu estava desenhando o vaso de flores na mesa da cozinha, mas minha mente estava em outro lugar. As férias de verão haviam chegado, e eu planejava passar o máximo de tempo que conseguisse desenhando. Nos dois anos desde que nos mudamos para Memphis, nem mesmo meu ódio por Derek conseguiu me cegar da beleza da minha nova cidade, meu novo lar. Eu nunca tinha visto verões tão exuberantes e verdes, nunca tinha passado tanto calor em toda minha vida. Em Camp Lejeune, tínhamos o frescor do Atlântico que tocava nossas sobrancelhas e esfriava nosso suor, ainda que fosse meio-dia. Aqui, as mulheres de Douglass não saíam de casa sem um leque de papel com a programação da igreja impressa no verso. Subíamos em árvores para fugir do calor — eu, Mya e os gatos. Como as pedras da varanda eram quentes demais para deitar, os gatos tinham se mudado para a magnólia na frente, a ameixeira ao lado e descansavam sonolentos nos galhos — e nós também.

Eu queria pintar tudo. Os ventiladores da igreja, todas as cores do arco-íris. As mulheres de todos os tons que iam até o salão de tia August não para as escovas habituais, mas para o alívio das tranças nagô, coques bantu e trancinhas. Eu queria desenhar Mya e os gatos nas árvores verdes.

Já que a escola acabara e não havia lições de matemática para mamãe cobrar de mim, meu objetivo para o verão era compilar uma série de esboços de mulheres do bairro que aprendera a amar. Minhas sessões semanais na varanda da Srta. Dawn aumentaram minhas habilidades como artista. Eu tinha páginas e páginas de suas mãos se movendo de um lado para o outro. Se o tempo permitisse, já que o calor era quase sufocante, eu pegaria um cavalete e me sentaria lá com ela por horas. Parecia que podíamos falar sem parar por muito tempo. Com frequência, Loba colocava a enorme cabeça no meu colo e dormia assim.

Desenhar era meu refúgio. Podia escapar para dentro do meu caderno de desenho. Não via muito Derek porque escolhi que fosse assim. Sim, ele estava lá, morando na mesma casa que eu. Mas me comportava como se ele fosse um gato doméstico que eu não gostava muito e que também não gostava muito de mim. Se ele entrava em uma sala, eu saía. Se ele falava comigo, o que era raro, eu murmurava. Houve alguns impasses na cozinha. Sempre sem som algum. Os jantares, a única refeição que nós cinco fazíamos juntos, eram tensos e estranhos. Meu estômago revirava e eu perdia o apetite. Na maioria das noites, pedia para sair da mesa e me retirava para a varanda da frente, levando meu prato de comida comigo. Era um inferno espantar os gatos, as moscas, as abelhas e os pássaros que pareciam querer o que estava no meu prato: purê de batatas com molho, nabo, inhame cristalizado e ossos do pescoço cobertos de molho picante. Eu batia em todos eles e comia com rapidez enquanto pegava meu caderno, apoiado em meus joelhos, e fazia aquilo que mais amava. Se me concentrasse no desenho em mãos, Derek desapareceria nos confins da minha vida.

O carro na nossa entrada buzinou de novo, dessa vez durante mais tempo.

— Preto, vai — ordenei.

— É isso aí — disse Mya, com seu sotaque britânico ligeiramente abafado pela boca cheia de mingau. Mas por trás do humor de Mya, seus olhos estavam gelados. Ela perguntara o que havia acontecido entre mim e Derek na primeira noite em que chegamos, e não voltou a perguntar. Não precisava dos detalhes para saber de que lado estava. Mya poderia me irritar do jeito que só irmãs mais novas conseguiam. Suas piadas constantes. Sempre medindo minha testa. O jeito que ela olhava por cima do meu ombro enquanto eu estava fazendo a lição de geometria e gritava as respostas corretas em sua voz de Mary Poppins antes que eu sequer conseguisse compreender o enunciado. Mas ela lutaria contra Satanás por mim, punhos minúsculos cerrados e sem medo.

— Joan — disse tia August com um suspiro. Ela parecia cansada. Tinha derramado café na frente de seu roupão e pegou um papel toalha.

Derek tomou um longo gole do litro do soro de leite coalhado, colocou-o de volta e fechou a porta da geladeira.

— Que inferno, Derek, não vá — reclamou tia August.

Durante o ano letivo, meninos com pistolas salientes na parte de trás da cintura de seus jeans apareciam à nossa porta todas as manhãs pontualmente às 7h30 para escoltar a mim, a Mya e Derek, o mais novo jovem recruta deles, até a Douglass High School. As classes de ensino médio e fundamental estavam localizadas a apenas um quarteirão de distância. Aquele havia se tornado o quarteirão mais perigoso do norte de Memphis. Na noite antes de irmos para nossa nova escola, dois anos atrás, tia August se sentou comigo e Mya enquanto mamãe tomava banho e nos disse com franqueza que, desde que mamãe fora embora de repente com nosso pai ianque, o Douglass Park 92 Bishops controlava nosso novo bairro e os bairros ao redor do norte de Memphis: Douglass, Chelsea, New Chicago. Tive a sensação de que a tia queria acrescentar "horrível" à sua descrição do papai, mas se deteve. Deu uma tragada no cigarro e continuou explicando, com calma, que não deveríamos usar vermelho, não deveríamos usar azul. Tínhamos que nos ater aos tons neutros. Sempre. Um afiliado dos Bloods, os Douglass Park Bishops, usava bandanas vermelhas penduradas nos bolsos traseiros ou amarradas em torno dos bíceps ainda em crescimento. Eles atiravam nas pessoas, explicou ela. Crianças. Que dormiam em suas camas.

Mamãe às vezes dizia que Memphis mudara desde a última vez que estivera ali. Havia tantos lotes abandonados, agiotas e lojas de bebidas quanto igrejas agora, salpicando a cidade onde antes havia pilares e monumentos da negritude — Clayborn Temple, Sun Records, o Lorraine Motel. Eu tinha ouvido tia August dizer a mamãe que a maioria dos brancos fugira para o campo no início da década, para os campos de algodão do condado de Shelby e suas escolas só para brancos. Às vezes eu achava que as gangues eram uma bênção de certa forma. Fizeram Memphis se tornar negra. Totalmente. Homens e mulheres negros corriam por essas ruas sem um branco à vista — um alívio. Se Memphis estivesse viva, as gangues seriam seus glóbulos vermelhos e brancos — matando, curando e repetindo.

No início daquela primavera, a Kings Gate Mafia, um subgrupo dos Crips, foi até o Norte e atacou o novo chefe de Derek, Slim. Todos na vizinhança sabiam que Slim era o sumo sacerdote dos Douglass Park Bishops, mas mesmo ele não conseguia se esquivar das balas. A casa de Slim ficava do outro lado da nossa rua. Em maio, um Lincoln preto parou devagar na frente da casa de Slim e três quase garotos, quase homens, pendurados nas janelas, AK-47 em punho, atiraram em todos os seres vivos dentro da propriedade de um andar construída no meio do século, em que ele morava: Slim, a mãe dele, a avó e uma cadela da raça pastor alemão que protegeu a família e o quarteirão por seis anos. Loba tinha brincado com ela.

Assim que tivemos certeza de que as balas haviam parado, saímos todos de pijama para a varanda. Era tarde da noite, mas mesmo à luz da lua podíamos ver que a nogueira no jardim da frente de Slim, aquela em que escalávamos e comíamos nozes inúmeras vezes, fora devastada pela saraivada de balas. Tia August fumou um Kool e apertou mais o quimono quando a brisa aumentou. O cabelo da mamãe estava preso em uma touca de seda rosa. Ela torceu seu rosário de ouro nos dedos. Mya limpou o sono dos olhos com a manga da camisola. Derek, vestindo uma longa flanela, murmurou palavrões baixinho. Eventualmente, ouvimos sirenes. Vimos os corpos, envoltos em lençóis brancos, serem carregados em ambulâncias. Os carros da polícia e as ambulâncias iluminavam nossa rua com uma lúgubre camada vermelha. Não me lembro de nenhum de nós dizer nada até que, por fim, vi de tudo — mamãe pediu um cigarro à minha tia.

Outra buzina do lado de fora, seguida por outras, em rápida sucessão.

— Preto, vai logo — falei. Sabia que o carro lá fora, um Chevy bege, pertencia a Pumpkin. Sabia que Derek provavelmente percorria Memphis com ele fazendo coisas que só Deus sabia.

Derek beijou a mãe de leve na bochecha e saiu, mas não sem antes gritar da sala:

— Você tem uma boca enorme, garota.

— Eu também tenho um belo gancho de esquerda — gritei de volta.

— Joan! — disse Tia August, de novo.

Olhei para o meu desenho. O vaso de violetas roxas de repente parecia podre e patético, como hematomas transbordando de uma urna. Vida danificada vertendo da morte. Senti lágrimas quentes surgirem contra a minha vontade, uma raiva ardente nascida da total impotência. Fechei meu caderno de desenho e me levantei. Nossa mesa da cozinha não estava fazendo nada pela minha arte.

Dei de ombros.

— O que ele vai fazer comigo? Desculpe, o que *mais* ele pode fazer comigo?

— Por que ninguém me conta o que ele fez? — perguntou Mya e bateu uma ponta de seu garfo com força na mesa.

— Coma seu mingau — mandou tia August.

— Vou para a casa da Srta. Dawn — disse eu, e enquanto seguia os passos de Derek pela sala na direção da luz da manhã, pensei em xingamentos e pentes.

CAPÍTULO 13

Hazel

1937

HAZEL CAMINHAVA CAUTELOSAMENTE enquanto se dirigia à mercearia de Stanley. Ficava a apenas um quarteirão de distância, mas não só o chão era como areia movediça, mas ela também estava usando as botas de trabalho do pai, grandes demais, o que tornava ainda mais difícil se equilibrar. Podia ter apenas 15 anos de idade, mas imaginava que, mesmo quando tivesse 50, as botas não serviriam.

A enchente daquele inverno levara a maior parte de Memphis. Os velhos do bairro disseram que fora tão devastadora, tão mortal, quanto o terremoto que destruiu a cidade de Delta em 1865. O Mississippi inchou com a chuva torrencial e, com uma última tempestade forte, o rio finalmente explodiu, inundando os afluentes ao redor a um ritmo que ninguém poderia ter imaginado — e, dessa forma, ninguém poderia ter se preparado. Bairros inteiros e as pessoas que neles moravam foram varridos pelas águas marrons. Em questão de horas. Foi uma força de Deus. O fim dos dias. Famílias subiam em seus telhados e seguravam cartazes que diziam apenas NOS SALVEM. E alguns foram salvos. Barcos normalmente usados para pescar em Wolf Creek foram equipados para salvar o maior número possível dos milhares de negros empoleirados em cima de suas casas no norte de Memphis.

O pai de Hazel pegara um daqueles barcos e nunca mais voltou. Uma das famílias que ele salvou encontrou a ela e a mãe dela depois, contorcendo as mãos enquanto contavam como ele subira no telhado para ajudar a fila de crianças a passar para as mãos que esperavam em seu barco de pesca, as águas da enchente subindo ao redor dele. Por cima de sua cabeça.

Após dois meses sem o pai, o chão ainda estava quase todo lamacento. Ele fazia as pessoas escorregarem e deslizarem, os carros ficavam atolados. As pessoas começaram a chamá-la de "lama de Memphis". Hazel não queria sair nessa confusão, mas a mãe queria comer carne naquela noite — com ou sem enchente. E quando Della Thomas queria uma coisa, ela conseguia.

Della era a melhor costureira de Memphis, preta ou branca. As mulheres vinham de todos os lugares para sentar em sua loja e serem medidas para vestidos que parariam o trânsito em Beale, fariam os homens casados tirarem suas alianças durante a noite, fariam as mulheres se sentirem como deusas.

Hazel anotava os compromissos da mãe para ela em um grande livro de contabilidade, cercado por rolos de tule e rendas intrincadas no quintal, e por toda a sala havia pequenas almofadas em forma de tomate espetadas com alfinetes e agulhas. Em um canto da sala ficava uma Singer preta, do tamanho de um piano e com pedal, e até a roca da virada do século em que a mãe aprendera a tecer; a mãe adorava uma antiguidade. Della podia não saber ler, mas adivinhava o tamanho do espartilho de uma mulher só de olhar para ela. Fazia maravilhas com sua régua de costureira. Nem precisava memorizar os números enquanto trabalhava.

Hazel crescera ajudando a mãe na sala de estar. Ela recebia pagamentos e preenchia os pedidos de vestidos das clientes. Podia ficar horas sentada vendo Della apertar um espartilho na cintura ou fazer uma colcha. Hazel não pensava na mãe como alguém que trabalhava; pensava nela como uma artista fazendo suas criações. Via o orgulho com que a mãe fazia seus pontos, por menores que fossem, como se tornavam um vestido que seria usado, amado e lembrado. Após os compromissos da manhã, Hazel entregava os vestidos prontos nas grandes mansões ao longo de Poplar e os modestos vestidos estampados para as mães ao longo de Chelsea, com uma rápida reverência e sem muita conversa. Hazel adorava os horários do final da tarde, reservados para os vestidos de casamento. A noiva dificilmente ficava parada para a prova, girando na seda, admirando-se no espelho, sorrindo sem motivo, mas por todos os motivos. Hazel sentava-se em silêncio por perto, prendendo apliques de renda floral no véu da noiva. As noivas brancas acabavam por notar Hazel com um susto e diziam: *"Bem, que coisa, eu nem sabia que uma criancinha negra estava aqui!"* Mas os clientes negros murmuravam *"Pretinha tão quietinha"* de uma maneira que lhe dava uma sensação de pertencimento. Não é que Hazel fosse tímida; ela era apenas observadora. Preferia observar e aprender com a mãe em silêncio a interromper a conversa, anunciando-se.

Com as habilidades da mãe sendo tão cobiçadas, Hazel sempre teve coisas boas, especialmente roupas. Não seria bom para o negócio tê-la sentada na loja malvestida e, além disso, isso a fazia se sentir mais adulta. Ela estava acostumada com aventais de renda, meias de seda e pantalonas de cetim — não com as botas de borracha masculinas que a mãe havia tirado do armário para ela naquela tarde, antes de Hazel partir.

— Essas botas eram do seu pai — disse ela, segurando-as bem alto como se fossem um par de bagres premiados. — Ele colheu algodão a vida toda com elas — bufou Della, colocando uma bota no pé de Hazel.

— Vamos, garota. Coloque as botas. Empurre com força. Aí está. Dê um passo para trás. Quero olhar para você.

Hazel tinha feito 15 anos no mês de novembro anterior, e estava orgulhosa e um pouco envergonhada pelas novas curvas de seu corpo. Se via batendo em móveis pelos quais, antes, conseguia passar com facilidade. Seus quadris alargados derrubaram muitas lâmpadas indefesas. Seus olhos — os olhos de corça, como os de sua mãe — eram de um castanho escuro profundo que podia ficar esmeralda em certas luzes, em certos humores eufóricos. À beira da feminilidade, ela brilhava, olhos escuros contrastando com a linda cor de noz de sua pele.

— Você se parece com seu pai — disse a mãe, com a voz falhando.

— Sério? — perguntou Hazel.

Sua mãe desviou o olhar.

— Agora, onde está aquela lista que você escreveu?

— Está aqui no meu bolso, mamãe. — Hazel ergueu um pedaço de papel.

— Compre tudo que está na lista, tudo mesmo, você ouviu? E volte rápido — ordenou Della, empurrando Hazel porta afora com suavidade e dando seu habitual beijo na testa.

Hazel contornou as poças de água enquanto se dirigia até a mercearia de Stanley. A loja familiar era um prédio de tijolos vermelhos de dois andares na esquina da Chelsea Avenue com a Pope Street, no bairro do norte de Memphis chamado Douglass, onde a família de Della vivia desde a emancipação.

A loja de Stanley era um marco no bairro. Embora o povo chamasse de mercearia, as pessoas iam lá para comprar a maioria das coisas: quiabo fresco, anzóis e iscas vivas, sundaes e Coca-Colas geladas. Uma longa caixa de vidro cobria o comprimento de uma parede e exibia coxas de frango e salsichas de carne. Uma vitrola dourada no canto tocava constantemente os gemidos suaves de Blind Boy Fuller, Bessie Smith e Memphis Minnie. As prateleiras estavam cheias de caramelos de água salgada, latas de sardinhas em óleo e garrafas de melado. Em um pequeno jardim nos fundos cresciam tomates, quiabos, uvas e milho doce. Stanley podia ser encontrado atrás do balcão ou na entrada, curvado em frente a sua placa, escrevendo com giz que tinha os melhores melões da região.

Stanley era branco, estrangeiro e judeu, mas era amado em seu bairro negro. Todos gostavam dele. Sua mercearia tinha uma seção para pessoas negras, mas a placa era mais decorativa do que qualquer outra coisa. A loja era pequena demais para segregações, e como a maioria de seus clientes era negra, Stanley nunca fez alarde a respeito disso. Até as velhas batistas lhe perdoaram seu judaísmo, incapazes de resistir às suas costelas de boi. Ninguém sabia por que ele escolhera Memphis ou como ele ouvira falar desse lugar na Alemanha, mas já fazia dez anos que estava ali. Ele falava algumas vezes de uma tempestade se formando em sua terra natal; talvez por ser açougueiro, pudesse sentir o cheiro da morte.

Durante a quebra da bolsa de 1929, a mercearia de Stanley não faliu. Este simples fato financeiro enfureceu a Memphis branca. Eles não conseguiam entender que o planejamento inteligente e o simples fato de que os humanos sempre precisarão de pão foram as razões pelas quais a mercearia de Stanley não precisou fechar. Isso não importava; a Ku Klux Klan a fechou para ele. Durante a noite, atearam fogo ao prédio. No dia seguinte, todos os Douglass, milhares de mãos negras, saíram para ajudar Stanley na reconstrução, tijolo por tijolo. Até mesmo Hazel, então com apenas 8 anos de idade, varreu as cinzas da fundação.

Então, quando Stanley fechava a loja nas noites de sexta-feira para *seu* Sabbath, a vizinhança fritava bagres nos jardins da frente. E quando Stanley se recusou a vender carne de porco, a vizinhança não entendeu seu raciocínio, mas não discutiu com ele. Caminhavam até um pouco mais longe até outro açougue, em Chelsea, para seus pés de porco, jarretes e carne de porco salgada sem reclamar.

— Ah, a rosa quieta está aqui — disse Stanley quando Hazel abriu a porta da mercearia. Ele estava de pé, alto e magro, com um avental manchado de sangue atrás da vitrine de vidro que exibia as moelas de frango que acabara de degolar.

Hazel ouviu música enquanto enfiava a mão no bolso para pegar sua lista de compras. A voz de Memphis Minnie saía da vitrola:

"I works on the levee mama both night and day

I ain't got nobody, keep the water away"[1].

Ela fez um som de escárnio. *"Que apropriado"*, pensou, enxugando os pés no capacho. Caminhou até o balcão e começou a erguer a lista da mãe para Stanley, mas parou no meio do movimento. Uma voz, contralto, cheia de vibrato, cantava junto com a música. Era a coisa mais linda que Hazel já ouvira. Parecia que um homem tinha engolido um rouxinol.

Um garoto alto e desconhecido estava parado perto da vitrola. Depois de passar anos entregando vestidos remendados para inúmeras famílias no norte de Memphis, Hazel praticamente conhecia todos os rostos em Douglass. Esse menino era novo, estrangeiro. Com a mão no bolso, de costas para Hazel, ele batia o pé ao som da música e cantava de um jeito que fez Hazel esquecer de si mesma por um momento, esquecer a lista de compras, os muitos compromissos agendados na loja da mãe. Tudo o que ela queria fazer era olhar e ouvir.

Stanley deve ter visto a mudança em Hazel. Ele sorriu com consciência e inclinou a cabeça em direção ao menino.

---

[1] "Eu trabalho na represa, mamãe, de dia e de noite, / eu não tenho ninguém, mantenha a água longe", da música "When the levee breaks", de Memphis Minnie. (N. da T.)

— Vá em frente, diga "oi". — O forte sotaque alemão de Stanley fazia suas palavras se parecerem mais uma ordem do que uma sugestão amigável.

Os olhos de Hazel se arregalaram e ela respirou fundo. Mordeu o lábio e torceu o longo rosário dourado.

— Vá em frente — incentivou Stanley, pegando a lista da mão de Hazel com delicadeza. — Eu vou pegar essas coisas para você.

Hazel observou Stanley começar a subir a escada ao longo de suas prateleiras altas para pegar um saco de farinha. Observá-lo era como ver a seiva escorrer pelo tronco da árvore.

Com a mesma lentidão, ela se virou para o menino e o viu por completo. Ele era da cor de anil. Hazel nunca tinha visto alguém tão escuro quanto a noite antes. Seus olhos escanearam toda a altura dele. Ela tocou seu rosário enquanto admirava a forma graciosa de sua cabeça e seus ombros longos e magros. Captou vislumbres de seu rosto enquanto ele virava a cabeça para um lado e para o outro, olhos fechados, cantando junto. Pequenos relances de lábios grossos e maçãs do rosto salientes e uma barba rala em seu queixo esculpido. Foi difícil não derreter ali na hora. Hazel o acolheu como se ele fosse um copo alto de limonada nos dias mais quentes de agosto.

Ela exalou, se firmando. Aproximou-se. Pensou melhor. Afastou-se. Deu um passo para trás, depois outro.

Todos os pelos do corpo de Hazel se arrepiaram: suas costas bateram em algo, alguém. Isso foi inesperado. A mercearia era pequena e ela tinha certeza de que mais ninguém entrara — mas quem poderia dizer? A simples visão do menino escuro a havia hipnotizado. Ela foi pega em sua gravidade, empurrada para fora de sua habitual e discreta vigilância. Não tinha ouvido o pequeno sino sobre a porta da frente tocar, anunciando um novo visitante. Não tinha visto o policial — branco como um molusco, largo como uma cerca — abrir a porta e entrar na mercearia. Não o tinha visto tirar o boné e inclinar a cabeça ao ver duas crianças negras na seção branca de um estabelecimento sulista.

Mas ela ouviu — e pulou — quando sua voz profunda ecoou sobre a de Memphis Minnie:

— Garota, você perdeu sua mente desvairada?

Garota. Hazel ficou tensa. Foi instintivo. Ela sabia, sem precisar se virar, que o homem era branco — o que era apenas sinônimo de sentença de morte no Sul.

Em um piscar de olhos, o menino girou nos calcanhares e estava em cima dela, segurando sua manga, puxando-a na direção dele e para longe do policial. Os olhos dele — grandes, poças escuras — pareciam implorar o contato com os dela.

"Vem comigo", diziam seus olhos. *"Vem aqui agora mesmo."*

— Stanley, você deixa esses pretos dançarem aqui?

A princípio, Hazel se deixou ser puxada pelo garoto. O puxão em sua manga ficou mais insistente, e ela se sentiu sendo levada para longe do perigo. Hazel sabia que deveria seguir em frente, jogar-se no abraço desse novo garoto escuro, bonito como a noite. Sabia que ele era a segurança. Este menino seria sua bênção, sua salvação. Um minuto atrás, ela teria dado qualquer coisa para que ele se virasse para que ela pudesse vê-lo em toda a sua beleza.

Mas algo em Hazel a fez recuar em sua fuga, a fez hesitar. Foi a mesma força que fez a cabeça da esposa de Ló rodar; o mesmo anseio, o mesmo desejo irritante dentro de Anna Karenina enquanto ela observava o trem se aproximar, ofegante e desafiadora. Fosse o que fosse, Hazel sucumbiu a isso.

Ela fez algo inédito em Memphis — inédito em qualquer lugar do sul sem que a morte seguisse como uma sombra. Hazel olhou para o homem branco. Olhou-o por completo. Virou a cabeça e olhou diretamente para o grande homem branco atrás dela. Contemplou-o sem cabeça abaixada ou olhar abaixado ou olhos piscando.

Ele era, de fato, grande. Seu uniforme estava esticado até o limite em torno de sua cintura. Seu rosto, bem barbeado. Um tufo de cabelo preto encaracolado se projetava de seu boné.

O olhar franco de Hazel deve ter assustado o homem. Ela o viu recuar. Observou-o enquanto se aproximava do seu lado, erguendo o cassetete.

— Garota, eu vou perguntar de novo se você perdeu essa sua mente preta que Deus lhe deu. — O policial começou a balançar o bastão em círculos soltos e ameaçadores.

Lá estava novamente. *Garota*.

Hazel não se importava muito com *pretos*. Talvez porque ela mesma usasse a palavra, ainda que de forma afetuosa, apenas com as amigas mais próximas, embora sem o som do *r* agudo e forte que o oficial havia usado. Mas *garota* sempre fez Hazel sentir uma raiva silenciosa. Desde muito jovem notara que os brancos usavam a palavra para se dirigir à mãe dela. "*Garota, você fez maravilhas com essa renda.*" Ou "*Garota, minha roupa de cama está pronta?*" Della, uma mulher crescida, determinada e brilhante, reduzida *àquela garota de cor do norte de Memphis que faz vestidos extravagantes para elas*.

O menino puxou sua manga com mais força e Hazel podia sentir sua urgência. Mas ela se manteve firme. Precisou unir todas suas forças para não mostrar as presas. Assobiar para o oficial. Cuspir na cara dele.

Com o canto do olho, ela viu Stanley colocar os dois pés ao longo das bordas da escada e deslizar para baixo — todos os três metros — em um segundo rápido e singular. Quando ele chegou ao chão, casualmente pegou uma vassoura sobressalente que estava encostada em uma prateleira e se aproximou deles, com lentidão.

— Não ligue para ela — disse Stanley, um pouco sem fôlego, em seu forte sotaque.

O menino, com um puxão final, fez com que Hazel fosse para perto dele. Seus olhos ainda estavam fixos no oficial, mas Hazel sentiu a vontade de enfrentá-lo sumir da mesma forma inesperada que surgira. O cheiro do menino era arrebatador. Ele cheirava a couro e casca de laranja.

— Estou com você — sussurrou o menino no ouvido de Hazel. — Estou com você.

Talvez nada mais tivesse feito Hazel baixar o olhar, mas ela derreteu com a manteiga marrom de sua voz, inclinou-se para ele e olhou em seus olhos em vez disso. Seus olhos eram uma súplica. Eles simplesmente diziam: *"Precisamos ir embora."*

— Stanley, por que diabos você tem esses pretos dançando aqui? Até tem música de preto tocando. E eu que tinha pensado que a enchente era o fim do mundo.

— Eles são apenas crianças — replicou Stanley. Ele deu alguns passos em direção ao oficial e, com a vassoura na mão, acrescentou: — O pai dela morreu na enchente.

— Vamos — sussurrou o menino. Seus olhos estavam implorando.

Hazel cedeu. Ela assentiu com a cabeça.

O menino pegou a mão dela, levou-a em direção à porta. Ele deu passos delicados, manobrando ao redor da mesa e das cadeiras da loja. Colocando a maior distância possível entre eles e o homem branco.

— O que diabos um preto morto e afogado tem a ver com essa desgraça? — disse o oficial, elevando a voz. — E onde vocês vão?

O menino não parou em seus passos longos e firmes até a porta. Ele não parou quando ouviram o som inesquecível de um cabo de vassoura de madeira batendo no osso. Eles chegaram à porta no momento em que o oficial disse, perplexidade e desprezo em sua voz:— Que diabos *você* acha que está fazendo?

O sino sobre a porta soou quando o menino abriu a porta e empurrou Hazel por ela.

— Vai! — gritou.

Ela correu. Hazel obedeceu apenas porque ouviu os passos do menino logo atrás dela.

As botas do pai a fizeram tropeçar quando virou à direita em Chelsea. Mas continuou, esquivando-se de poças do tamanho de pequenos lagos. Ouvia a respiração profunda do menino atrás dela, ouvia seus respingos na água lamacenta. Hazel continuou correndo.

Eles acabaram no beco sem saída da Locust Street. Era verde-escuro com folhagem pesada do Sul — arbustos e espinheiros, salgueiros e magnólias com centenas de anos cresciam em uma moita de arbustos mal cuidados. Árvores de noz-pecã se alinhavam em ambos os lados da rua.

Hazel colocou as mãos nos joelhos e ofegou.

—Eu amo esta casa — disse quando a voz veio até ela.

Um colosso estava diante deles. Rosa pálido. A chuva, o clima e o tempo devem ter desbotado o brilho original da cor. Mas ainda era elegante em seu aspecto fantasmagórico — deve ter sido construída muito antes da Guerra Civil. Inclinava-se ligeiramente sobre sua fundação. Colunas brancas altas como árvores sustentavam um alpendre. Arbustos de amora que começavam a florescer enfeitavam o lado norte da casa.

— Você é louca? — O menino estava curvado para a frente, ainda recuperando o fôlego. — Você quase fez nós dois sermos enforcados em uma árvore.

Hazel se endireitou. Ela viu gotas de suor escorrendo da têmpora do menino para uma fenda escura em seu pescoço.

— Garota — disse ela.

— O quê? — Ele ergueu a mão para proteger os olhos do sol e apertou os olhos.

— Ele me chamou de "garota" — explicou Hazel. — Eu não gosto disso.

Os olhos do menino se arregalaram. Faziam Hazel se lembrar de uma glória-da-manhã florescendo.

— Foi por *isso?* — Havia incredulidade em seu tom. — Foi por *isso* que quase morremos? Droga, Stanley pode já estar morto.

— Não diga isso.

— Por que não? Jesus, ouvi dizer que as mulheres de Memphis eram loucas, mas isso supera tudo. Era um *policial* lá atrás. Nós poderíamos ter sido mortos. E tudo porque você não gosta de ser chamada de "garota". Meu Deus do céu.

Hazel cruzou os braços e franziu a testa.

— Você começou — disse ela.

O garoto balançou a cabeça.

— Isso vai ser ótimo.

— Com sua dança.

Ele se endireitou, colocou as mãos nos quadris e olhou para ela. Hazel percebeu que ele era uma cabeça mais alto que ela. Parecia que não havia fim para seu crescimento.

— Ninguém mais estava lá — disse ele, encolhendo os ombros. — E eu gosto de música.

— Você gosta de música. Quem não gosta? Vivemos em Memphis.

— Não temos música assim na Geórgia.

— Você é de lá?

O menino assentiu.

— Chegamos aqui antes da enchente. Ótimo momento para mudar, hein? — Ele olhou para os pés. — Sinto muito pelo seu pai — disse ele para seus sapatos.

Hazel olhou para as próprias botas. Seus olhos estavam quentes.

— Ouvi falar do que ele fez — prosseguiu o menino. — Salvando todas aquelas famílias quando o corpo de bombeiros riu. Pegou seu barco de pesca, um barco de remo, como dizem, e partiu. Morreu afogado salvando outros de se afogarem. E isso é mais do que Deus fez naquele dia. Você deve ter muito orgulho.

— Uhum. — Hazel estava determinada a não chorar na frente desse garoto.

Ele a olhou, surpreso.

— Você é quieta, gar...

Hazel bateu com força no ombro dele, a única parte do corpo que podia alcançar, antes que ele pudesse terminar.

— Ai! — Ele esfregou o local onde ela o atingiu. — É verdade. Mulheres de Memphis são loucas. Você pode ser mais perigosa do que qualquer enchente. — Ele sorriu, e Hazel não poderia ter desviado o olhar nem se tentasse, o que não fez.

O menino estendeu a mão com o mesmo gesto gentil que usara na loja de Stanley. Ela notou as linhas em suas palmas. Como eram longas e intrincadas. Queria traçar seu dedo ao longo delas, descobrir aonde levavam.

— Talvez fosse melhor tentar isso direito. Oi. Eu sou Myron. Myron North. Foi um prazer absoluto te conhecer — disse ele.

Hazel piscou. Ela encarou a mão dele por algum tempo. A mão que tinha sido seu bote de segurança, sua bússola. O instinto se manifestou dentro dela pela terceira vez naquele dia. Ela sabia que se a pegasse, esta mão, abriria o primeiro capítulo de um livro que abrangeria sua vida.

Seu peito se expandiu e se contraiu com um longo suspiro. Ela se aprumou. Levantou a cabeça para encontrar seus olhos.

— Eu sou Hazel — disse ela e colocou a mão na dele.

De repente, uma janela no segundo andar da casa rosa se abriu. Uma jovem de 20 e poucos anos, com os braços marrons mais lindos que Hazel já tinha visto, a escancarou. Ela usava uma camisola de seda da cor de uma nectarina e sua cabeça era um ninho de cabelos curtos e bagunçados.

— Se vocês não forem em frente, e se casarem, e saírem do meu gramado, que Deus me ajude... — gritou a mulher. Então, mais para si mesma do que para qualquer outra pessoa: — Mas ninguém nunca escuta a Srta. Dawn.

CAPÍTULO 14

Hazel

1943

Os óculos redondos de Hazel, com estampa de tartaruga, escorregavam em seu nariz. A quase colcha em seu colo consumia sua atenção. Tecnicamente, ainda eram retalhos, não uma colcha. O acolchoado viria por último, depois que Hazel tivesse colocado o algodão grosso no meio e escolhido uma cor boa e sólida para a parte de trás do acolchoado. Naquele instante, ela estava montando a frente de sua colcha de retalhos em uma variedade de azul-claro e verde-água.

Ela mordeu o lábio inferior enquanto trabalhava, espalhando o batom vermelho nos dentes. A mãe atendia a uma cliente do outro lado da sala. Della estava de joelhos, alfinetes na boca. Ela prendia um babado de renda que começava na altura do joelho e ia até a barra do vestido de linho branco da Sra. Finley — uma raridade. Desde que a guerra estourara, dois dezembros passados, as rendas estavam cada vez mais difíceis de serem encontradas. E mais caras. Apenas suas clientes brancas ricas usavam meias de seda agora. As encomendas de vestidos novos também diminuíram. As entregas de novas sedas e chiffons transformaram-se em entregas de lenços passados e estampados. Agora, quando Hazel atendia o telefone e anotava compromissos, eram apenas para consertar vestidos que a mãe fizera na temporada anterior.

— Bem ali, nem um centímetro mais alto — disse a Sra. Finley, bruscamente.

— Uhum — respondeu a mãe de Hazel através do que Hazel sabia que eram dentes cerrados.

A loira alta e de ombros largos era uma das clientes mais exigentes e leais de sua mãe. A Sra. Finley era conhecida em todo o bairro negro como uma das descendentes diretas de Nathan Bedford Forest[1]. Diziam que ela mesma costurava as vestes que o marido usava na Ku Klux Klan, não se atrevendo a levá-las a nenhuma costureira. Ela também convenceu todo o Conselho Feminino do Jardim Botânico de Memphis a começar a ir à loja de Della. Esse fato, e somente esse fato, foi o responsável por salvar os negócios de Della, quando outros fecharam durante a Depressão. E quando o pai de Hazel morreu, essa mulher branca, só para constar, pagou US$5 a mais em sua conta mensal. Então Hazel sabia que ela tinha que se comportar da melhor forma sempre que a Sra. Melanie Finley entrasse na loja para uma prova. Era sua mãe — uma mulher sempre tão orgulhosa — que precisava ser relembrada desse fato com mais frequência.

— Mãe, temos aquela marcação às 14h com sua cliente favorita — disse Hazel à mesa do café naquela manhã.

— Quando foi a última vez que limpamos nossa arma? — perguntou a mãe, enquanto despejava mingau na tigela de Hazel.

— Mãe!

---

[1] Fundador e primeiro grande líder da Ku Klux Klan, que buscava impedir a integração social dos negros recém-libertados. (N. da T.)

— Você está certa. A morte dela precisa ser mais lenta do isso.

Hazel riu e balançou a cabeça.

Desde que Hazel completara 18 anos, a mãe começara a pagar um pequeno salário para que a filha gerenciasse suas reservas e fizesse as entregas. Hazel não gastava um centavo. Guardava cada dólar que sua mãe lhe dava em uma caixa listrada azul, feita para guardar chapéus, que mantinha no alto do armário. Ela já tinha US$21; a caixa ainda não estava cheia, mas estava chegando perto.

Estava economizando para Myron. Para os dois.

Nos seis anos anteriores, desde o dia em que se conheceram na loja de Stanley, Hazel e Myron se encontravam todas as sextas-feiras na frente da mercearia, pediam dois sorvetes de nozes e andavam de mãos dadas pela Chelsea até chegarem a Locust e a antiga mansão decadente, no beco sem saída. A Srta. Dawn, a misteriosa nova dona da casa inclinada, a contragosto, os deixava sentar em seu amplo balanço da varanda. Na maioria das vezes, ela abria uma janela ou porta e gritava para eles que deveriam ir em frente, se casar e ter sua própria casa para viver e amar.

— Talvez ela esteja certa — dissera Myron certa sexta-feira, no final do último ano do colégio Douglass.

Eles já estavam juntos há três anos. A cabeça de Hazel estava em seu colo — sua posição habitual no balanço da varanda da Srta. Dawn. Myron segurava um ramo de madressilvas sobre a cabeça dela. Era 1940, e a conversa sobre uma guerra na Europa se misturava gentilmente com as fofocas noturnas compartilhadas nas varandas da frente. A madressilva estava em plena e deliciosa floração. Ele quebrou a flor do caule e, torcendo com suavidade, puxou uma gota de néctar em direção à boca aberta de Hazel.

— Sobre o quê? — questionou ela, após engolir o néctar.

— Termos nossa própria casa.

Hazel se apoiou nos cotovelos.

— Você quer comprar uma casa? — perguntou.

— Não — disse Myron.

Hazel relaxou. Ela afundou de volta em sua posição confortável. Fechou os olhos. Sentia o calor do dia de Memphis em suas bochechas. Ambos tinham apenas 18 anos. Hazel sabia que a mãe não deixaria que se casasse com um garoto da vizinhança que não tinha nem um centavo em seu nome, independente do quanto estivesse apaixonada.

— Quero *construir* uma casa para você — afirmou Myron.

Os olhos de Hazel se abriram.

— Você me ouviu, gar...

Hazel agarrou a mão de Myron, ainda segurando o galho de madressilva, e deu uma mordida. Não muito forte. Mas se certificou que seus dentes afundassem na carne.

Ele puxou a mão.

— Mulher! — exclamou Myron, mas Hazel sabia que ele adorava suas mordidas de amor. Ela notou que mesmo depois de casados, eles não se comportavam como as pessoas casadas que Hazel conhecia. Muitas vezes, Myron a perseguia pela casa que construiu para ela, a risada de Hazel preenchendo o ambiente, até que ele conseguia agarrá-la na cama de dossel. Às vezes Hazel ficava acordada esperando Myron depois de um turno que durava até tarde, e eles sentavam na mesa da cozinha para fumar cigarros, tomar café e conversar sobre o que estava por vir.

— Você está falando sério, Myron?

— Tão sério quanto você me batendo.

Hazel revirou os olhos.

— Não, estou falando sério — disse ele. — Por que não?

Hazel ficou quieta. Um beija-flor pairava sobre as magnólias que floresciam.

— Como você sabe? — perguntou ela.

— Sabe o quê?

— Que sou a mulher para você. Que você é o homem para mim.

— Senta direito — ordenou Myron, seu tom subitamente sério. Ele a cutucou com os joelhos.

— Não, estou confortável.

— Hazel Rose, olhe para mim agora — disse Myron. Ele levantou a cabeça de Hazel com a ponta do dedo indicador. — Você se lembra da primeira coisa que eu disse para você?

— "Vocês são todas loucas"?

Myron deu uma risadinha.

— Foi "estou com você". E estava falando sério. Está me ouvindo? Eu estava falando sério.

Durante alguns instantes, os únicos sons eram os beija-flores e a brisa suave soprando entre as folhas de magnólia. Então Hazel disse:

— Eu nunca contei para você o que mais eu fiz naquele dia.

Myron inclinou a cabeça e olhou para ela durante muito tempo.

— Tenho medo até de perguntar — disse ele.

— Voltei para a mercearia.

— Você fez o quê? — O tom de Myron ficou ríspido.

— Eu voltei. Mais tarde naquela noite. Esperei até meia-noite. Saí de fininho de casa. Havia uma única luz acesa, então eu sabia que Stanley estava lá. Bati tão baixo quanto um pássaro, mas ele ouviu. Saiu pelos fundos segurando uma perna de cordeiro congelada na lateral do rosto. Ele abriu a porta e me deixou entrar.

— O que aconteceu então?

— Eu dei a ele uma das minhas tortas de limão — falou Hazel. Mas ela também fez outra coisa naquele dia, em 1937, algo que a teria matado no Sul: ela deu um beijo em Stanley. Lançou o mais terno dos beijos no lado esquerdo de seu rosto, machucado e roxo como um melão.

Sob a madressilva acima do balanço da varanda da Srta. Dawn, Myron e Hazel tomaram uma decisão. Eles começariam a economizar para sua futura casa.

Um mês depois, eles se formaram, e Myron se tornou um assistente de vagão, onde trabalhou por três anos. Sua enorme estrutura física permitia que transportasse todos os dias a bagagem de pessoas brancas na Union Station, no centro da cidade. Trabalhava nos turnos noturnos porque pagavam mais. Provocou Hazel, dizendo que não se importava de ser chamado de "garoto"; sabia que era o homem dela.

Foi por isso que a confusão, pesada como a névoa, cobriu Hazel quando ela ergueu os olhos do acolchoado e viu Myron, sem fôlego, parado diante dela. Ele irrompeu pela porta da loja, sem se preocupar em bater ou tocar a campainha — algo que nunca fizera antes. Ele também havia se atrasado para o trabalho. E, no entanto, lá estava ele, alto e negro e esplêndido em seu uniforme.

— My... — começou Hazel, mas Myron ergueu um dedo, interrompendo-a.

— Por Deus, eu sei que você não entrou na minha casa dessa forma para calar uma mulher adulta — disse a mãe dela. Ainda estava de joelhos na frente da Sra. Finley, mas parara de prender o tecido de renda no lugar. A boca da Sra. Finley estava congelada em forma de *O*.

— Myron, o que está acontecendo? — perguntou Hazel, colocando seu acolchoado para o lado e levantando-se de seu assento.

— O que diabos esse garoto está fazendo aqui? — disse a Sra. Finley, emergindo de seu estupor.

Della suspirou.

— Esse é o namorado de Hazel. Nós o conhecemos, Sra. Finley.

— Mas eu não. E eu não o quero aqui. — A Sra. Finley abraçou o peito como se fosse Eva no Jardim, de repente nua e exposta. — Faça com que ele vá embora. Quero ele fora desta loja.

Della ergueu as sobrancelhas. Hazel não podia deixar de admirar como a mãe era capaz de incorporar o desprezo, embora contido, mesmo de sua posição diminuta no chão, a cabeça inclinada para a mulher branca.

— Perdão? — disse.

— Mãe — falou Hazel em tom de advertência.

— Perdão? — repetiu a mãe, mais alto dessa vez, levantando-se para olhar a Sra. Finley nos olhos.

— Nós vamos para a varanda — disse Hazel, virando-se para a porta.

— Não! — As três mulheres se assustaram com a urgência na voz de Myron. — Sinto muito, mas acho que sua mãe deveria ouvir isso — disse ele.

O coração de Hazel parecia cair em seu estômago. Ela estendeu a mão para ele.

— O que está acontecendo, amor?

— Esse menino não pode estar aqui — disse a Sra. Finley, sua voz aumentando em histeria. Ela parecia desorientada com a reação de Della, confusa com a alteração na dinâmica de poder da loja que visitava com tanta frequência. — Eu não quero ele aqui — repetiu.

Por um momento, a loja ficou parada. Os olhos de Della e da Sra. Finley focavam um ao outro, em um impasse, Hazel prendendo a respiração. Ninguém se mexeu.

Então, Myron se ajoelhou.

A Sra. Finley gritou.

— Meu Pai amado — gritou Della, balançando a mão para silenciá-la. — Não está vendo que ele está fazendo um pedido de casamento? Os brancos não fazem isso?

Hazel baixou os olhos para Myron, percebendo, atordoada, que ele tinha a mão direita atrás das costas desde que entrara na sala. Quando a trouxe para a frente, mostrou uma pequena caixa de anel vermelha. Ele a ergueu na direção dela.

A névoa que dominara Hazel quando conhecera Myron na mercearia agora a envolvia mais uma vez como uma colcha pesada. E mesmo que eles não possuíssem um toca-discos, Hazel jurava que podia ouvir a voz inconfundível de Memphis Minnie.

Ela ignorou tudo, menos ele. Ignorou a Sra. Finley em sua visão periférica, gritando alguma coisa e agarrando suas pérolas. Ela até ignorou a mãe jogando tiras de renda em uma cesta com raiva e determinação, mandando a Sra. Finley dar o fora de sua loja se sentia tanto medo do amor negro.

Hazel não conseguia ouvir as palavras de Myron por causa da música que tocava em sua cabeça. Mas ela não precisava. Via sua boca se movendo com ferocidade. Parecia que ele estava falando uma avalanche de palavras. Não ouviu nenhuma delas.

A caixa vermelha era leve como um passarinho em suas mãos. Hazel a segurou por um momento, observando os lábios de Myron. A porta da frente bateu; a Sra. Finley devia ter ido embora. Hazel passou a caixa para a mãe sem desviar o olhar do rosto de Myron, sentindo o alívio invadi-la quando ela saiu de suas mãos. Ela nem se deu ao trabalho de abri-la, olhar para dentro. Ver a safira em forma de pera que estava lá. Isso viria mais tarde. Em vez disso, Hazel passou as mãos pelo tecido da saia, caiu de joelhos na sala da frente da loja da mãe e segurou o rosto de Myron nas mãos. Sufocando os soluços, ela o repreendeu. Censurou. Disse a Myron que ele era um idiota por desperdiçar todo aquele dinheiro em um anel. O homem não sabia que ela era dele? O homem não sabia que ele era dela? Ele não sabia deste fato, se não soubesse de mais nada?

"Estou com você, lembra? Lembra?" Um tolo por desperdiçar todo esse dinheiro. Uma pena, a coisa toda. E deveria estar economizando para uma casa. Por que, meu Deus, ela pertencia a um idiota tão tolo?

O que Hazel só descobriu mais tarde naquele dia — enquanto os três comiam torta de amora na cozinha, sua mãe tendo decidido cancelar o resto dos compromissos do dia — foi que, enquanto Myron se ajoelhava em frente a ela, escondidos em seu bolso estavam seus papéis de convocação.

Os dois se casaram no final daquela semana. Myron partiu para a guerra na semana seguinte.

CAPÍTULO 15

August

1997

A MANHÃ TINHA SIDO DIFÍCIL. Estava cansada por não ter dormido direito e precisava de um cigarro. Ela nem queria pensar na quantidade de clientes que tinha naquele dia. August adorava arrumar cabelos. Amava ter seu próprio negócio e fazer mulheres negras felizes. Mas não estava com muita vontade de fazer cabelos naquele dia. Algo dentro dela a incitava a voltar para a cama e dormir.

Estava atordoada quando preparou o café da manhã para todos: mingau de milho com queijo cheddar e carne de porco salgada frita. Ela ouviu a água escorrer no único banheiro compartilhado, que ficava no meio da casa, e sabia que Miriam estava acordada e se preparando para ir para as aulas de enfermagem de verão. Havia um monte de pratos na pia. August suspirou e começou a lavá-los.

Era sábado de verão. O verão significava que o salão de August ficava cheio quase todos os dias. Estava quente, um calor úmido pegajoso e molhado, semelhante à parte de dentro de um pão de milho assado.

O asfalto fervia e chiava no final de julho. Era possível fritar um ovo na calçada. Miragens pareciam distantes e cintilantes no horizonte. A proximidade do Mississippi fazia da umidade um inimigo da maioria das mulheres de Memphis. Os pequenos fios rebeldes e os cachos precisavam ser tratados no calor sufocante com uma frequência maior do que palavras podiam descrever.

A discussão que se seguiu entre Joan, Mya e Derek permanecera na mente de August enquanto ela lavava os pratos na pia. Joan tinha fugido para a casa da Srta. Dawn — a raiva estampada em seu rosto como uma de suas obras de arte. Uma curta caminhada, August se assegurara. O tiroteio ocorrera na primavera anterior, e as tensões em Douglass pareciam tornar o ar ainda mais pesado. As crianças não brincavam nas ruas dia e noite, como costumavam fazer. As mães chamavam os filhos ao pôr do sol, gritando das varandas, uma hora inteira antes de as luzes da rua se acenderem.

August entendeu que o verão significava sangue. Não havia mais aulas. O calor estava enlouquecendo as pessoas. Tiros intermitentes podiam ser ouvidos por toda Douglass em todas as horas do dia. Tarde da noite anterior, ela tinha ouvido o telefone tocar. Ouviu os passos de Derek rangendo no velho piso de madeira. Ouviu o clique quando o receptor de cabo de pérola foi tirado do gancho no corredor. Podia ouvir apenas um lado da conversa que, além de tudo, estava abafado. Mas tinha ouvido o suficiente.

Palavras como *vingança, motos, porta-malas* e *corpo.*

Lamentos como *"Não podemos ignorar isso, mano, nem deixar para lá; Vamos dar a resposta em breve, mano, em breve e com todos os nossos pretos"* e *"Que desgraça, mano, em frente à minha maldita casa, é um aviso".*

August ouviu a declaração final: *"Vamos mostrar a Orange Mound como os vivem pretos de verdade."*

Ouviu o telefone antigo ser colocado no gancho com força.

Quando Derek entrou na cozinha naquela manhã, August sentiu uma dor na caixa torácica, à esquerda, onde estava o coração. A cada dia, Derek se parecia mais e mais com o pai. Ele era alto, escuro e taciturno. E todos os dias, assim como seu pai, adentrava mais o mundo do crime.

No começo, eram coisas mesquinhas. August se lembrou dos telefonemas de desculpas de Stanley informando que Derek havia roubado um pão de mel ou uma lata de Coca-Cola ou, uma vez, um pacote de Kools. As coisas foram um inferno desde que Derek atacou Joan em 1988. Ele quebrou o braço de uma garota menos de dois anos depois. Por pouco ou nenhum motivo. Quebrou-o como um osso da sorte no meio da aula na quinta série.

O Estado o levou embora pela segunda vez depois disso. Os brancos do conselho tutelar deixaram claro que, da terceira vez, seria para sempre. Ordenaram que ele participasse de um programa de aconselhamento — um mundo sem fim de terapeutas, psiquiatras e assistentes sociais declarara a criança "problemática", "agressiva". Um conselheiro chegou ao ponto de escrever "transtorno dissociativo de personalidade" em um dos inúmeros formulários de avaliação de Derek.

August não sabia o que pensar. Só o que tinha que fazer. O Estado deixou claro que Derek precisaria de "vigilância" 24 horas por dia. Monitoramento e cuidados constantes e consistentes. Visitas domiciliares mensais feitas de surpresa por assistentes sociais estaduais.

Ela concordou com os termos estritos do Estado. Que outra escolha teria? Deixar estranhos, médicos brancos desinteressados, criarem seu filho?

Naquela noite, ela empacotou os livros da faculdade — guardando seu sonho de estudar em Rhodes, como a mãe fizera, e talvez até se tornar médica — e, como suéteres de inverno, os armazenou no armário da mãe morta. Foi até a prateleira da cozinha que Meer nunca conseguia alcançar sem grande esforço, encontrou a garrafa mais próxima e ficou sentada a noite inteira com o uísque, seus pensamentos e seus soluços. Mas quando a luz da manhã atingiu as janelas da cozinha, ela tinha um plano.

Cabelo — a ideia a atingiu como um marido bêbado. Sabia que cantar não era um plano real. Sua voz poderia fazer a maior parte dos anjos corarem de vergonha, mas também sabia que não era treinada de forma clássica. Uma única sessão com Al Green quando tinha 6 anos de idade não faz uma Nina Simone. E, maldição, ela não estava preparada para passar fome por um dom que, acima de tudo, a irritava. Pensou em costurar, transformando a casa naquela que havia sido a casa de infância de Hazel, mas a ideia de consertar as roupas das mulheres brancas quase fez August cuspir sua bebida. Não. Se ela tivesse que servir, tivesse que trabalhar por seu pão com manteiga, então, caramba, serviria a si mesma.

Anos de piano tornaram seus dedos ágeis e atléticos. Ela era a cabeleireira informal da família, penteando e arrumando os cachos da mãe fielmente todos os domingos à noite. Tinha feito Meer parecer Diana Ross em carne e osso. Cabelo seria. Um salão dentro de casa. O porão nos fundos era o lugar perfeito. Pouco usado, fora da cozinha. Poderia fazer uma passagem separada ao redor da casa com facilidade. Colocar algumas pedras. Usar a última pequena herança da mãe para comprar as cadeiras, os secadores.

"*Sim*", pensou August consigo mesma com o tipo de clareza que a embriaguez traz. "*Sim, eu posso fazer isso. Droga, eu preciso fazer isso.*"

Ao amanhecer daquela manhã, vestindo seu quimono e sem equilíbrio por causa do uísque, August saiu para o jardim dos fundos, em que a mãe morrera, e procurou pedras para seu novo caminho. Por volta do meio da manhã, adormeceu no mesmo local onde cinco anos antes encontrara a mãe.

Derek foi devolvido pela última vez seis meses depois e, embora a violência parecesse zumbir sob sua pele, o conselho tutelar não foi chamado novamente. Dentro de um ano, August se tornou a melhor, mais cobiçada e mais ocupada cabeleireira de todo o norte de Memphis. Ela esperava mais do que tudo que a mãe estivesse orgulhosa, onde quer que ela estivesse.

Perdida em seus pensamentos, August percebeu que já havia lavado a mesma panela quatro vezes. Mas não conseguia tirar os acontecimentos da manhã de sua cabeça. Pumpkin tocando a buzina do carro sem parar, alguns minutos após Derek ter entrado. Ele tinha ido buscar o novo protegido. Ela conhecia bem Pumpkin. Com 17 anos, a mesma idade de Derek, Pumpkin era baixo e um pouco gordo, com a pele marrom-dourada; o que fez o apelido pegar. Ele vinha até a casa e levava Derek e as meninas para Douglass. Ela permitia. Que outra escolha teria? Lembrou-se da discussão feroz com Miriam. Foi a primeira em anos. August pensava em como gritavam uma com a outra.

— Que Deus me amaldiçoe se eu deixar minhas meninas se enfiarem nisso — disse Miriam, batendo um punho na mesa.

August foi pega de surpresa. Era raro ver a irmã xingar. Ao fazê-lo, August soube que Miriam não era ela mesma. Mas August, de língua afiada, revidou:

— Seu Deus está morto, Meer. Onde caralho você acha que moramos? É assim aqui na quebrada. Nossa casa fica na quebrada agora. Tem uma guerra de gangues neste lugar. Eles atiram em crianças que vão para a escola agora. — August tinha vacilado ao falar aquela frase. A palavra ficou presa em sua garganta, fazendo-a lutar contra as lágrimas. — E ninguém dá a mínima. Ninguém. Não só a polícia. Ninguém. Eles matam pessoas por usarem a maldita cor errada, Meer. Pare para pensar nisso. Pense no quanto isso é uma desgraça total.

— E daí, fazemos o quê? Vamos embarcar nessa loucura? — gritou Miriam. — Deixamos nossos filhos irem para a escola de mãos dadas com gângsteres? As minhas meninas não.

— Meu filho é um monstro, Miriam! — A voz de August, um contralto natural, abalava suas próprias bases. Tinha chamado a irmã pelo nome de batismo, não pelo apelido. Algo que August não conseguia se lembrar de ter feito antes. — Elas já *vivem* com um gângster!

Finalmente enxaguando o pote, August pensou no beijo que Derek plantara em sua bochecha antes de correr para encontrar Pumpkin. O *"Eu te amo, mamãe"* que nenhuma das meninas o ouviu sussurrar em seu ouvido.

— Preto, vá — disse Joan.

August sentia o beijo de Derek muito tempo depois de ele ter saído. Como todos os homens que já conhecera. Ela colocou a panela de volta na água com sabão e começou a esfregar novamente, preocupada com todos que ela amava ao seu redor.

CAPÍTULO 16

Hazel

1955

HAZEL ESTAVA NA PIA da cozinha raspando escamas de um bagre. Ela já havia limpado e cortado cinco peixes em filés, tirado as vísceras e alinhado o peixe no balcão à sua esquerda, virado para cima, com os olhos vidrados abertos.

Enxugou a testa com o antebraço e apoiou o peso na outra perna. Se certificaria de sentar e descansar um pouco. Myron estava sempre pegando no pé dela para que fizesse isso. *"Só você para fritar peixe quando está quente que nem o inferno lá fora"*, dissera ele naquela manhã, beijando sua testa. *"Mais teimosa do que tudo. Nove meses de gravidez em agosto em Memphis. Teimosa como uma mula."*

Ela sorriu enquanto pegava outro bagre. As escamas prateadas do peixe captavam a luz e refletiam as paredes coloridas, transformando a pia de Hazel em um arco-íris de cores. Ela se lembrava de Myron dando os toques finais, flores desabrochando nas paredes contra o pano de fundo quente de cor clara. Poucos sabiam que ele sabia desenhar. Era algo que havia escondido até mesmo dela — até que, um dia, lavando a roupa, procurando moedas nos bolsos de sua calça, ela descobriu um guardanapo com uma cópia exata de seu rosto adormecido.

Como Myron sobreviveu à guerra era uma incógnita. Hazel recebia cartas semanais dele, agora um soldado do Corpo de Fuzileiros Navais, compartilhando sua localização — Normandia, Ardenas, Buchenwald. Myron nunca incluía as atrocidades de cada lugar, os detalhes da carnificina. Apenas seu amor pela nova esposa, seu desejo de tocá-la.

Eles haviam esperado — Hazel insistiu ao longo dos anos, interrompendo os beijos de Myron em determinado momento — para que, na noite de núpcias, o menino que se tornara homem estivesse esperando por ela. Tudo o que Hazel conseguia se lembrar, depois que ele tirou o vestido de renda dela e a deitou sobre uma colcha que a mãe fizera para eles, era que um homem e uma mulher juntos, fazendo amor, a faziam lembrar de sorvete de nozes.

Quando Myron voltou da guerra em 1945, imediatamente começou a trabalhar em seu tão esperado presente de casamento. Nos dois anos em que esteve longe, Hazel foi fiel à sua palavra, enchendo sua caixa de chapéu até a borda com tudo o que guardara. Ela se lembrava dele de pé em uma pequena escada na cozinha nova e pintando lilases e lavandas à mão, escondendo datas nos buquês — aniversários, data do casamento.

Hazel caiu em um devaneio enquanto raspava os filés, sua mente voltando ao dia do casamento. A forma como fora apressado. Um tipo diferente de casamento repentino, não por uma gravidez inesperada, mas porque ele precisava partir. A mãe cancelara seus compromissos para a semana. Della rasgara a renda do vestido encomendado pela Sra. Finley e passava as noites costurando-a no vestido de noiva de Hazel. Ficou acordada até tarde a semana inteira murmurando para si mesma que sua bebê teria o melhor em *seu* dia.

Srta. Dawn. A notícia do pedido de Myron e de sua convocação viajaram como um mensageiro alado até a porta dela. No dia seguinte, Douglass acordou com o som das conchas de búzios em suas longas tranças tilintando no ar matinal de Memphis. Ela usava um longo vestido estampado de um tipo de tecido que ninguém jamais vira antes — um *batik* da África Ocidental da cor do mar. Caminhou diretamente até a casa deles, sem se incomodar em tocar a campainha. Um simples remexer de suas longas tranças atadas com conchas e penas de pomba era anúncio suficiente. Quando entrou na loja de Della, a Srta. Dawn declarou, com a voz rouca devido à idade acima de seus 30 e poucos anos, que o casamento seria realizado em seu quintal. E não queria ouvir ninguém falar em pagar um único centavo por isso.

Mas o que nem mesmo a Srta. Dawn poderia ter previsto era que seu dinheiro acabou não sendo necessário. Todos os convidados de Douglass contribuíram. Os homens defumaram porcos lentamente por dias e trouxeram tonéis de ossos do pescoço e potes de pés de porco em conserva; e as mulheres trouxeram pães de milho quentinhos e panelas cheias de inhame cristalizado, além de tortas profundas como minas com morangos do tamanho de rubis.

Hazel se lembrava de ter coberto a boca com as mãos quando viu o quintal da Srta. Dawn pela primeira vez. Estava atordoada demais para perguntar de onde vinham todas aquelas flores brancas, mas as pequenas penugens claras cobriam toda a frente do jardim. Parecia que a neve caíra em um único local no Sul, no início de junho. Um gazebo velho e rachado foi transformado em altar. Caixotes de leite equipados com colchas que a mãe retirou da loja se tornaram cadeiras.

Stanley a acompanhou até o altar. Na manhã seguinte ao pedido de casamento de Myron, Hazel saiu cedo para a mercearia com passos determinados. Ela passou pela fila de mulheres já reunidas para comprar fatias finas de peru, manteiga batida à mão e pão fresco e quente. Hazel dizia "com licença, senhora" e "me perdoe" até chegar a Stanley, que estava com uma das mãos em volta de uma lata de beterraba em conserva enquanto a outra segurava algumas trutas do rio.

— Srta. Thomas — falou Stanley com surpresa em sua voz.

— Será "Sra. North" em breve — disse Hazel, sem fôlego e radiante. Ela ergueu a mão esquerda. Era impossível não ver a safira empoleirada em seu dedo anelar.

Ela ouviu os gritos das mulheres atrás dela:

— Garota, você não está vendo essa fila aqui?

— Deus abençoe a criança, talvez ela seja louca.

Os olhos de Stanley embaçaram e ele parecia estar lutando para se recompor.

— Que ótima notícia — disse ele, e embalou a truta, entregando-a à aborrecida mulher que esperava. Pegou o pedido de supermercado da próxima da fila, mas manteve os olhos em Hazel o tempo todo. — Ótima notícia — repetiu.

— Sr. Koplo.— O lábio inferior de Hazel tremeu. Ela agarrou o rosário, torceu-o nos dedos e mordeu o lábio com força para evitar que se movesse descontroladamente.

Ela pensou em contar a ele sobre a convocação de Myron. Como ele seria enviado para a terra natal de Stanley para lutar em uma guerra... Não. O olhar no rosto de Stanley a deteve. Assim como os terríveis pensamentos a respeito da guerra. Não, ela decidiu. Não naquele dia. Pensaria na guerra quando fosse esposa. Por enquanto, naquela manhã, era uma futura noiva.

— Sr. Koplo, o senhor pode me acompanhar até o altar?

Della achou certo que Hazel perguntasse a Stanley. Quando Hazel voltou da mercearia, a mãe estava na sala principal da loja.

— O único homem branco nesta terra em quem confio — disse ela e voltou a esboçar o padrão do vestido de noiva.

Hazel começou a tirar as vísceras do bagre. Nos dez anos desde que se seguiram ao fim da guerra, a única coisa que faltava na vida dela e de Myron era um bebê. Eles tinham seus trabalhos: Hazel agora tinha sua própria clientela fiel e Myron ingressara na academia de polícia. Mas eles queriam filhos desesperadamente. Tinham construído quartos para dois ou três filhos, mas, mês após mês, o sangue vinha — fiel como uma maré. Às vezes Hazel se desesperava, sentindo que falhara com eles, mas Myron não a deixava se culpar. *"Ainda não é a nossa hora"* era seu refrão constante. *"Uma coisa é certa, porém, nosso bebê é teimoso como a mãe, nos fazendo esperar até que esteja bem e pronta. E quando estiver, estaremos prontos para ela também."* Ele mantinha a fé por ambos, sempre trabalhando em algum projeto em casa enquanto Hazel cerzia e costurava quase tudo sob o sol — colchas, cortinas, toalhas de mesa, fronhas. De certa forma, a casa tornou-se seu filho durante aqueles dez anos. Até o início daquele ano, quando a menstruação de Hazel não veio pela segunda vez consecutiva.

Hazel fez uma pausa com um filé frio nas mãos, deixando escapar um longo suspiro. No início, pensara que era culpa do luto. Della falecera naquele inverno. De forma inesperada. Hazel estremeceu, lembrando-se de como encontrara a mãe caída sobre a máquina Singer, em meio à costura, veja só, das calças de Myron. Um ataque cardíaco a levara. Morreu antes que Hazel pudesse dizer que estava grávida.

Hazel sacudiu a cabeça, afastando o pensamento. *"Chega de morte, agora, ouviu? Chega"*, se criticou. Seu estômago doía. O desejo por peixe frito se tornou irresistível. Ela estremeceu com a pontada afiada pela fome e se apressou em seu trabalho. Jogou-se nele. Limparia e fritaria o peixe. Comeria um prato enorme. E, então, levaria para Myron. O amor da sua vida. Myron, que acabara de se tornar detetive de homicídios. O primeiro homem negro em Memphis a chegar nesse posto. Ela levaria o almoço para ele. Teria seu bebê em uma semana. Deus seria sua testemunha. De pé na pia, raspando tripas de peixe, Hazel simplesmente, o que era compreensível, não queria pensar no fato de que era órfã. Sua única família nesta terra: Myron e o bebê dentro dela.

CAPÍTULO 17

August

1978

Na noite anterior ao casamento de Miriam e Jax, August decidiu que o presente de casamento que daria para a irmã seria o dom da música. Jax recebera recentemente a patente de primeiro-tenente, junto com a ordem de se mudar para a Carolina do Norte — com a nova esposa ao seu lado — no início do outono. As duas irmãs estavam sentadas no quarto delas, com o cabelo enrolado em bobes, quando Miriam disse:

— Você vai cantar para mim amanhã, não é?

Sua voz estava falhando e August podia ver o desespero nos olhos da irmã mais velha. Em todos os anos que passaram juntas, este foi o único favor que Miriam já havia pedido a August.

August estava ciente do poder de sua voz. Sabia que fazia muitos homens chorarem e muitas mulheres ficarem aterrorizadas. Sabia que, com ela, podia acalmar os animais, grandes ou pequenos, por mais ferozes que fossem. Ela preferia o piano. Se cantasse, perto de todos os gatos vadios em Memphis, os sem-teto, os trabalhadores da construção civil que cuidam da linha de energia no final do quarteirão — todos se reuniriam no quintal de sua família e cochilariam por horas. August odiava cantar na igreja. O choro, o falar em línguas e homens adultos caindo de joelhos a aterrorizavam. Tudo porque ela tinha atingido aquela nota perfeita de dó agudo? *"As pessoas são ridículas"*, concluiu August. Ela achava que Deus era mais um demônio do que qualquer coisa, mais trapaceiro do que Pai, por conceder esse dom para ela.

— Tudo bem — concordou August. — Mas não vou cantar música de igreja.

Míriam riu.

— Não importa o que você vai cantar. A igreja se move por meio de você. Da sua voz.

Na manhã seguinte, August estava no altar, não longe de Jax, os dois virados para a porta da igreja, esperando. Jax estava em seu uniforme branco do Corpo de Fuzileiros Navais. August odiava admitir, mas o estranho estava bonito. O emblema do Corpo de Fuzileiros Navais, uma águia empoleirada no topo de um globo com uma âncora cravada no meio do globo, enfeitado com botões de bronze ao longo da gola de Jax e na parte da frente de sua jaqueta. E a roupa branca caía como uma luva nele. Ele parecia nervoso, quieto, uma raridade — que August preferia. Mas os olhos dele continuavam percorrendo a igreja sem parar até que as portas se abriram e Miriam e Hazel apareceram.

Miriam parecia etérea em um vestido de tule em camadas feito para parecer vitoriano, antigo. Estava de braços dados com Hazel, que a levou até o início do corredor.

Stanley não pôde fazê-lo. Estava fraco desde o último derrame que sofrera, confinado a uma cadeira de rodas. Mas estava lá. Logo antes do casamento, ele se aproximou de August e puxou a manga dela. Seu jeito de falar mudara bastante desde o derrame, mas, ao longo dos anos, seu sotaque alemão nunca diminuíra.

— *Umwerfend* — afirmou. "Deslumbrante" em alemão.

August beijou a bochecha dele.

A velha renda do vestido de Miriam fazia um som adorável enquanto ela andava. Quando Miriam e Hazel começaram a caminhar pelo corredor, August cantou as primeiras notas de "Do Right Woman, Do Right Man", quase em um sussurro. Mesmo com o véu, August percebeu que a irmã segurava a risada. Provavelmente pensando consigo mesma: *"Essa menina. Essa menina tão, tão louca".*

A voz de August ficou mais forte. *"She's not just a plaything"*[1]. Ela adicionou o vibrato em seu tom. Cantava algumas notas mais fortes, outras mais fracas. *"She's flesh and blood just like her man"*[2].

Hazel lançou um olhar em sua direção que poderia cortar um bloco de gelo.

August continuou cantando.

— Você tem sorte que eu te amo — sussurrou Miriam para August quando ela e Hazel por fim chegaram ao altar.

O rosto da mãe estava impassível, mas August conseguiu distinguir o começo, o surgimento de um sorriso malicioso.

— August Della North, seu pai está se revirando no túmulo — provocou Hazel em repressão no ouvido de August antes de beijar a bochecha de Miriam e ir até o banco da frente.

Mas não importava muito. A congregação inteira estava em estado de histeria. Não tanto pela música que August escolhera, mas pela forma

---

[1] "Ela não é só um brinquedo". (N. da T.)

[2] "Ela é de carne e osso, assim como o homem dela". (N. da T.)

como a cantou. Uma garota de 15 anos de idade — sem pai, negra e alta — cantando Aretha como Aretha deveria ter cantado aquela canção.

O CASAMENTO FOI CURTO, pela graça de Deus, pensou August ao entrar no Clube dos Oficiais uma hora depois. Os casamentos católicos não costumavam durar mais do que uma missa tradicional. O de Miriam acontecera de manhã — uma tradição sulista —, com a recepção às 15h no Clube dos Oficiais.

Enquanto August vagava pela sala lotada, ela coçou as coxas, embora soubesse que não deveria. Mas as picadas de mosquito a atormentavam, e o roçar da renda das meias contra as coceiras frenéticas das picadas era agonizante. August estava coberta delas, acumulando picadas sobre picadas desde que se escondera na ameixeira para ouvir o pedido de casamento da irmã no início do verão.

Ela olhou em volta para todas as pessoas que lotavam o Clube dos Oficiais: dançando, comendo e pegando bebidas no bar. August não compreendia. Eles não deveriam estar todos de preto? De luto pela perda? Não era isso que explicava aquele momento? Um preto ianque qualquer que ninguém conhecia viera levar sua irmã para longe. *Camp Lejeune*. Parecia o nome de uma prisão. *Camp*. Algo dizia a August que lá não seria como os acampamentos de verão para os quais era mandada todo mês de julho no Mississippi, onde aprendera a acender uma fogueira, pescar e estripar trutas, usar uma bússola — rituais que a mãe dizia que toda mulher do Sul temente a Deus deveria saber com tanta facilidade quanto a Oração do Pai Nosso quando a levou até o Coupe de Ville da família. Não, esse acampamento seria diferente. A irmã não brincaria em espinheiros e arbustos desgrenhados, mas August imaginou que Miriam de fato aprenderia novas formas de feminilidade sulista.

Mas lá estava August de todo modo, com um vestido amarelo pálido, a mesma cor das tortas de limão que a irmã fazia, segurando o pequeno buquê de violetas feito para a dama de honra, descansando, olhando de boca fechada para todas as pessoas agindo como se houvesse algo para ser comemorado naquele dia. Tentando, de forma desesperada e discreta, não coçar as picadas. Ou, ao menos, coçá-las com discrição.

— Você trouxe a casa do Senhor abaixo. — August virou a cabeça para ver a Srta. Dawn, que parecia estar viajando em sua direção em uma nuvem. A Srta. Dawn usava um vestido branco com nuvens nas mangas, uma única concha de búzios em tom pastel pendurada em seus longos cachos, arrumados no topo de sua cabeça. Ela segurava um pequeno prato de porcelana com rosas inglesas desenhadas, no qual havia um enorme pedaço de bolo macio e vermelho. Ela colocou o bolo na boca e assentiu.

— Trouxe a casa abaixo.

A Srta. Dawn conhecia August desde que ela era pequena. Até mesmo estivera presente no dia em que August nasceu. Como Miriam contou, a mãe, Hazel, não confiava nos atendentes e enfermeiras de onde trabalhava, no Mount Zion Baptist, para fazer o parto de sua bebê. Não depois do primeiro parto de Hazel, quando os médicos brancos e a equipe tiveram que impedi-la de incendiar a sala de parto. No meio de uma noite no final de agosto de 1963, Miriam correu da casa da família e desceu a rua até a casa rosa inclinada no final do quarteirão, gritando para a Srta. Dawn vir e vir rápido. A Srta. Dawn, que observava da janela do quarto, saiu da casa e correu de volta com Miriam, encontrando Hazel de quatro perto dos pés da banheira, como uma novilha gemendo e parindo. A Srta. Dawn colocou uma mão na barriga de Hazel, colocando a outra na coroa de August e, enquanto murmurava, guiou-a à existência.

Miriam, na época com 8 anos, acariciava o rosto da mãe com uma toalha úmida. Depositava beijos suaves em sua testa.

— Estou com você, mamãe. Estou com você — sussurrou várias vezes.

A Srta. Dawn levou mais um pedaço de bolo macio e vermelho à boca e apontou para August.

— Você deveria cantar mais vezes, criança — continuou. — Deus fala com todos os bebês quando eles nascem. Cada um. Mas creio que Ele fala com alguns um pouco mais. Sussurra algo que só Ele pode entender, suponho. Alguma magia concedida a certas crianças. Você é uma dessas crianças. Você e todas da família North, na verdade. Embora nenhuma de vocês enxergue isso.

August se moveu como um relâmpago. Puxou o garfo dos dedos longos da Srta. Dawn com habilidade. Seus lábios se fecharam ao redor do garfo da Srta. Dawn e ela provou o decadente bolo.

A Srta. Dawn jogou a cabeça para trás e rosnou.

— Você é a Hera em carne e osso — disse, puxando August em direção a seu peito. Como August tinha quase a mesma altura que ela, e porque August ainda segurava o garfo na boca como um picolé, a Srta. Dawn beijou sua bochecha.

Então, a luz do sol penetrou no corredor escuro quando a porta da frente do Clube dos Oficiais foi escancarada. A luz do meio-dia cegou August por alguns instantes. Até a Srta. Dawn levantou uma manga bufante para proteger os olhos do sol imponente. Uma figura apareceu na porta, mas a figura era tão pequena que fez pouco para bloquear o Sol avassalador.

— Cadê ele?

O sotaque. August sempre se lembraria de como as vogais eram afiadas e curtas. Ela não tinha ouvido nada parecido até algumas semanas antes, quando um ianque em um belo uniforme do Corpo de Fuzileiros Navais interrompeu seu ensaio de piano naquele domingo.

— Cadê ele? — repetiu o estranho.

A porta se fechou atrás dele e os olhos de August foram capazes de se ajustar, capazes de contemplar o homem de Chicago.

Ele era a cara de Jax. Qualquer um podia ver isso. Ler seus rostos era como ler uma linhagem: pareciam clones. A diferença singular era a altura. Este homem, uma cabeça inteira mais baixo, esse gêmeo, jogou a cabeça para um lado e para o outro, vasculhando o ambiente em busca de Jax.

August fez o mesmo. Ela viu o uniforme marfim do Corpo de Fuzileiros Navais no centro da densa pista de dança. Jax fazia a irmã dela girar ao som de "I Was Made to Love Her", de Stevie Wonder. A cauda de Miriam estava enfiada na frente do vestido. Ambos, imersos em um transe do novo amor, não notaram o clarão da luz do sol, o recém-chegado.

O invasor de casamentos.

Ela o ouviu por cima do som da gaita de Stevie, das risadas dos casais na pista de dança, do bater dos pés com saltos. O gênio musical de August a tornava estranhamente aguçada para sons, vibrações e ecos. E seus anos de formação sentada na ameixeira de sua família e ouvindo conversas de adultos só fortaleceram suas proezas auditivas. Ela tinha a audição apurada para todos os sons. Ouviu com nitidez a indignação do estranho com o rugido da música.

— Eu sei que esse branquelo com certeza não vai me tocar.

Um garçom de meia-idade com um terno branco e uma gravata-borboleta preta grande que combinava com suas costeletas impedira o estranho de entrar no salão. Ele estava com a palma da mão no peito do homem magro e balançava seu cabelo longo e ondulado de Bee Gees para frente e para trás com fervor.

August ouviu:

— Não vou falar duas vezes para tirar suas mãos brancas de mim.

August viu um brilho de pérola. O homem estendeu a mão para o lado esquerdo e puxou uma pistola. Apertando o cano, o estranho girou o cabo de pérola para baixo no rosto do homem branco, e o homem branco caiu, seu corpo se contorcendo com a força do golpe da mesma forma que August girava pedrinhas e bolinhas de gude no azulejo da cozinha. August jurou que viu um dente se soltar quando o garçom caiu no chão.

— Cadê ele? — exigiu o estranho enquanto colocava sua pistola de volta em um coldre escondido em seu paletó escuro. Ele se aprumou, ajustando as abotoaduras. Endireitou a gravata em seu colarinho, em seguida, balançou o pescoço para frente e para trás, colocando-o de volta em um lugar confortável. Limpou a jaqueta com as mãos.

O homem branco ainda era um amontoado no chão. O homem franzino o nocauteara.

Ao passar por cima do garçom, como se ele não passasse de uma barata morta no chão, o intruso disse algo inaudível que nem August conseguiu entender. Mas depois de todos os seus anos de vida no Sul, ela não precisava. Tinha ouvido as bocas raivosas de homens e mulheres brancos lançarem essa palavra contra ela e seus entes queridos com muita frequência. O recém-chegado fez com que a palavra "preto" fosse disparada ao passar por cima do homem branco inconsciente.

— E aquele ali... — a Srta. Dawn disse enquanto mastigava o bolo macio e vermelho, — ...é o próprio Hades.

— Cadê ele? Cadê meu irmão gêmeo? — gritou o homem por cima de Stevie Wonder. Ele continuou: — Bird está aqui agora. Sim, senhor. Bird está na cidade. Cadê minha nova irmã?

August sabia que ele se referia a Miriam, mas isso fez pouco para a impedir de deixar seu lugar perto da Srta. Dawn, caminhando até seu novo cunhado com a confiança de uma mulher Asafo cavalgando para a batalha, estendendo a mão e declarando:

— Ela está bem aqui. E ela acha você muito barulhento.

Os novos irmãos dançaram a noite toda.

Mais tarde, naquela noite, debaixo de pilhas de colchas que a mãe fizera, com o gosto de bolo macio e vermelho ainda na boca, August pensou que talvez nem *todos* os ianques deveriam ser mortos.

CAPÍTULO 18

Miriam

1997

MIRIAM ESPERAVA NA FILA para comprar a segunda xícara de café preto e açucarado do dia quando ouviu a notícia. Antes chamada de Southwestern, Rhodes College era uma pequena escola de artes liberais na elegante Midtown, construída em pedra gótica e coberta de hera. Miriam estava matriculada no mesmo curso técnico de enfermagem que a mãe fizera trinta e tantos anos antes. Ela e Joan se formariam na mesma data.

O programa era intenso e consumia todo seu tempo. Quando não estava na aula, Miriam acompanhava as enfermeiras e atendentes do Mount Zion Baptist Memorial. O travesseiro de Miriam passou a ser qualquer livro de medicina que estivesse aberto; seu quarto qualquer espaço privado que pudesse encontrar. Fazia todos na casa estudarem com ela. Muitas vezes, Joan e Mya seguravam cartões de anatomia complexa e faziam perguntas durante o jantar. Mya gritava *Por Júpiter, ela conseguiu!* sempre que Miriam acertava. Joan batia palmas lentas, deliberadas e orgulhosas.

A faculdade enviou Miriam e seus colegas para o Baptist Memorial para trocar penicos e curativos, inserir agulhas em veias que esperavam necessitadas e segurar as mãos dos moribundos. Ela fazia isso em turnos de quatorze horas, três dias por semana. O trabalho no hospital não era remunerado, parte do que era necessário para obter o diploma conjunto de bacharelado e técnico em enfermagem.

Miriam sabia que não podia deixar que ela e as filhas se tornassem uma pressão financeira para August. Após a aula, ia para Rhodes e trabalhava a noite toda na biblioteca, nas entranhas do armazenamento de microfichas e microfilmes. Prateleiras gigantescas sobre rodas deslizantes, contendo caixas e caixas de arquivos antigos, podiam ser movidas com o apertar de um botão. Miriam subia uma escada e reabastecia e colocava novas etiquetas nas primeiras horas da manhã. O trabalho permitiu que ela contribuísse para as compras no supermercado e pagar as contas de luz, gás e água. Ela soube que deveria se inscrever para o auxílio alimentar do governo quando repreendeu Joan por gritar de alegria ao passarem por uma locadora Blockbuster. Envergonhada por não poder gastar o dólar para alugar Hitchcock, ela chamou a filha de egoísta. Mas que criança não quer assistir a um filme? Isso fez Miriam se quebrar. Onde a vergonha se encontrava com a maternidade. Ela repreendeu a filha apenas por querer existir como uma criança.

Miriam se via perdendo a paciência com Joan quase toda vez que a garota abria seu caderno de desenhos. Joanie queria desenhar tudo. O papel de parede floral escuro na sala, a curva do corpo do piano, August em pé, ao lado do fogão, fumando um cigarro atrás do outro. A garota não percebia o tamanho da bagunça em que estavam? Como diabos a arte poderia salvar a todas elas?

Quando Miriam e as filhas chegaram a Memphis, a conta bancária e o tanque de combustível estavam quase vazios. August fazia um bom dinheiro, mas não o suficiente para alimentar três bocas extras e uma loba que se fazia passar por cachorro. Miriam percebeu que precisava fazer alguma coisa. Ela era a irmã mais velha; tinha que sustentar a si mesma, às suas filhas; a August também. Preencheu uma requisição para assistência governamental. Sem se envergonhar. Pensou que seria melhor do que o constrangimento de pedir um centavo a Jax, o homem que batera nela.

E o filho de Stanley, bendito seja, nunca disse uma palavra. Deve ter herdado mais do que apenas a aparência do falecido pai. A única pergunta que o Sr. Koplo Jr. fez quando Miriam apareceu com seus selos foi se ela precisava de ajuda para carregar as sacolas para casa.

Após um mês comendo espaguete ou arroz e feijão, o auxílio alimentar era uma bênção. *"Graças a Deus"*, pensou Miriam. Ela chorou quando Mya e Joan guardaram as compras. Foi depressa para o banheiro e abriu a torneira para que ninguém pudesse ouvir. Chorou de felicidade com a geladeira cheia. Não, ela não entendia como Joan podia viver em um conto de fadas, alheia à pobreza recém-descoberta em que agora viviam. Por que ela não poderia ser mais parecida com Mya? Presente. Prática. Excelente em matemática e ciências. Por outro lado, as notas 10 de Joan se concentravam nas aulas de poesia, em sua arte, em história — todas disciplinas nas quais seria uma luta vitalícia para uma mulher negra ganhar um centavo.

Depois do auxílio alimentar veio a ninharia do auxílio moradia do Estado, que Miriam entregou em sua totalidade a August, que sempre foi boa com dinheiro, encarregando-a de fazer as compras para a casa. August tentou esconder o alívio em seu rosto quando Miriam lhe entregou o primeiro cheque, mas Miriam conhecia a irmã. Ela sabia que o dinheiro tinha sido uma nuvem de tempestade pairando sobre todos eles. Miriam prometeu a si mesma não apenas que iria — não, *deveria* — se formar, mas que se formaria como a melhor da turma.

O hospital tinha uma pequena cafeteria apenas para funcionários — médicos, enfermeiros e estudantes de medicina —, isso se uma máquina de café e rosquinhas velhas contassem como uma cafeteria. Mas Miriam estava grata pela pausa em seu turno. Grata pela xícara de chocolate quente com avelã, seu favorito, em suas mãos, enquanto esperava na fila para pagar.

Ela estava de pé há cerca de oito horas. Tinha um turno de seis horas pela frente na biblioteca, que começava às 20h. Enquanto estava tomando banho naquela manhã, ouviu uma buzina de carro, chamando Derek. Ela balançou a cabeça e continuou se esfregando. Miriam também tinha medo de Derek, mas o que poderia fazer? Ela não o odiava. Sua fé a impedia de odiar os próprios parentes, mas sentia uma pontada de pena sempre que o via. Talvez o menino só precisasse de um pai. Mas as filhas dela também não precisavam? Tudo o que podia fazer era monitorar Derek e Joan quando estava em casa. E quando não estava, tanto Miriam quanto August concordaram que Derek nunca poderia ficar sozinho em casa com as meninas. Nunca poderia entrar na sala de costura. A ala leste da casa era segregada — as meninas e Miriam ocupavam esse espaço, com Derek e August no lado oeste da casa. A cozinha se tornou o ponto de encontro da família, o único cômodo onde Miriam permitia que suas filhas ficassem com Derek e sempre, sempre com supervisão. Doía em Miriam que fosse dessa forma, mas ela pensava do seguinte modo: Derek era um cão raivoso, e ainda que as filhas tivessem coração de leão, eram apenas crianças. Miriam amava a irmã e era grata pelo abrigo, mas sentia um tipo diferente de vergonha, um tipo mais profundo quando olhava de Joan para Derek através da mesa redonda da cozinha.

Ela se arrastava na trilha de seres humanos exaustos na linha de frente da luta contra o câncer, vírus e depressão. Torceu a corrente de ouro do rosário distraidamente em seus dedos.

— Aquele garoto tem os olhos iguais aos seus.

— Como é? — indagou Miriam. A voz vinha de um cirurgião atrás dela, alguém que ela não conhecia. Ele também segurava uma xícara de café nas mãos e gesticulava com o café para frente e para trás entre o rosto de Miriam e a televisão montada no alto de uma parede.

O cirurgião corou ao ver o rosto confuso de Miriam.

— Que inferno. Estou apenas brincando com você. Estive em cirurgia por muito tempo. Sem ofensas, senhora — afirmou. — *Vocês* não são todos iguais — murmurou mais para si mesmo do que para Miriam, falando sobre como tinha um monte de amigos negros, alguns muito próximos, na verdade. Ainda confusa, ela olhou mais de perto para a televisão.

O canal de notícias local transmitia seu resumo diário das 5 horas. Miriam viu uma de suas âncoras favoritas — uma mulher séria com um sotaque sulista pesado e cabelos presos no topo da cabeça — anunciar que houvera outro tiroteio em Memphis. A guerra entre os Kings Gate e os Douglass Park Bishops não dava sinais de que cessaria tão cedo, alertava a âncora.

Irritada, Miriam se virou. Não foi de fato uma surpresa que o médico a associasse a essa notícia, mas foi quase o suficiente para fazê-la desejar não ter descido para tomar um café. Quase. Ela estava exausta. À medida que a fila avançava, a âncora do noticiário continuou a reportagem. Aparentemente, uma casa no bairro do lado sul de Orange Mound, que se supunha pertencer a um conhecido líder da Kings Gate Mafia, fora outra vítima nesta guerra de verão. Em uma trágica reviravolta, disse a âncora, ele não estava em casa no momento do tiroteio. Em vez disso, sua avó e seu filho de 3 meses foram crivados por uma saraivada de balas de uma AK-47. Por sorte, uma viatura da polícia de Memphis, estacionada nas proximidades, viu um Chevrolet Impala marrom se afastando em alta velocidade. Miriam sentiu seu pescoço ficar tenso. Não era aquele carro marrom o mesmo que buscara Derek quase todos os malditos dias daquele verão?

Tentando agir de forma casual, ela virou a cabeça lentamente em direção à televisão.

— Após uma breve perseguição — dizia a âncora —, a polícia deteve dois suspeitos: o dono do carro, Ricky 'Pumpkin' Howell, e um segundo homem, ainda desconhecido. — A foto de Derek apareceu na tela. — Ambos os homens foram presos e estão sob custódia agora.

Miriam empurrou a xícara de café no peito do cirurgião sem tirar os olhos da tela.

— Aqui. Seja bonzinho e pague pelo meu café, sim?

Ela não esperou pela resposta. Enfiou a mão na bolsa, procurando as chaves da van, e saiu do café, atravessando o corredor em segundos.

Dirigia como se a estrada atrás dela estivesse pegando fogo. Ultrapassou o limite de velocidade na I-40 e furou um farol vermelho em Warford, mas ainda achava que levaria a duração de uma batalha da Guerra Civil para chegar em casa.

Miriam, por fim, alcançou a grande porta amarela da frente de sua casa ancestral e a abriu.

— August! — gritou ela. — Meninas!

Não houve resposta.

Miriam sempre gostou mais dessa hora do dia — o crepúsculo. A luz dourada envelhecida refletia em todas as direções dos vitrais da sala. Mas agora, a luz da noite fazia a casa parecer fantasmagórica, assombrada.

Miriam entrou na cozinha vazia, ainda chamando a irmã. Ela hesitou na porta que dava para o salão de August. Respirou fundo, buscando se estabilizar. Fechando os olhos, sussurrou:

— Ave Maria, cheia de graça — então exalou, colocou a mão na maçaneta e a girou.

O salão estava escuro. Materializando-se lentamente, a Srta. Dawn surgiu como uma aparição. Ela estava sentada no sofá com Joan e Mya no colo. Miriam viu a Srta. Dawn alisar o cabelo de Mya e sussurrar, enxugando suas lágrimas que fluíam sem parar. Joan estava sentada imóvel, sem piscar.

Os olhos de Miriam continuaram a vasculhar a sala. Lá no escuro, sentada em uma de suas cadeiras com a cabeça entre as mãos, estava sua irmã. A arma da família estava ao lado dela. Dois policiais de Memphis estavam parados perto de August com blocos nas mãos, preparados para fazer anotações.

Miriam ouviu a irmã dizer, repetidas vezes, mais uma afirmação do que uma pergunta:

— O que foi que ele fez.

CAPÍTULO 19

Hazel

1955

O POLICIAL ATRÁS DO BALCÃO não ergueu os olhos do *Memphis Gazette*. Mechas de cabelo vermelho se enrolavam em sua cabeça, acima de um pequeno redemoinho que fazia seu couro cabeludo retroceder. O rosto, pálido e salpicado de sardas tão vermelhas quanto sua cabeça, permanecia escondido atrás de uma página impressa em preto e branco anunciando a vitória por dois pontos dos Cubs sobre o Cincinnati Redlegs, com uma fotografia de página inteira de Ernie Banks sob a manchete "Salvador?". O policial inclinou todo o corpo na direção do jornal e soltou um longo assobio.

— Que inferno. Este poderia ter sido o maldito ano deles — afirmou.

Hazel pigarreou.

O policial baixou o jornal e olhou brevemente para ela com um lampejo de olhos verdes.

— Vinte e cinco dólares — disse o policial. Sacudiu o jornal, erguendo-o de novo em frente ao rosto.

— Perdão?

— Vinte e cinco dólares — repetiu, sem tirar os olhos do jornal. — Em dinheiro. Se você não tem dinheiro, não precisa começar a se lamentar: pode pagar com cheque. Para a cidade de Memphis. Mas precisa ser descontado, entende, e vai levar um dia antes de ele ser solto. Então ele fica mais uma noite aqui. Caso contrário, em dinheiro.

— Não — respondeu Hazel. — Estou aqui para ver meu marido.

— Garota, o que acabei de falar para você? — Irritado, o policial colocou o jornal sobre o balcão da cor de vísceras de salmão e olhou fixamente para Hazel.

O distintivo no uniforme do policial dizia "C. Barnes" em letras maiúsculas em negrito. Hazel se lembrava vagamente de Myron fazendo uma piada sobre um certo oficial branco que era vermelho como um celeiro e mais burro e preguiçoso do que as feras abrigadas dentro dele. Deve ser ele, calculou Hazel.

Por um momento, Hazel esqueceu de si mesma. Ao ouvir essa palavra, *garota*, seu instinto a fez procurar em torno dela por algo pesado e afiado que fosse capaz de tirar a maior quantidade de sangue e causar o maior dano. Então se lembrou de que não era branca, era mulher, carregava uma criança e estava no local de trabalho de Myron. Ela respirou fundo. Colocou a mão em sua enorme barriga. Começou de novo.

— Meu nome é...

Barnes a interrompeu.

— Vinte e cinco dólares e ele pode ir com você para casa essa noite. Você não vai começar a chorar, vai? Meu Senhor! Vai ficar junto daquelas garotas ali se você for chorar. Não vou lidar com isso hoje. Vocês

simplesmente vêm aqui e choram e pensam que isso vai ajudar em alguma maldita coisa sem a fiança...

— Não! — Hazel já estava farta. Sentiu a mão deixar a barriga e se
fechar em um punho. Ela bateu no balcão, chocando até a si mesma.

Barnes deu uma olhada em Hazel. Ele dobrou o jornal e começou a
se levantar da cadeira.

Hazel deu um passo para trás. Agarrou a bolsa marrom com mais
força. Escolheu as palavras com cuidado, pronunciando-as com lentidão.

— Estou aqui para ver Myron. Myron North. O *agente de polícia* Myron North. Se você não se importar. Por favor.

Barnes piscou. A consciência se espalhou por seu rosto. Então, uma
careta.

— Maldito seja — praguejou, voltando a sentar. — Você é a patroa
de North? Eu não sabia. Quer dizer, ele fala sobre você sem parar. Mas
eu não. Eu não... — Ele se concentrou em suas mãos. Ficou em silêncio
por um momento, parecendo quase envergonhado. De repente, gritou:
— Eugene!

Hazel se assustou e deu outro passo para trás.

— Eugene! Droga — disse ele, mais alto desta vez.

Uma voz profunda e distante respondeu.

— O quê? — O som nasal. Não era nem mesmo um sotaque de Memphis. Soou mais profundo. Mais tonal.

Hazel endureceu. Sua raiva e ansiedade não tinham sido reprimidas.
E outro policial estava entrando na sala, com um sotaque que Hazel pensava soar exatamente como um linchamento. Ou um estupro.

— Maldição, Eugene, venha aqui. Tem alguém aqui para você conhecer.

— Jesus Cristo — proferiu a voz. — Espera aí, sim? Estou cheio de tinta no corpo por fazer a ficha desse preto. Jesus Cristo.

Um homem baixo e atarracado com braços de gorila — peludos, grossos e cheios de carne — entrou no recinto. Impressões digitais de tinta cobriam sua camisa branca de colarinho, e Hazel viu marcas de manchas onde ele tentou limpá-las. Havia uma impressão da palma da mão direita inteira do lado esquerdo do peito.

— Bem, o que diabos você quer?

Barnes inclinou a cabeça vermelha para Hazel.

— Adivinha quem é essa?

— Eu não sei, Casey — respondeu, suas vogais aparentemente alongadas com aborrecimento. Ele mal olhou para Hazel diante dele. Jogou as mãos manchadas de tinta no ar. — Maria Madalena, droga.

— Esta aqui é a esposa de North — disse Casey.

Eugene fez uma pausa. Ele absorveu Hazel por completo, então, a barriga de nove meses, o cabelo preso em um coque bem arrumado.

— Bem, maldito seja. O que uma garota como você está fazendo com North? A própria Dorothy Dandridge veio nos ver — indagou Eugene.

— Vim trazer o almoço para meu marido — replicou Hazel. Ela ergueu o saco marrom como prova.

— Aposto que sua comida deve ser tão boa quanto você, garota — disse Eugene.

Hazel tentou esconder a repulsa em seu rosto mordendo o lábio.

— Por que você não vai chamar meu marido na parte de trás? — perguntou da forma mais educada que conseguiu.

Eugene não se moveu. Ele apoiou o antebraço manchado no balcão.

— Como diabo North consegue uma garotinha bonita como você?

Hazel apertou os lábios. Considerou responder, mas pensou melhor.

— E deve ter uma garota bonita dentro de você, também — continuou Eugene.

— Que inferno, Eugene. Vai buscar o North. Deixe esta senhora em paz.

— Estou apenas sendo amigável, é tudo — disse Eugene, virando-se para o ruivo Casey. — Não devemos ser amigáveis com eles agora? Não é isso que o novo capitão diz? — Ele se virou para Hazel. Então, com a mão estendida, começou a caminhar em direção a ela.

Hazel percebeu, o horror quase tomando conta dela, que aquele homem branco queria tocar sua barriga. Estava andando em direção a ela para fazer exatamente isso.

Naquele momento, Myron apareceu em seu uniforme preto e branco da Polícia de Memphis e Eugene afastou a mão, a centímetros de Hazel. Ele recuou, embora não sem deixar um sorriso feio torcer seu rosto.

Hazel soltou um suspiro profundo que não percebeu que estava segurando. A visão de Myron em qualquer uniforme — o de assistente de vagão, as vestes azuis do Corpo de Fuzileiros Navais no dia do casamento e agora o uniforme de policial — sempre fez Hazel se sentir segura, calma e orgulhosa.

Myron era um salgueiro alto comparado a Eugene. Seus óculos de aros grossos refletiam o tom índigo de sua pele. Havia uma expressão alarmada em seu rosto. Ele caminhou com rapidez até Hazel e a puxou para ele, perguntando com calma, mas firme, o que diabos ela estava fazendo lá. Ela ergueu o saco de papel.

— Almoço — disse ela.

Myron abaixou a cabeça e deu um beijo suave na bochecha de Hazel.

— Vocês sabem que esta é a prisão e não o tribunal, certo? — perguntou Eugene a eles.

Hazel ouviu Barnes agitar seu jornal, enterrando a cabeça nele. Ainda assim, Hazel podia sentir seus olhos queimando através do papel.

Eugene os observou com os braços cruzados sobre o peito.

Hazel pensou em sua mãe. O que Della teria feito aqui nesta delegacia? Dois homens brancos assediando sua filha. Ela imaginou que a mãe teria incendiado o maldito lugar. Com os homens brancos dentro dela. Hazel reuniu suas forças para não cuspir no chão enquanto Myron a conduzia para fora da estação, apertando-a com força.

— Você não pode mais vir aqui — disse Myron com rispidez assim que saíram. O tempo estava sufocante em Beale. Não havia brisa no Mississippi, e o som das cigarras, mesmo ao meio-dia, era esmagador. Myron conduziu Hazel até uma loja com um grande toldo, para que ela pudesse descansar à sombra.

— Aqui. — Ele acenou. Em seguida, acrescentou: — Nunca mais.

— Eu entendo — retornou ela.

— Este... este não é o tipo de lugar que quero que minha esposa frequente — falou ele, com a voz suavizando. Ele pegou o saco marrom das mãos de Hazel com uma ternura que parecia um pedido de desculpas. — O que temos aqui? — perguntou.

— Sanduíche de bagre com repolho.

— Você é boa demais para mim.

— Eu sei.

— Eu tenho uma guerreira como esposa.— Ele balançou a cabeça e sorriu.

— Você tem — afirmou ela, radiante.

— Mas nunca mais venha aqui — repetiu. Colocou a mão sobre a barriga dela, inchada de vida e sorriu levemente. — Mas não precisamos falar sobre isso agora, Hazel. Obrigado pelo almoço. Como está meu filho primogênito?

— *Ela* — respondeu Hazel — está bem hoje, marido. — A mão de Myron acariciava a barriga dela enquanto Hazel falava.

— É um menino — afirmou. — Não tenho certeza de como poderia criar mulheres neste mundo. — Ele deu um beijo carinhoso na testa de Hazel. Um dos inúmeros gestos afetuosos que Myron fazia e o favorito de Hazel. — Estou com você — disse ele. — Mas nunca mais, você me ouviu?

— Myron, estou ficando preocupada. Do que você está falando? Tenho dito a quem quiser ouvir que meu marido é o primeiro detetive negro de Memphis. Eu... estamos tão orgulhosas de você, amor.

Myron inclinou a cabeça para trás e fechou os olhos.

— Eles não me deixam prender brancos.

Hazel saiu de seu abraço.

— O quê?

— Eles não deixam. Estou em um caso bastante sério. Não posso falar muito sobre isso, amor, enquanto estiver aqui. — Myron olhou por cima do ombro e continuou: — Mas eu sei quem é. Eu sei. Um universitário branco matriculado em Memphis. Eu o cerquei e o peguei em flagrante. Mas não me deixam prender o cara. Disseram que devia verificar minhas provas de novo. Eles acham que é melhor que um homem que estupra mulheres em um bairro de cor seja negro também. Mandaram encontrar um coitado para prender. É o jeito.

O calor estava chegando a Hazel. Ela se sentiu fraca. E com fome novamente. Com todo o seu esforço, ficou na ponta dos pés para beijar o marido. O amor da vida dela. Eles sobreviveram a uma grande inundação e a uma grande guerra. Eles sobreviveriam a isso também. Ela se inclinou para perto e ajustou a gravata dele.

— Venha para casa, para mim — pediu.

AS NOITES EM MEMPHIS MARCAVAM O TEMPO. O calor finalmente diminuindo. As pessoas em Douglass podiam se aventurar do lado de fora em suas amplas varandas, sentados para curtir o tempo. Homens voltando do trabalho no Cotton Exchange ou no serviço de saneamento de Memphis ou um campo de algodão chamavam seus vizinhos, seus braços escuros acenando em uma saudação cansada, crianças já grudadas nos tornozelos. Mulheres em forma de pêssegos, peras e maçãs e em todos os tons de marrom estariam na porta, mãos nos quadris, balançando a cabeça ao ver a cena. Era nessa hora que futuros amantes podiam se encontrar. Os jovens se enrolavam uns nos outros, com as pernas entrelaçadas em uma tapeçaria, perguntando uns aos outros: "*Você me ama?*" Alguém costumava trazer um violão. Alguém costumava cantar o blues. Havia conversas sobre juntar dinheiro para comprar um *jukebox*, mas os mais velhos riam, pegavam uma vitrola, alinhavam a agulha com o disco e tocavam Ma Rainey. Gatos de rua apareciam nas portas dos fundos, gemendo por migalhas, as fofocas e a música fazendo com que quase não fossem ouvidos. Fumaça de charuto e churrasco combinadas em um incenso que sempre hipnotizou Hazel. Mas a gravidez tornara o aroma nauseante. Ela não aguentou. Então, em vez disso, sentou-se à janela de sua sala de estar, equipada com um assento almofadado para poder costurar, olhar pela janela e esperar por Myron.

Ela colocou a pequena almofada de tomate que segurava seus alfinetes e agulhas em cima da barriga, mas o bebê dentro dela estava inquieto e continuava chutando.

— Vamos discutir sobre coisas bobas. Se você não me deixar colocar isso aqui — falou Hazel para seu útero, com um riso em sua voz.

Ela chegara aos estágios finais de sua colcha. Quando descobriu que estava grávida, começou a trabalhar no projeto imediatamente. Ela se jogou nele. Recolhia trapos pela casa, ia de porta em porta até as mulheres que eram clientes de sua mãe e perguntava se tinham alguma coisa verde. Embora ela usasse o pequeno dedal de ouro que Myron trouxera de uma loja na Alemanha, as pontas de seus dedos ainda estavam calejadas por causa das milhares de pequenas picadas que havia recebido. Mas esperara a vida inteira para fazer essa colcha. Seu tipo favorito: uma Árvore da Vida.

O tecido esmeralda se enrolava em torno de Hazel enquanto ela mordia o lábio, pressionando a agulha no tecido. Ela ajustou o aro do acolchoado em seu colo. Era difícil ficar confortável com sua barriga tão grande e o ângulo do aro de madeira oval que mantinha a colcha unida.

— Esta colcha vai ficar pronta, você me ouviu? — Frustrada, Hazel parou de se mexer e voltou a falar com sua quase filha. — E eu vou recuperar minha forma depois de você. Uhum. Você me ouviu. Mamãe não pode ficar tão gorda para sempre.

Talvez fosse a música, mas Hazel não ouviu o motor do carro em marcha lenta em sua garagem. Talvez porque estivesse focada em ajustar as almofadas atrás das costas, fazendo com que o aro de costura ficasse parado no colo enquanto o bebê chutava dentro dela, não viu Casey Barnes sair do carro-patrulha, enfiar o quepe embaixo do braço e subir os degraus que levavam à varanda dela.

Mas os vizinhos devem ter visto, porque o dedilhar do violão cessou e a voz do Sr. Emmanuel sumiu.

Intrigada com o silêncio repentino, Hazel ergueu os olhos de seu trabalho. Vislumbrou cabelos ruivos do lado de fora da porta da frente como um presságio, a vela preta do *Argo*.

Ela jogou a colcha e a almofada de alfinetes no chão e correu para a porta, saindo para a varanda.

O policial estava parado em frente a ela e murmurou baixinho que a viatura de Myron fora encontrada em um depósito abandonado em Mud Island, seu corpo, ferido e arruinado, encontrado e retirado do Mississippi, um quilômetro rio abaixo.

Antes que Hazel pudesse processar essa informação, o comportamento do homem a atraiu. A maneira como Barnes evitava os olhos de Hazel era toda a prova de que precisava de que o que quer que tivesse acontecido com Myron, seu Myron, não tinha sido por acaso. Myron fora assassinado. Por membros da própria força que jurou proteger, defender e honrar.

Mais cedo naquele dia, limpando as entranhas do bagre, Hazel estivera de luto pela mãe. Hazel conhecia a perda. A dor era tudo o que restava de sua mãe. Não havia nada a ser feito a não ser sentir saudade da mulher. Mas naquele início de noite na varanda da frente, Hazel conheceu a raiva. Não era a hora de Myron. Seu marido não fora levado por causas naturais. Sem ataque cardíaco, sem velhice, sem câncer. Este homem branco o tinha levado. Isso, e apenas isso, tornou-se o ódio de Hazel.

Em seguida, Hazel fez algo que quisera fazer a vida inteira. Ela reuniu tudo dentro dela, deixou marinar, encharcou o fundo da garganta, inclinou a cabeça para trás e cuspiu com força no rosto do policial. O cuspe caiu logo acima de seu olho esquerdo e deslizou ao longo de seu nariz, como gema de ovo batendo na parede.

Barnes ficou parado por um momento. Ele deu uma risada assustada e nervosa. Assentiu com a cabeça. Pegou um lenço branco e enxugou o rosto.

— Você tem sorte de estar grávida — falou.

— Você também tem sorte de eu estar grávida — disparou ela de volta em um tom que nunca soube que possuía, olhando-o diretamente nos olhos com pura ira em seu coração. — Porque se eu tivesse forças — esbravejou, levantando um braço trêmulo para apontar para a grande magnólia em seu quintal — te enforcaria ali mesmo. Naquela árvore. Assistiria seu corpo apodrecer. Faria um piquenique embaixo da árvore.

Rindo o tempo todo, Barnes colocou o quepe na cabeça e caminhou devagar para trás, descendo os degraus da varanda. Eugene esperava por ele no lado do motorista do carro em marcha lenta. Um grande sorriso estava estampado em seu rosto.

Depois que eles saíram, depois que Hazel afundou gritando na pedra de sua varanda e teve que ser carregada para dentro pelos homens e mulheres da Locust Street que vieram correndo para ajudá-la, algo calmo e adorável aconteceu.

Todos os moradores de Douglass — os adolescentes apaixonados, os trabalhadores cansados, as mulheres ainda mais cansadas — estavam nos degraus da varanda da casa que Myron construíra para Hazel, no gramado, subiam nos galhos da magnólia e encontravam lugares para sentar. As pessoas da vizinhança ficaram de guarda naquela noite. Ficaram a noite toda ali. Ninguém dizia uma palavra. Ficaram de olho em Hazel e em seu bebê. Alguns dos homens foram buscar seus velhos uniformes de guerra. Ficavam parados, saudando a casa. A noite inteira.

Uma semana depois, Hazel empurrava a filha para fora de suas entranhas no mesmo dia em que a manchete do *Memphis Gazette* dizia "Nação horrorizada com o linchamento do menino Emmett Till em Chicago".

Hazel entrou em erupção quando leu a notícia. Junto com molho de maçã, chá Earl Grey e um pedaço de pão de milho duro, uma enfermeira branca deixara o jornal da manhã na bandeja do café da manhã de Hazel. Não pensara duas vezes. A segurança foi chamada para a sala de parto, a mesma enfermeira branca gritando por socorro. Os guardas tiveram que conter Hazel. Eles amarraram seus pulsos à cama, evitando seus dentes e unhas, que rasgavam a carne branca mais próxima que podiam encontrar.

A nova mãe colocara fogo no jornal. O vira queimar até virar cinzas pretas no chão.

— Miriam. — Foi assim que Hazel batizou a filha. O mais próximo que o nome de uma garota poderia chegar de "Myron".

Parte III

CAPÍTULO 20

Joan

2001

O INÍCIO DO OUTONO NO SUL era algo a ser contemplado. O calor do verão — um tornado que se move lentamente — por fim deixara a área. As noites estavam agradáveis e frescas. Podíamos ficar sentadas na varanda da frente sem nos incomodarmos porque havia menos abelhas, menos pássaros, até menos gatos. As magnólias em Memphis, incluindo a enorme no quintal, desabrochavam suas últimas flores. Já fazia algum tempo que a última ameixa da ameixeira ao lado da casa caíra, mas a área ao redor das raízes ainda estava pintada de índigo. Os cornisos, os bordos e as cerejeiras que ladeavam a Poplar Avenue tinham um leve amarelado da cor do milho, como se Deus tivesse colocado gotas de manteiga em cada folha, de modo que, quando a brisa soprava, as árvores se incendiavam em chamas suaves. Outono no Sul significava que Midas descera para tocar em tudo. As árvores pareciam feitas de ouro. As folhas se tornavam moedas de cobre ao vento.

Era o começo do meu penúltimo ano de escola. Pela janela da minha aula de história moderna dos EUA, podia ver um bordo que começava a ficar carmesim sob o vento de setembro. O Sr. Harrison estava parado na frente da sala, dando aula enquanto cobria a lousa de rabiscos organizados com detalhes sobre o Novo Acordo de Roosevelt.

O Sr. Harrison, um homem rude cujo sotaque me lembrava um velho general confederado, era secretamente liberal e fã devoto dos Cubs. Um diamante bruto no Sul. Também tive aulas com ele no ano anterior e, durante à tarde, ele me deixava sentar na sala dele e ouvir os Cubs jogarem contra os Cardinals, nossos arqui-inimigos. Ele era um homem branco aceitável, mas não alguém em quem eu pudesse confiar. O homem ainda ensinava que a Guerra Civil estava acima dos direitos dos estados.

— Sim, o direito dos estados de possuírem seres humanos! — gritei no meio de uma das aulas dele ano passado, o que foi seguido por um silêncio constrangedor.

Minha mente vagava enquanto ele falava sobre o Novo Acordo, andando para cima e para baixo entre as fileiras de mesas. Eu adorava história, mas verdade seja dita, não prestaria total atenção a menos que estivéssemos estudando a Guerra Civil, Stalingrado ou a Batalha do Marne. As guerras me fascinavam. Como diabos um homem sensato poderia ir em direção a uma saraivada de balas — digamos, no Dia D? Não ficavam apavorados? As chances de sobreviver a algo como o Marne ou Shiloh eram tão, tão pequenas. Os homens não sabiam disso? Parados ali, esperando a morte? Sabendo que estavam indo direto para o caminho do perigo? Eles não sabiam que não importava quem eram, quem amavam ou o que mais passaram, bombas ou balas os derrubariam do mesmo jeito. *Como eu*, pensei de repente. *Como eu entrando na casa da tia August seis anos atrás, quando sabia o que morava lá dentro.*

— Joan — disse o Sr. Harrison em um aviso. Ele tinha ido até minha mesa e observava meu caderno, onde eu desenhava o bordo em um canto da página.

— Desculpa — respondi. — Estou ouvindo.

Ao ouvir a frustração em sua voz, me senti culpada e comecei a anotar o que estava escrito na lousa enquanto ele voltava a dar aula. Tínhamos um acordo, meus professores e eu. Eu não desenharia em sala de aula desde que pudesse frequentar todas as aulas de arte que Memphis tinha para oferecer a um estudante. Compensava de outras formas os materiais de arte que faltavam na minha escola, desenhando onde pudesse — papel de rascunho, o verso das provas —, vasculhando as lojas baratas de Memphis com Mya, procurando por pincéis. Meus professores sabiam que eu tinha um dom. Sabiam que Douglass não podia prover recursos para esse dom. Então, fui matriculada no meu primeiro curso de colocação avançada — Arte. Fazia as aulas aos sábados, no campus da Rhodes College. Tia August me levava, já que minha mãe estava sempre trabalhando ou estudando. Dirigíamos nosso Couple de Ville clássico da família pela North Parkway até a fortaleza de pedra que era Rhodes. Eu amava essas viagens. Tia August cantava conforme a música na rádio, com dificuldade em esconder o orgulho em seu rosto.

Ainda era apenas terça-feira, o que significava que faltavam quatro dias inteiros até que pudesse ir em uma dessas viagens de novo, sentir o alívio que estar em uma sala de artes de verdade me proporcionava. A escola em Douglass simplesmente não tinha os equipamentos para o tipo de estudo de arte que eu ansiava. Precisava de cavaletes tão grandes quanto salas, telas tão grandes quanto homens. Precisava de modelos nus de todas as raças, gêneros, formatos e tamanhos. A tinta era cara, e queria ter todas as cores do arco-íris. Um conjunto com dez cores podia custar US$50 ou mais. E os pincéis de que eu precisava eram feitos com os pelos da cauda de um cavalo selvagem. Minha paixão não era barata.

Um homem chamado professor Mason fora o intermediário do meu acordo de arte. Um homem negro pequeno, careca e um tanto excêntrico, com a pele da cor de um camelo, que aos poucos se tornou um mentor para mim.

— O que diabos estamos fazendo se não deixamos alguém com tanto talento frequentar aulas universitárias, estando ainda no ensino médio ou não? — ouvi ele dizer no escritório de admissões de Rhodes. E foi isso. Fui aceita.

Nunca me sentira tão respeitada. Apesar de serem alunos da faculdade, e a maioria deles brancos, e eu ter apenas 16 anos de idade, todos nos referíamos uns aos outros como "Sr." ou "Srta.". E eles faziam críticas e sugestões construtivas ao meu trabalho. "Use esse pincel" ou "Você já tentou água-forte? Pode te dar mais liberdade do que você acha" ou "Você leva jeito com aquarela, Srta. North". As longas horas que passei trabalhando ao lado de colegas artistas sérios me fizeram ter respeito o suficiente para que permitissem que eu escolhesse a estação de rádio enquanto trabalhávamos.

Eu escolhia o jogo dos Cubs. Todas as vezes.

Certo dia, o professor Mason se cansou. Ele bateu a bengala no chão com fúria, foi até um armário e voltou trazendo fones de ouvido, forçando-os em meu rosto.

— Use isso.

— Mas Zambrano está fazendo uma jogada.

Havia algo de feroz em seu olhar. Eu aceitei os fones de ouvido.

E agora, parecia que a aula de história dos Estados Unidos estava se arrastando. Tentei manter o foco na fala do Sr. Harrison, mas as folhas do bordo brilhando sob a luz do sol disputavam minha atenção, fazendo-me desejar pela milésima vez que estivesse livre para desenhar o dia inteiro.

Pensei de novo em August, em uma das nossas viagens até Rhodes logo cedo pela manhã de sábado. Tia August estava cantando ao som de "Caught Up in the Rapture of Love" de Anita Baker, a voz mais poderosa, ainda mais amável do que a de Anita, atingindo notas altas e adicionando vibrato em lugares que apenas um cantor profissional poderia.

I love you here by me, baby. You let my love fly free[1].

— Tia, por que você não ama nosso Senhor? — perguntei. Eu não conseguia compreender. Tia August nunca frequentava as missas de domingo conosco. Em vez disso, dormia até tarde e fazia um enorme café da manhã para mamãe, Mya e eu quando voltávamos, famintas. E apesar de saber que eu gostaria de dormir até mais tarde, nem que fosse por um domingo, sentia que era minha obrigação ir. Seja qual fosse a habilidade que eu tinha como artista, eu sabia que devia isso ao Criador. Sim, eu praticava. Desenhava tudo o que via desde que tinha idade o suficiente para segurar um lápis. Mas esse era meu dever católico: exercitar meu dom. Por mais que pudesse ser doloroso às vezes. Estalava os dedos das mãos, já temerosa de que a artrite fosse um inimigo constante. Levei um ano para aperfeiçoar os dedos, outro ano para aperfeiçoar as veias das mãos. Sombreá-los. Fazer com que parecessem de verdade — como as mãos da Srta. Dawn pareciam pela tremedeira — levou mais um ano.

Tia August tinha parado de cantar e deixado uma risada escapar.

— Filósofa Joan, você com certeza sabe como estragar o momento. — Ela se concentrou na estrada, fez uma curva graciosa na rampa do Sam Cooper Boulevard, então disse: — O que aquele homem branco fez por mim? Tirou minha mãe de mim. Foi isso que *Ele* fez.

O modo como ela disse *"Ele"*, com tanta amargura, me fez ficar quieta. Após algum tempo, eu disse:

---

[1]   "Amo ter você comigo, querida. Você permite que meu amor seja livre." (N. da T.)

— Ele deu essa voz para você.

Ela riu ainda mais.

— E qual foi a graça que essa voz nos deu, sobrinha?

— Bom, eu gosto da sua voz. Fico ansiosa pelas nossas viagens, tia. A semana toda.

Ela me lançou um olhar. Tia August tinha a língua afiada, mas, assim como Mya, também tinha um lado sensível que odiava mostrar.

— É melhor que você faça o dinheiro da gasolina valer a pena, sobrinha. Melhor acabar pintando a Capela Sistina ou algo do tipo.

Eu revirei os olhos e cruzei os braços.

— Não se as coisas forem como mamãe quer — reclamei, incapaz de disfarçar o ressentimento em minha voz.

As brigas entre mamãe e eu estavam se tornando tão lendárias e rotineiras quanto o quimono cor de creme da tia August. Parecia que toda vez que eu abria meu caderno de desenhos, ela estava em cima do meu ombro, me mandando guardá-lo. Quando, certa vez, eu disse que não, nossos gritos fizeram a casa tremer. Fizeram-me lembrar do meu pai.

— Você com certeza sabe como arruinar uma boa música, Joan — repreendeu August.

— Desculpa, tia.

— Sua mãe só quer o que é melhor para você, é só isso — respondeu minha tia, enquanto o carro saía da Cooper para a North Parkway.

Lancei olhares ao redor da sala quando o sr. Harrison estava de costas, desenhando os ângulos das mesas e cadeiras e fingindo que estava anotando a aula. Mamãe podia querer o que era melhor para mim, mas talvez ela não soubesse o que isso seria. Durante o verão, ela olhou por cima do meu ombro enquanto eu desenhava um vaso de flores, balançou a cabeça de um lado para o outro e disse:

— Garota, você é igual ao seu pai.

Eu não falei muitas vezes com meu pai depois que fomos embora de Camp Lejeune. Eu não o via desde aquele dia. Ele ligava nos nossos aniversários, durante a maior parte dos feriados. Enviava cartões de aniversário, com clichês escritos em fontes simples, junto com presentes que nunca eram adequados para mim: um bracelete com pingentes, um videogame portátil, um conjunto de sombras de olhos. Eu preferiria receber tintas a óleo. Tintas à base de água. Papéis. Telas. Lápis. Eu preferia ter tido um *pai,* para ser honesta. O fato de ele poder nos deixar me intrigava. Sim, nós tínhamos fugido na van. Mas por que ele não veio atrás de nós? Por que ele nunca visitava Memphis? Por que ele ligava mais para a carreira dele do que para nós, para mim? Por que ele deixara mamãe de olho roxo? Ele tinha deixado a porcaria do olho quase preta.

Mya ainda falava com ele. Eu a via no antigo telefone de disco no corredor, próximo ao banheiro, remexendo o fio com os dedos e sussurrando. Eu não a culpava. Como poderia culpá-la? Ela queria um pai.

Eu estava satisfeita em viver sem nenhum deles — tudo o que homens sabiam fazer era me decepcionar. Derek estava cumprindo prisão perpétua na Instituição de Segurança Máxima de Riverbend, perto de Nashville. Tia August o visitava todo mês. Ela retornava da viagem de três horas com olhos cansados e uma depressão que durava a semana toda. Durante esses momentos, a casa perdia a magia. Tia August era um esboço de si mesma. Ela arrumava o cabelo, mas não fazia seus cortes mais exóticos ou estilos mais arriscados. A comida que preparava quase não tinha sabor, feita sem vontade e sem seu habitual toque delicioso. Dava respostas de uma palavra só para quase todas as perguntas e se deitava cedo, praticamente sem tocar no prato de comida.

Na noite em que Derek foi detido, Mya e eu estávamos sentadas no salão. A maioria das clientes fora embora, e só restara a Srta. Dawn, fazendo seu ritual de lavar e alisar. Isso fora quatro anos atrás, mas ainda podia me lembrar como se fosse nesse instante. Uma batida alta na porta do salão que dava para o pátio assustou a todas nós. Não era o som de uma mulher chegando para fazer seu tratamento. Tia August levou um dedo aos lábios. Ela correu pela casa, e quando retornou alguns segundos depois, carregava uma espingarda.

Foi apressada até a porta, puxou as cortinas e abriu devagar a porta para deixar dois policiais entrarem.

Mya e eu corremos até a Srta. Dawn e nos escondemos atrás de sua cadeira. Eu não gostava de policiais. Mya também não. Eu tinha apenas 12 anos de idade naquela época, e tudo o que sabia era que a presença deles significava que a briga entre meus pais tomara proporções maiores.

Eu me lembro de ver tia August perguntando, direta, se os dois policiais brancos leram a placa do lado de fora do salão e se tinham um mandado. Do rosto dela se fechando quando eles falaram que, de fato, tinham.

Mais tarde naquela noite, estávamos sentadas na cozinha, traumatizadas e em silêncio. Minha mãe fez tudo o que podia — fez chá para todas nós. Mya adormecera com a cabeça apoiada no colo de tia August. A cabeça de August estava na mesa, apoiada na dobra do braço.

Minha mãe colocou a mão escura em cima da mão da irmã, que tremia. Ela se esticou e segurou minha mão para formarmos uma espécie de sessão espírita por cima da mesa.

— Vamos superar isso — conclamou minha mãe.

Eu puxei minha mão de volta.

— Rezei por essa noite durante toda minha vida — falei.

— Joan — disse minha mãe de forma incisiva e repreensiva.

— Ele foi embora — prossegui. — Finalmente estou a salvo. Livre. Todas nós estamos agora.

A gargalhada da tia August reverberou na cozinha amarela. Parecia que fizera as vigas tremerem.

— Livres? — A risada dela estava cheia da mesma amargura de quando eu perguntei para ela sobre Deus. — Uma mulher negra não sabe nunca o significado dessa palavra, minha querida.

— Joan — disse o Sr. Harrison de novo, me trazendo de volta para o presente. Ele estava na frente da sala de aula, um pedaço de giz em sua mão. — Você está desenhando de novo, não está? — Suspirou, mas não parecia bravo. Mais conformado.

Droga, eu pensei. Olhei para meu caderno.

"O Novo Acordo" estava escrito na minha letra cursiva... e nada mais. Uma série de desenhos da sala. Do bordo. Desenhos aleatórios pela metade.

Eu suspirei também. Estaria na biblioteca pesquisando o que quer que o "Novo Acordo" fosse antes do próximo exame. *Você está me matando, professor. Me dê guerras!* Eu quase resmunguei alto. *Ao menos em uma batalha, as pessoas estão brigando por algo,* pensei. Pelo que eu estava brigando, dormindo, comendo e crescendo na Guerra Fria travada entre mim e Derek e, depois, entre mim e a memória de Derek? Para sair dela com dignidade, eu supus. Para manter Mya em segurança. Para dar à mamãe, apesar das nossas brigas, uma chance de fazer as coisas do jeito dela, de se tornar enfermeira. Para garantir que a tia August continuasse comendo quando ia se deitar, depressiva.

Meu olhar foi até a janela mais uma vez, mas não estava mais estudando o bordo.

Mamãe nos contara inúmeras histórias do vovô Myron. O amor que ele sentia pela esposa se tornou algo lendário em nossa casa. Mamãe e tia August mencionavam esporadicamente o linchamento dele, mas esse fato ocupava um grande espaço em nossas mentes. Eu me perguntava se ele se sentiu assustado na guerra. Se ele se sentiu mais assustado lá ou quando seus colegas de trabalho se viraram contra ele. Um homem com amor grande o suficiente para construir para a vovó Hazel a casa em que vivemos agora — teria ele matado, quando precisou fazê-lo? Era mais fácil de imaginar que meu *pai* tivesse feito isso. Difícil de imaginar que *ele* ficasse assustado. Será por isso que escolheu o Corpo de Fuzileiros Navais, por que sempre foi assim? Ou será que foram eles que o tornaram nervoso e violento?

O vento aumentou, fazendo a folha se mexer no galho, caindo para longe da minha vista. Eu me remexi incômoda na cadeira, pensando em como quando Derek ainda estava vivendo conosco, eu por vezes sentia uma raiva tão grande que acreditava que podia matar. Talvez eu não fosse tão diferente do meu pai. Um pensamento desconfortante. Talvez ele me tivesse feito dessa forma, percebi, com raiva. Mas minha ira vinha parcialmente do medo. Isso me tranquilizou até que eu considerei, com um sobressalto, que talvez aquilo não fosse tão diferente do meu pai, afinal. Quando Derek me deixava com raiva, sobretudo quando nos mudamos para Memphis, eu precisava me controlar para não quebrar alguma coisa — pegar alguma antiguidade na casa e jogá-la contra a parede. Eu tive que aprender a controlar essa raiva. Eu saía do ambiente, discutia comigo mesma. Levantava-me da mesa e comia sozinha na varanda, refrescando a cabeça. Por que diabos meu pai não podia fazer o mesmo? O que meu pai poderia temer, afinal?

— Joanie!

Ergui a cabeça para olhar para a frente da sala, confusa. Aquela não era a voz do Sr. Harrison — e ninguém naquela sala de aula jamais me chamava de "Joanie".

Mya aparecera. Na porta da sala de aula. Seu cabelo estava desgrenhado. Tia August se certificava de que nosso cabelo estivesse bem repartido e penteado todas as manhãs, mas o de Mya parecia desfeito agora. Seus olhos estavam arregalados e — meu coração acelerou — ela estava chorando.

Mas Mya não poderia estar lá; isso não era possível. Mya deveria estar em orquestra, sua aula do primeiro período na Douglass Middle. A escola secundária estava localizada a apenas uma quadra da Douglass High. Mas lá estava ela, sem fôlego, examinando a sala lotada em busca do lugar em que eu estava sentada. Eu podia ver a professora de orquestra do ensino médio, a Sra. Oakley, atrás dela. Os alunos ficaram em um silêncio curioso, todos os olhos em minha irmã.

Eu me levantei. Mya correu para mim. Quase me derrubou. Ela enterrou o rosto no meu ombro, e senti lágrimas quentes molharem minha camisa.

— My, fale comigo — sussurrei na orelha dela. — Qual o problema?

Eu não sabia se ela seria capaz de falar; seus ombros estavam convulsionando em soluços. Mas todos naquela sala de aula, todos naquele andar — maldição, todas as almas no norte de Memphis provavelmente ouviram Mya quando ela inclinou a cabeça para olhar para mim e gemeu que aviões estavam caindo dos céus e que um deles atingira o local em que papai trabalhava.

CAPÍTULO 21

Joan

2002

ESTIVE FAZENDO AULAS de arte em Rhodes após a escola nesse outono, assim como fiz no meu penúltimo ano de escola. Rhodes exibia todas as obras de arte dos alunos em uma pequena exposição todo ano, e na primavera passada as minhas obras foram incluídas pela primeira vez. Eu era a única aluna do ensino médio participando da exposição. Não posso saber com certeza, mas tive que pensar que esse foi parte do motivo pelo qual me ofereceram uma bolsa integral para o ano seguinte. De forma alguma eu teria conseguido frequentar a faculdade de outro jeito — era um sonho que virou realidade. E *isso* nunca teria acontecido sem o professor Mason. *"Você é corajosa, garota"*, dizia, parado ao meu lado enquanto eu pintava. Ele acariciava a longa barba branca e repetia: *"Você é corajosa."*

Certo sábado, ele pediu que eu ficasse mais um pouco.

— Joan?

Os alunos estavam saindo do estúdio escuro para a luz desvanecida do outono. Eu estava inclinada no meu grande portfólio, guardando meus lápis.

— Professor Mason?

Ele estava apoiado em uma bengala de ébano esculpida de forma intricada. Jogou a mão livre no ar:

— Me chame de Bartram.

— Não vou fazer isso; mamãe me cortaria em pedaços. — Sorri.

— Ouça, Joan, quais são seus planos para depois daqui?

— Ir para casa — respondi.

— Você sabe muito bem o que eu quis dizer.

— Você *sabe* para onde vou — disse cuidadosamente. Voltei a arrumar minhas coisas.

Rhodes. A discussão com minha mãe, apesar de ter acontecido no mês anterior, ainda permanecia viva em meus pensamentos. Ainda conseguia ouvir a voz dela: contestadora, desafiadora. O mesmo tom que a minha.

— Eles ofereceram uma *bolsa integral* para você, Joan — observou ela. — Você vai.

Estávamos todas na cozinha — eu, mamãe, My e a tia August, que servia o jantar sem carne vermelha da sexta-feira: peixe frito e vagem refogada na manteiga. Mya e eu havíamos colhido a vagem no quintal após a escola.

— Eu conheço o programa de arte de Rhodes como conheço a mim mesma, mãe. Não vou aprender nada lá.

— Você vai aprender como ser uma maldita médica.

Eu nunca havia ouvido minha mãe xingar. Ela batera o punho no balcão enquanto falava, enfatizando que aquele era seu argumento final.

Mya começou a chorar. My, com todas suas brincadeiras e atrevimento, tinha um lado sensível. Ela odiava quando mamãe e eu brigávamos, mas era tudo que fazíamos. E parecia que com uma frequência cada vez maior.

— Parem, vocês duas. Olha só o que estão fazendo com a My — interrompeu tia August, e parou de servir os filés fritos no prato de My. Ela sentou atrás de Mya no banco da cozinha e a envolveu em seus braços.

Mamãe deixou escapar um suspiro exasperado. No balcão, não conseguia olhar para nenhuma de nós enquanto falava, devagar e cansada, enunciando cada sílaba:

— Eu não quero que você seja pobre, Joanie. Você sabe desenhar. Deus sabe que você sabe desenhar. Mas se um homem se irritar e abandonar você... ou você se irritar e abandonar esse homem, como vai sobreviver? Vendendo desenhos nas ruas? Me diga o nome de um artista bem sucedido de pele escura. Com peitos. Me diga o nome de uma artista negra famosa. Vai em frente. Eu espero. Se torne médica, Joan. Pelo amor de Deus. Seja uma médica. — Ela parou de falar por alguns segundos, então disse em um suspiro: — Por mais gentis que sejam, não importa nem um pouco. Nenhuma filha minha vai receber auxílio alimentar de mãos brancas.

Eu também não queria isso — a pobreza e a vergonha que vem com ela —, mas estava disposta a arriscar ser cronicamente pobre para o resto da vida para poder desenhar. A arte era mais importante para mim do que qualquer outra coisa. Se houvesse uma chance de fazer com que isso desse certo, de fazer uma carreira nessa área, ainda que precária, eu precisava tentar.

O professor Mason bateu a bengala com força no chão de madeira para chamar minha atenção, me trazendo de volta para o estúdio. Estivemos pintando modelos nus. Ele foi até o banquinho usado pela modelo e sentou. A sala estava vazia agora. Tinha cheiro de lascas de lápis e papel. Além do cheiro da torta da mamãe ou dos bolinhos de frango da tia August, eu não conhecia outro melhor.

— Vá para Londres — declarou.

— O quê?

— Vá para Londres — repetiu. — Você é maior do que Memphis. Rhodes, por mais que odeie dizer isso, não pode ensinar mais para você do que aquilo que já ensinei. O College de Londres ainda está aceitando candidaturas. E eu conheço alguém lá. Não vão se opor — afirmou, quando comecei a protestar. — Eu já falei bem de você por lá. Sim, sim, não me repreenda. Eu sou um velho gay em Memphis. Eu faço qualquer porcaria que quiser, querida. E você também deveria.

O College. Eu sabia exatamente de que faculdade ele estava falando. Era risível. Eu balancei a cabeça. Talvez mamãe estivesse certa. Eu não poderia ser médica, não com minhas habilidades de ciências. Mya fazia grande parte da minha lição de casa de biologia. Mas eu poderia ser advogada, facilmente. Escrever e história e argumentação sempre vinham de forma natural para mim. Talvez arte fosse algo que eu pudesse fazer de forma paralela em minha vida. Tornar-me professora de arte de meio período. Ou ensinar arte durante o verão. Talvez até no exterior. Viajar o mundo dessa forma. Ter um bom emprego. Fazer mamãe se sentir orgulhosa. A primeira advogada na família...

— Minha família...

— Vai entender... — concluiu, batendo a bengala com força no chão de novo. — Pelo amor de Deus, não seja burra, garota. Se você ficar, na melhor das hipóteses, vai se tornar uma professora de artes velha como eu, balançando a bengala para os jovens e dizendo que são burros. Com todo o direito de dizer. Mas se você for. Se você for... — divagou.

TIA AUGUST ESPERAVA POR MIM no Caddy vermelho do lado de fora.

— Joanie! — gritou pela janela. — Você sabe que tenho que arrumar o cabelo da Srta. Dawn hoje. Entre logo nesse carro!

Eu corri até o carro e coloquei minha enorme mochila cheia de tintas a óleo e pincéis e tintas a base de água no porta-malas. Fechei o porta-malas e abri a porta de passageiro, dizendo com pressa:

— Desculpa, tia.

Minha mente estava em um turbilhão. As palavras do professor Mason iniciaram um incêndio em mim. Para o melhor e para o pior, eu havia nascido dessa forma. Nascera para ser artista. Colocar o lápis no papel parecia uma adoração a cada vez que o fazia. É claro, eu fazia isso. É claro, eu estava obcecada. Arte é ar.

Como que mamãe não percebe isso?, perguntei-me em silêncio. *Como ela pode não perceber que posso ser ótima nisso? Que talvez uma garota magra de pele escura do norte de Memphis possa desenhar algo que silencie este mundo?*

Após alguns minutos de viagem de Rhodes até a North Parkway, após alguns minutos ouvindo Anita Baker no rádio, eu não consegui me segurar. Precisava contar para ela, para alguém, meu plano.

— Tia?

— Criança, é melhor que você esteja prestes a me dizer que sente muito por ter me feito esperar e nada além disso.

Eu a amava. Eu sabia de onde Mya herdara seu atrevimento. Era genético, aparentemente. Passava de geração em geração.

— Tia, eu não quero ser médica.

Ela manteve os olhos na estrada, as luzes da rua oscilando na noite de novembro que começava a escurecer, mas ela também esticou uma das mãos para diminuir o volume da voz de Anita no rádio.

Entendi aquilo como uma deixa.

— Ouça, estive conversando com o professor Mason. E ele diz, ele diz que ainda há tempo suficiente para eu me candidatar. Tenho até o Natal; é a última época para me inscrever. E o professor Mason diz que há uma bolsa, só uma, que eles distribuem uma vez por ano para uma excelente inscrição *americana*. Uma bolsa! Isso significa uma *bolsa integral,* tia. A mesma que Rhodes. Mas desta forma, desta forma, eu posso ser uma artista. Eles precisam de um portfólio, uma série de pinturas em todos os meios diferentes, desculpe, estou falando sem parar, mas tia, você vai me apoiar? Tenho uma ideia para o meu portfólio. Todas as mulheres do bairro. Bem, não todas. Mas você, a Srta. Dawn, o salão de beleza, mamãe. Senhor, não sei como vou desenhar mamãe sem que ela saiba.

— Joan...

— Talvez eu possa usar velhas fotografias da mamãe...

Eu não podia parar agora que tinha começado. Eu podia ver meu plano exposto diante de mim como paralelepípedos que eu simplesmente tinha que pisar.

— Joan! — gritou tia August.

— Sim senhora? — Havia esquecido de mim mesma, meu lugar. Tia August era mais velha do que eu. Eu sabia que não a estava honrando por não ouvir. Fiquei em silêncio, embora tenha doído fazer isso.

— Onde?

— Senhora? — perguntei, com um tom calmo.

— Onde, criança? Que escola é essa? Do que diabo você está falando? Estou ouvindo, estou sim. Mas eu não faço ideia do que você está falando, sobrinha. Explique tudo.

E foi o que fiz. Durante toda a viagem de volta para casa.

Quando terminei, havíamos parado na entrada da garagem e tia August desligou a ignição do Cadillac e pegou o maço de Kools no porta-luvas do carro. Ela demorou para abrir a janela do velho Caddy, demorou a acender um dos cigarros. Eu sabia, pela forma como soltava a fumaça do cigarro, que ela estava séria, imersa em seus pensamentos.

— Eu sei cantar — falou, soltando a fumaça do cigarro e dando outra tragada. — Você já me ouviu antes. Não faço isso com frequência. Faz as pessoas desmaiarem. Sério. Uma vez, anos atrás, no casamento da sua mãe, um homem desmaiou no banco da igreja. Teve que ser carregado para fora. Eu nem percebi. Só continuei cantando Aretha de um jeito que duvido que a própria Aretha conseguisse. Mas eu nunca *fiz* nada a respeito disso. Minha voz. Não tenho certeza se queria, como as pessoas falavam e falavam sempre que eu soltava uma nota. E bom, eu sabia *Quem* me dera essa voz. Mas eu amava piano. Queria tocar jazz. Amava Gershwin.

Ela ficou sentada em silêncio por alguns instantes, fumando, antes de continuar.

— Vou ajudar você, sobrinha. E vou falar com sua mãe. Para convencer. Acho que devo fazer isso. Porque você tem um dom. Eu acho que já passou da hora de alguém nessa maldita família usar o dom que tem.

Tia August terminou de fumar e, com um movimento rápido do pulso, jogou a bituca no asfalto da garagem.

Comecei a juntar minhas coisas, pensando no que ela dissera, mas foi quando senti a palma da mão de tia August em minha cabeça. Ela começou a pentear meus cabelos soltos. As minhas tranças *box braids*, que ela fizera no mês anterior, precisavam de alguns ajustes na frente.

— Pode ser que eu comece a rezar, no fim das contas. Porque, Jesus Cristo, quem diabos vai fazer o seu cabelo lá em Londres, criança? — perguntou ela, mais preocupada do que eu jamais ouvira enquanto alisava minhas raízes.

Eu ri.

— Provavelmente não vou entrar.

Sua mão parou de repente. Foi para o meu queixo e levantou minha cabeça para que nossos olhos se encontrassem.

— É melhor você entrar. Você me ouviu, sobrinha? Faça o que você tem que fazer. Desenhe quantas horas por dia e o quanto tiver que desenhar. Vou te ajudar. Vamos descobrir um lugar para esconder seus desenhos. — Ela fez uma pausa, parecendo se preparar para alguma coisa, então respirou fundo. — No quarto do Derek. Sim, criança. Temos que guardar os desenhos em algum lugar. Eu entro lá se você não quiser. Farei o que puder, mas você tem que fazer a sua parte. E você deve ir até lá e mostrar a todos eles, Joanie.

A partir daquele sábado, ficava depois da aula com o professor Mason e trabalhava na minha inscrição no Royal College of Art. A inscrição consistia em minhas notas, minha pontuação no ACT e, por fim, meu trabalho. O Royal College exigia um portfólio de dez trabalhos diferentes, todos focados em um único assunto. Uma série, como é chamada no mundo da arte. Mulheres. Eu queria mostrar as mulheres de Douglass, do norte de Memphis, da minha família. As adoráveis mãos da Srta. Dawn. Os penteados elaborados da Srta. Jade. As unhas acrílicas vermelhas de Mika. Dez no total. Tudo em diferentes meios — pinturas a óleo, desenhos a carvão, tinta preta — e cada um em sua própria tela de 3 metros de altura.

Eu não tinha certeza se entraria, se era boa o suficiente. Toda vez que terminava uma peça, me afastava para estudá-la e a dúvida se aninhava em meus pensamentos. Mas o professor Mason insistia. Sempre que eu mencionava como era improvável que eu ganhasse a bolsa, ele levantava a mão para me calar.

— Ninguém em Londres está pronto para isso, criança — disse, examinando um novo retrato que eu trouxe. — Mas você precisa de mais. E tente aquarela dessa vez.

A Srta. Dawn, que Deus a abençoe, ainda posava para mim uma vez por mês. Eu tinha passado longos e preguiçosos dias de verão na varanda da frente dela por anos, e agora eu ia lá nos fins de semana, quando os últimos vestígios do outono desapareciam. Eu a desenhava partindo vagens ou colhendo alface lisa e conversávamos sobre como as coisas eram e como as coisas seriam. Ela me contava histórias sobre meus avós. Como todos na vizinhança sabiam que meu avô tinha sido um herói de guerra. O único engenheiro de combate negro em seu batalhão. Ela me disse que Myron voltou para casa da guerra e todo mundo o viu naquele pátio pegando pedras para criar a base de seu presente de casamento para Hazel. Enquanto a desenhava, ouvi-a contar a história de como Myron construíra seu Taj Mahal para Hazel.

A casa cor-de-rosa desbotada da Srta. Dawn ainda estava de pé. Surpreendentemente, um antigo salgueiro crescera bem no centro dela. Rouxinóis e beija-flores faziam ninhos em seu labirinto de galhos. Certa noite de outubro, sentada diante da Srta. Dawn nos degraus tortos sob a luz fraca da varanda, contei-lhe meu plano.

— Hmmm. — Quando terminei, e deu um tapinha na cabeça debaixo de um lenço amarrado de forma elaborada. Ela estava sentada no balanço da varanda, usando um vestido longo com um padrão de batik brilhante que parecia fogos de artifício sobre a água. Sentei-me ao lado dela e depois de todos os anos que a desenhei, ainda não conseguia tirar os olhos de suas mãos.

— Você sabe que seus avós sentavam aqui e falavam bobagens, davam beijos furtivos, comiam casquinhas de sorvete... — Quando começou a divagar, irrompeu em uma gargalhada desenfreada. — Seu avô sabia desenhar. Sabia sim. Ele mesmo desenhou os planos para a casa de vocês. Isso não é interessante? E agora, você está fugindo para Londres...

— Eu ainda não entrei, Srta. Dawn — interrompi, mas ela me cortou.

— E agora você está fugindo para Londres. Vou te ajudar. Sua mãe pode queimar minha casa quando descobrir. Eu sei que o coração dela já decidiu que você deve ser médica. Mas esse é o caminho para sua irmã. Você — disse, apontando um dedo ossudo e velho para mim — precisa ir em frente e desenterrar o pente daquele garoto. Sim, isso mesmo. Sim, eu me lembro, e também te conheço.

Derek. Ele surgia em meus pensamentos de vez em quando, e eu o empurrava de volta. Ele estava onde merecia: longe de nós. Sua ausência trouxe alívio à minha vida. Chega de dores de estômago só de vê-lo na mesa da cozinha. Não precisava me certificar em evitá-lo, sair de qualquer cômodo em que ele estivesse. Eu poderia vagar pela minha própria casa. Até descobri partes da casa que nem sabia que existiam. O corredor dos fundos que levava à ala oeste tinha um pequeno altar embutido na parede. E lá, cercada por tijolos, estava uma Virgem Maria do tamanho de uma mão, seu rosto pintado de um lindo marrom. *Ele se foi*, recordava-me, colocando meu lápis na página. *Obrigada, Deus. Muito, muito, muito obrigada, Deus.* Rezava em gratidão à Nossa Senhora enquanto desenhava. Rezava três Aves Marias.

Eu temia qualquer menção a ele. Mudava o rádio para Smooth Jams sempre que ouvia Three 6, seu grupo favorito, berrando. My me chamava de velha, sempre ouvindo música de pessoas mais velhas. Mas Whitney, Anita e Chaka nunca me fizeram querer quebrar alguma coisa.

Mas meus esforços para apagar Derek desta Terra eram limitados. Ainda havia fotos dele por toda a casa. Na parede do banheiro ainda havia marcas de lápis, mesmo que desbotadas, mostrando sua altura, sua idade. E Derek ligava para a casa. Eu odiava quando ele ligava a cobrar para falar com a tia August. Ela sempre ficava chateada depois. Eu ouvia o lado dela da conversa pelo telefone do corredor. Sempre *"Vai ficar tudo bem, querido"* e *"Mantenha essa sua cabeça erguida, D"*. Eu ouvia o receptor clicar e seus passos em direção à prateleira da cozinha, direto para o uísque. Não tinha certeza se enterrar aquele pente foi o que levou meu primo à prisão, mas agradecia a Deus — e à Srta. Dawn — pela magia disso.

Ela estava olhando duramente para mim e eu não a desafiei — não adiantaria fingir para ela ou para mim mesma que eu não pensava em Derek, que não me lembrava de enterrar aquele pente.

— Desenterre — ordenou ela de novo — ou você não vai a lugar nenhum.

— O que isso quer dizer?

— Você sabe muito bem o que isso quer dizer. Eu gaguejei, criança? Como é que ninguém na sua família ouve a Srta. Dawn? Juro pela minha vida que não consigo entender. Vocês são mulheres de cabeça-dura, querido Senhor.

Mas ela concordou em aumentar nossas sessões mensais para duas vezes por semana.

No mês seguinte, levei duas peças para o professor Mason: uma tela da tia August pintada com grandes pinceladas de tinta preta sobre um fundo totalmente branco. Ela vestia seu lendário quimono, posando para mim enquanto fumava seus lendários Kools. A outra era a Srta. Dawn.

Suas mãos principalmente. Elas seguravam um buquê de amoras silvestres. Ambas as mulheres tinham 3 metros de altura em tela branca.

— Você está pronta — concluiu o professor Mason, admirando meu trabalho.

— O que acontece agora?

— Enviamos sua candidatura e esperamos — falou.

Mais tarde, na noite de Natal, com o estômago cheio de carne de osso do pescoço e pernas de peru e intestinos de porco, saí para o quintal, mas desta vez peguei uma pá. Cavei até encontrar. O pente. Os dentes pretos brilhando ao luar. O cabo de madeira estava coberto de sujeira. Fiquei de pé sobre ele, ofegando ligeiramente por causa do esforço. E, então, cuspi nele. E de novo, e de novo, e de novo.

CAPÍTULO 22

Miriam

2001

Ela estava enfiando uma agulha em uma veia quando sua paciente, uma mulher branca idosa usando pérolas e o cabelo em um coque alto, exclamou:

— Jesus, Maria e José!

A mulher tinha um daqueles velhos sotaques de Memphis. Ela fazia Miriam se lembrar de Scarlett O'Hara, a versão mais velha e muito vivida, mas Scarlett mesmo assim. Miriam recostou-se, inspecionou seu trabalho, que parecia bom, e franziu a testa. Ela era conhecida por ser gentil com todos os seus pacientes. Mais dois anos e seria enfermeira.

— Só mais um pouco, senhora, estamos quase lá — falou Miriam.

Apesar de ter encontrado a veia na primeira tentativa, sem precisar cutucar, estava preparando a mulher para uma cirurgia, e pensava que isso seria o suficiente para fazer qualquer um se sentir nervoso. Miriam soltou o elástico em volta do braço da mulher.

— Criança — disse a mulher —, o mundo está do avesso e você se preocupando com as veias de uma velha.

Miriam seguiu o olhar da mulher até a televisão no canto e viu prédios tão altos quanto titãs pegando fogo. Ela procurou o controle remoto e aumentou o volume. Aparentemente, os aviões voaram na direção dos prédios. Ela viu pessoas cobertas de fuligem, cinzas e detritos, tossindo sangue. Miriam levou a mão à boca ao perceber que sob os escombros, que caíam como confetes em alguma festa celestial, havia corpos. Ela e a paciente viam seres humanos pularem dos prédios. Chegavam notícias de que havia outro acidente na Pensilvânia.

Estaria aquela mulher certa? O mundo estaria do avesso? Mas o que fez Miriam sair do eixo — o que a fez largar a bandeja que continha as agulhas, gazes e esterilizador — foi o anúncio de que havia *outro* acidente de avião.

O Pentágono fora atingido.

Fazia seis anos desde que ela vira Jax pela última vez. Depois que Miriam partiu, fugindo durante a noite com as filhas, Jax avançou na Marinha. Ele foi nomeado tenente-coronel. Miriam sabia que ele fora transferido de Camp Lejeune para o Pentágono por causa do endereço do remetente nos papéis de divórcio.

— Você está bem, criança? — perguntou a paciente, preocupada.

Miriam se inclinou para pegar a bandeja virada. Ela não sabia como responder. Ela honestamente não sabia se a casa dos North poderia suportar mais perdas.

Quatro anos haviam se passado desde a prisão de Derek. Ele fora acusado de assassinato em primeiro grau em segunda instância. Miriam tinha sentado no Tribunal do Condado de Shelby, as mãos entrelaçadas com firmeza com as da irmã, durante todos os dias do julgamento. Ambas estavam vestidas de preto.

O tribunal tinha o cheiro dos bancos de nogueira alinhados nos dois lados da pequena sala. Derek estava lá em seu macacão azul da prisão, sentado em uma longa mesa no lado esquerdo da sala, com o defensor público ao seu lado.

Três garotos negros entraram no tribunal pouco antes do pedido de ordem e sentaram em frente ao banco da família North, olhando para Derek. Eles usavam calças jeans abaixo da cintura e camisetas azul royal. Aparentemente, a Kings Gate Mafia enviara tropas para monitorar a batalha que se desenrolava no tribunal. Eles se fizeram presentes em todos os dias do julgamento. Assim como os Douglass Park Bishops, conhecidos por suas bandanas vermelhas amarradas em bíceps ainda em crescimento. O guarda interrompera muitas brigas nos corredores, separando garotos negros agarrados uns aos outros.

Derek nunca confirmou seu envolvimento com os Douglass Park Bishops, mas não precisava. A juíza, a Honorável Dorothy White, era das ruas de Memphis, sabia que um rapaz de 17 anos não possui uma AK-47; aquela arma fora um presente. Ela e o júri também sabiam que um garoto do norte de Memphis não tinha nenhuma razão válida e razoável para estar em Orange Mound, muito menos com uma arma automática usada na guerra, tudo para matar duas pessoas que nunca conhecera. O júri levou trinta minutos para emitir um veredito de culpado; não foi necessário fazer pausa para o almoço.

Miriam se lembrava de soltar a mão da irmã apenas quando ela foi depor na sentença de Derek. A promotoria estava pressionando pela pena de morte; a melhor chance que Derek tinha era de uma vida sem liberdade condicional. August usava um vestido de capa preta que se alargava em seus braços, fazendo com que parecesse uma feiticeira medieval. Um chapéu preto de funeral com um véu de renda cobria a maior parte de seu rosto em estado de choque. Seus saltos de gatinho batiam contra o chão de mármore enquanto ela abria a porta que separava o público do juiz para testemunhar.

— Erga a mão direita — ordenou o segurança.

August obedeceu.

— Você jura solenemente dizer a verdade, somente a verdade e nada mais que a verdade, sob pena de perjúrio, em nome de Deus? — perguntou.

— Sim — respondeu August.

— Senhora, precisamos que você indique seu nome completo para registro — começou o advogado de defesa de Derek. Era um homem corpulento, barbudo, de meia-idade, vestindo um terno bem cortado, com um cravo vermelho na lapela.

— August Della North.

— Declare a sua relação com o réu.

— Ele é meu filho.

— Senhora, qual é a sua ocupação?

— Sou cabeleireira. Tenho um salão que administro no quintal da minha casa.

O advogado de Derek andou de um lado para o outro, acenou com a cabeça e acariciou a barba. Ele falou devagar, pronunciando cada sílaba para que o tribunal entendesse a gravidade da situação.

— Por que a senhora não começa nos contando um pouco sobre seu filho?

Miriam lembrou-se de ver a irmã respirar fundo, expirar. Ela nunca tinha visto August tão completamente esgotada. Parecia que tinha ido ao submundo e voltado e podia falar a língua dos mortos e dos perdidos.

A princípio, não parecia que August seria capaz de falar. Ela sentou no banco das testemunhas, e Miriam viu seus ombros subirem e descerem em respirações profundas e concentradas. O silêncio atingiu a multidão. Ouviram-se risadinhas do banco onde estavam os membros da Kings Gate Mafia.

Parecia que August não dera atenção a eles. Ela ergueu o véu para que seus olhos ficassem expostos. Mesmo de onde estava sentada, Miriam conseguia vê-los: eram dois buracos escuros. Parecia que continham o sofrimento do mundo inteiro.

August começou:

— O pai daquele menino era Lúcifer. Estou falando sério. O tipo de homem que faz você acreditar em todo o mal que existe neste mundo. Faz você conhecer o mal em seus ossos. É a sensação que se tem ao olhar para um abismo e saber em seu coração que, lá embaixo, os dragões vagam.

O tribunal ficou em silêncio. Não houve mais risadinhas.

— Nós nos conhecemos na Beale Street — contou, com sua voz mais firme agora. — Ele estava andando por Beale, cigarro na mão, e me ofereceu um. Eu nunca tinha experimentado um antes, e tinha um gosto tão bom, como uma liberdade que eu não sabia que precisava. Vestia uma jaqueta de couro preta e tinha costeletas. Ele era da cor do outono, um marrom dourado. Roubou meu coração. Tirou meu coração, ainda batendo, de dentro de mim. Parecia que eu não pudesse nem opinar sobre o assunto.

"Ele nunca me bateu. Não precisava. Eu sabia o que era um demônio, o que ele queria, o que o irritava. A Srta. Dawn, ela é uma velha amiga da família, uma vez me disse: 'Gênios são reais.' Mas eu não acreditei nela até que Derek nasceu.

"Derek nasceu em meio a uma tempestade em março. A energia tinha caído. Estava em trabalho de parto há seis horas e um olmo caiu em cima de um dos fios elétricos. Pessoas se afogaram naquela noite. Derek saiu em meio a tudo isso, silencioso como um cordeiro. O pai dele foi o primeiro a segurá-lo. Você pode imaginar? Nem ao menos me deixou ser a primeira a segurar meu filho. Ele disse: 'Ele vai ser um espartano.' Deus, aquele homem fez a promessa ser cumprida. De forma brutal. Impiedosa. Uma vez, encontrei D, nós o chamamos de D em casa, em um armário, tremendo. Ele estava segurando um balde de água nas mãos. Por horas. Você me ouviu? Horas. Ele tinha 10 anos. Eu estava em casa, mas tive dez cabelos para lavar e arrumar naquele dia..." — Parou, pegou um lenço de papel de uma caixa no banco das testemunhas.

Todos os pelos do corpo de Miriam se arrepiaram. Ela sabia que o pai de Derek não era uma boa pessoa, mas nunca tinha ouvido a maior parte do que August estava contando naquela sala. August tinha um lado secreto que ninguém da família jamais conseguira penetrar. Quando criança, ela sempre batia com força nas teclas do piano, uma expressão impenetrável, perdida em algum devaneio que nem Miriam, nem mesmo Hazel, conseguia entender. Ou ela estava escondida em alguma árvore, ouvindo os debates políticos à beira da lareira na casa, imersa em seus pensamentos. Sim, August sempre fora misteriosa. Então, quando ela engravidou, cedo demais, ninguém chegou a perguntar quem era o pai. Miriam sabia que a irmã nunca contaria.

— Às vezes eu voltava da loja do Stanley, uma mercearia perto de casa, e encontrava a casa escura, as luzes todas apagadas. D estava lá tremendo, tremendo muito. Não me deixava tocar nele. Algumas vezes se escondia nos armários. No guarda-roupa. Como um animal assustado e ferido. E o pai dele. Eu nem deveria usar esse nome para aquele preto. Eu o encontrava sentado à mesa da cozinha. Bebendo café preto e frio. Me perguntando: "Quanto tempo até o jantar?"

Um estranho baque soou na sala do tribunal. Miriam viu que Derek estava batendo a cabeça contra a mesa de defesa em pancadas lentas e metódicas. O advogado foi até ele. Colocou a mão nas costas e Derek e, acariciando-o, acenou para August continuar.

Mas Miriam não tinha certeza se queria que August continuasse. O que ouvira e a reação de Derek — tudo isso a aterrorizara. Pela primeira vez, e por mais indesejada que fosse, Miriam sentiu uma conexão com o sobrinho. Ela também conhecia o medo. A antecipação da dor. Machucada e espancada no chão da cozinha em Camp Lejeune, pegando o telefone para ligar para a irmã, Miriam sempre achou que voltar para casa em Memphis seria mais seguro do que ficar na Carolina do Norte. Jax era um homem grande. E treinado pelo maior e mais elitizado ramo das forças armadas para matar, com habilidade, com as próprias mãos. Deitada naquele chão, na neblina e no caos de levar um soco no rosto, Miriam calculou que Jax um dia poderia matá-la. Talvez não intencionalmente. Mas bastaria o golpe certo na cabeça dela... ela tinha que ir embora. E para onde mais poderia ir além de para casa? As palavras de sua mãe na noite anterior ao casamento chegaram a ela naquela altura: *"Minhas amadas filhas, tão lindas, as duas podem sempre, sempre voltar para casa."*

August pigarreou.

— Certo dia, ele foi embora. Sem motivo. Saiu para comprar um maço de Kools e nunca mais voltou. O preto provavelmente morreu da mesma forma como veio para este mundo: matando alguém. E, então, pensei que estávamos seguros. Ele tinha ido embora. Mas mesmo depois que o pai se foi, D quase não me deixava tocar nele.

"Meu Deus", pensou Miriam. Ela percebeu que tanto ela quanto August lutavam contra terrores muito difíceis de enfrentar sozinhas. E, no entanto, lutavam.

Miriam sentiu vergonha, como se Jax estivesse tentando bater nela.

Ela deveria ter deixado aquele miserável antes. Deveria ter voltado para casa no momento, logo na primeira vez que ele bateu nela. Miriam mal conseguia se lembrar quando tinha sido. Mas foi depois do Golfo, depois que ela esqueceu algo insignificante — um ingrediente para o jantar daquela noite, a lição de matemática de Joan, pagar a conta da assinatura da *Jet*. E ele tinha batido nela. Miriam ficou em pé, passando a mão na bochecha ardente, boquiaberta. Ele tinha *batido* nela. Jax. O Jax da loja de discos. Estava entorpecida em sua dor. Levou tempo para processar o que tinha acontecido. Parecia que ela estava no balcão, de boca aberta e silenciosa, por quase um mês, congelada de medo. Por que diabos ela ficou quando Joan foi estuprada e Mya ainda estava dentro dela? Jax a tinha levantado do chão com uma mão no hospital. A erguera pelo pescoço e apertara.

Miriam levou a mão ao pescoço e estremeceu. Jesus Cristo, por que ela não foi embora então?

As coisas que as mulheres fazem por causa de suas filhas. As coisas que as mulheres não fazem. A vergonha disso tudo. A vergonha do estupro da filha, a vergonha da violência do marido, a psicopatia do sobrinho.

"Se eu falhar com minha irmã, minhas filhas, de novo", disse Miriam a si mesma, *"que os demônios me levem."* Ela fez o sinal da cruz.

August pegou outro lenço. Assoprou o nariz.

— Tudo isso para dizer, não mate meu filho. Eu imploro, juíza — disse ela, virando-se para apelar diretamente para ela. — Não mande meu filho para o corredor da morte. Fiz o melhor que pude. A maternidade é uma âncora. Ela me devorou por completo. Fiz o melhor que pude. Se o amor fosse o suficiente... — August parou de falar.

Miriam não sabia o que pensar. Ela sempre temera Derek, não o queria perto de suas filhas, o que sutilmente significava que não o queria na casa. Mas a casa era tanto dele quanto das filhas dela. Era a única casa que ele conhecia. Miriam alternou entre pena e ódio, mas se firmou.

Talvez fosse sua fé, mas não poderia ter sido apenas isso, porque não conseguia perdoar Jax. Talvez fosse sangue, a mesma linhagem que Hazel correndo nas veias de Derek e de Miriam. Talvez fosse a memória de sua mãe, pedindo perdão do túmulo, mas por alguma razão, Miriam pensou: "*Tenha pena do menino, Miriam. Coitado desse pobre menino. Ele nunca conheceu a bondade. Ele nunca conheceu. Senhor, por quê?*"

Miriam ouviu a dor na voz da irmã quando August disse:

— Matar meu filho não vai trazer os mortos de volta. Você sabe disso. E vocês querem matar o menino? É por causa dessa pergunta que viemos aqui hoje? Como? Como, depois disso, como vocês vão dormir à noite? — Ela se virara e falava com a sala de forma geral, com os braços estendidos, desafiando, suplicando a todos eles.

Seu peito arfava, mas seus olhos estavam secos. Ela enfiou a mão, que tremia muito, no bolso do vestido preto e tirou um maço de Kools e um pequeno isqueiro rosa. Mal conseguia acender o cigarro. Por fim, tremendo um pouco, conseguiu trazer o cigarro até os lábios carnudos, cor de pêssego.

O segurança fez um movimento em direção ao banco, mas a juíza ergueu a mão, detendo-o. Ela balançou a cabeça em um terno e leve "não".

August exalou uma fina camada de fumaça. Ela balançou a cabeça para frente e para trás e disse:

— Homens e morte. Homens e morte. Como diabos vocês comandam o mundo quando tudo o que fizeram foi matar uns aos outros?

— Eu perguntei: "Você está bem, criança?" — Miriam percebeu que estava de quatro ao lado de seus instrumentos médicos agora sujos. Ela ainda não tinha pegado um único instrumento. Estava apenas ali, ajoelhada, parada. Miriam não respondera à pergunta da paciente idosa.

— Meu marido... meu *ex*-marido... — gaguejou Miriam. — O pai das minhas filhas trabalha no Pentágono.

A mulher branca bufou. Miriam ergueu os olhos, assustada, ao ver a mulher soltar uma risadinha.

— Vamos lá, isso é tão ruim assim? Pode ser uma bênção, um ex-marido morto — disse a mulher.

Miriam se levantou. A bandeja tremia levemente em suas mãos.

— Crescer sem pai... — Ela fez uma pausa, considerando. — É uma vida solitária, senhora.

CAPÍTULO 23

Joan

2003

O TROVÃO SOOU MAIS UMA VEZ, sacudindo a casa e Loba. Ela choramingou enquanto eu a acariciava, coçando suas orelhas.

Acostumada com o clima tempestuoso que já durava todo o mês, minha família dormia durante o temporal. Ninguém além de mim estava acordada quando o telefone do corredor tocou. Ou, talvez, elas apenas não conseguissem ouvir devido à fúria da tempestade. Eu bocejei e arremessei quilos de colchas de cima de mim. Loba choramingou nos cobertores, aninhando-se ainda mais neles.

— Não julgo você, garota — sussurrei.

O telefone tocou mais uma vez. Coloquei meus chinelos cor-de-rosa e me enrolei no meu roupão de veludo rosa combinando.

— Estou indo, estou indo.

O relógio de pêndulo no corredor marcava 5h15. *Quem diabos?*

Um pensamento surgiu em minha mente, dominando-a como as folhas grandes de uma dama-da-noite. Que horas seriam em Londres? Eu não deveria receber uma resposta até o início de maio, mas faltavam apenas algumas semanas até lá. Acelerei o passo, esquecendo, em minha empolgação, que as faculdades não fazem telefonemas; elas escrevem. Peguei o telefone, que tremia na minha mão ao tocar pela terceira vez. Aproximei o receptor de cabo de pérola do ouvido e antes que pudesse dizer "Residência dos North", ouvi uma gravação alta do outro lado da linha.

— Você tem uma ligação a cobrar de... — Houve uma pausa, um clique, então a voz rouca de um homem: — Derek North. — A gravação de voz automatizada continuou: — Um detento na Instituição de Segurança Máxima de Riverbend. Para aceitar, pressione ou diga "1".

Em todos os anos desde que ele fora detido, eu nunca atendi uma ligação de Derek. Nunca precisei, pois ele cronometrava as ligações para os momentos em que My e eu estivéssemos na escola.

O instinto me disse para desligar. Mas não o fiz. Eu hesitei. E jurei ter ouvido a voz da Srta. Dawn: *Mulheres de cabeça-dura.*

Talvez ela estivesse certa. Ela estava certa naquele ano em que nos mudamos para Memphis. Lembrei-me de acordar Mya à meia-noite, sacudindo-a com suavidade, um dedo indicador pressionado contra meus lábios calados. Andamos na ponta dos pés com nossos chinelos cor-de-rosa combinando até o banheiro compartilhado, pegamos o pente de Derek — nunca esquecerei o peso dele, o cabo de madeira —, passamos pela cozinha, rastejamos pelo salão da tia August e saímos pela porta dos fundos. Fomos até a magnólia no quintal e nos ajoelhamos. A Lua era uma lasca de crescente prateado acima de nós. Mya segurava uma lanterna. O que não planejáramos era a escavação. Examinei o quintal em busca de algo, qualquer coisa, para cavar, e não vi nada. Cavei com as mãos. Minhas unhas estavam cheias de grama e solo fértil de Memphis.

Mya estava acima de mim com a lanterna, e quando ela tentou me puxar para que eu me levantasse, eu a empurrei e continuei cavando. Estava enlouquecida. Uma das minhas unhas quebrou. Estremeci, mas continuei. Ignorei as exclamações de Mya. Ela ficava perguntando o que o garoto tinha feito comigo. Eu a ignorei. Ignorei as minhocas que encontrei no solo quente. Ignorei o sangue da minha unha quebrada escorrendo, misturando-se com o chão. Usei meu cotovelo quando minha mão direita ficou dormente.

Quando o buraco estava fundo o suficiente, sussurrei apressadamente, pedindo pelo pente. Arranquei-o de Mya quando ela não quis me entregar e o joguei na terra escura, espalhando mais terra por cima. Disse para Mya iluminar o local para que eu pudesse inspecionar meu trabalho, e inspecionei, limpando minhas mãos na frente da minha camisola.

"*Mulheres de cabeça-dura.*" As palavras da Srta. Dawn vieram até mim então.

Tudo bem, Srta. Dawn, tudo bem. Essa mulher North vai ouvir você.

Então, eu disse "1". Enrolei meu dedo no fio do telefone mordi meu lábio em expectativa. O receptor de cabo de pérola estava frio como pedra contra minha bochecha. Apesar dos anos, apesar da distância entre Derek e eu, as grades da prisão que nos separavam, meu estômago se revirou enquanto eu esperava pelo clique que anunciaria que nossa ligação fora conectada.

— Mamãe?

Congelei. A voz — tão masculina, tão intrusiva — me levou de volta ao momento em que nos mudamos para Memphis e aquela enorme porta amarela viva se abriu. A voz perdera o tom da adolescência. Derek parecia adulto agora, e sua voz era grave, quase um barítono.

— Alô?

— Oi — falei, após uma longa pausa. — É a Joan. — Ouvi estática. Derek ficou em silêncio. Depois de um tempo, eu disse: — Ouça, vou dizer à tia August que você...

— Não — interrompeu Derek. — Já estou aqui há algum tempo. Tive tempo para pensar. Tenho uma coisa que preciso dizer para você. Acho que está na hora.

Eu sabia o que ele queria dizer. Afinal, eu tinha desenterrado aquele pente. E agora este telefonema. Parte de mim queria ouvi-lo. Para ver se a magia da Srta. Dawn era real. Para ver se eu poderia enfrentar Derek. Seria mentira se eu dissesse que não tinha pensado na sequência perfeita de palavrões para dizer a ele. Fantasiava sobre o que poderia dizer para machucá-lo tanto quanto ele me machucou. Parecia que eu estava construindo esse momento desde os 3 anos de idade. Eu tinha 18 anos agora. Completados no mês anterior.

— Imagino que sim — falei devagar.

Derek deu uma pequena risada inesperada, cortando um pouco da tensão.

— Você fala igual a tia Meer — disse ele.

— Bom.

— Como ela está?

Mamãe havia chocado a todas nós ao se formar na escola de enfermagem um ano antes do previsto. Era algo inédito. Seus anos de dedicação aos estudos, anos adormecendo em cima dos livros, no meio de uma conversa comigo ou com Mya, valeram a pena. August, Mya e eu participáramos da sua cerimônia de formatura. Ela nos pediu para usar branco. Esse, esse era o dia de seu casamento, ela proclamara. Todas nós a ajudamos com seu discurso de oradora. Tia August fumava sem parar e apontava para a página, dizendo que tinha que impressioná-los. Mya, é claro, escreveu as piadas.

Mamãe. Nos meses que se seguiram ao Natal — desde que entreguei minha inscrição no Royal College, mamãe ficou quieta. Ela ainda soltava um "*humpf*" desafiador sempre que me via com meu caderno de bolso que usava para desenhar, mas segurava a língua. Eu confiava que tia August estava fazendo o que prometera: estava convencendo mamãe por mim. Eu ficava quieta e rezava continuamente todas as noites, com os joelhos queimando no tapete, para ser aceita na faculdade.

Derek ficou quieto do outro lado da linha, esperando que eu respondesse.

A raiva veio então. E veio rápido.

— Melhor eu desligar — consegui dizer. Eu queria gritar com ele, fazê-lo sentir um pouco do medo, vergonha e nojo que senti por anos, mas as palavras pareciam ter ido embora agora.

Estava tão envolvida na ligação, tão enfurecida pelo simples fato de ter atendido ao telefone, que não vi Mya. Ela deve ter ficado lá por um minuto. Um pé com meia se posicionou atrás da outra perna para coçar a panturrilha. Ela usava sua camisola, um longo vestido com estampa africana, e estava comendo um pêssego enquanto olhava para mim.

Com apenas 15 anos de idade, Mya planejava seguir os passos de nossa mãe e avó: ela queria ser médica. A menina era boa com números e ciência e todas as coisas que me confundiam, como matéria escura e tabelas periódicas e inércia. E ela adorava salvar coisas. Sentava nos degraus da varanda da frente e cuidava das criaturas — banhava e tratava pequenas feridas nos gatos tigrados e malhados, ajudava pássaros com asas quebradas. Mya era igualmente talentosa tocando violão. Sua genialidade com os números se transferia com facilidade para a leitura de partituras, a habilidade de se lembrar de acordes. My não era apenas técnica; ela de fato sabia tocar aquela coisa. Seu talento musical deve ter vindo de tia August, que ainda tocava piano na sala de vez em quando. Mya tocava violão no salão. Fazia as mulheres lá dentro uivarem. E a cada dia, ela parecia mais e mais com mamãe. Puxara a ela — pequena e clara, com quadris largos.

Não tenho certeza de como seu pequeno corpo fez isso, mas em um movimento repentino e ágil, Mya arrancou o telefone da minha mão.

— Que diabos... — Minha raiva foi direcionada à minha irmã. Estendi a mão para pegar o telefone, mas Mya o segurava com força, apertando-o com firmeza contra a orelha.

— Uhum. — O tom de Mya era sério.

— My — falei. Estava exausta. Minha raiva e adrenalina caíram de repente. Senti que precisava me sentar, tomar uma xícara de chá.

— Uhum. — Mya assentiu. Ela mordeu a carne madura do pêssego enquanto ouvia, o néctar escorria por seu queixo. — Hmmm. — Seu tom mudou para ponderação. O fio do telefone se enroscava em seu corpo enquanto ela se esquivava das minhas tentativas de pegá-lo de volta.

— Tudo bem então, negro. Estamos a caminho — disse, por fim.

— O quê?

Ela se desenrolou com um giro. Mya, com a mesma rapidez com que pegou o telefone, deixou-o cair abruptamente no gancho.

Ficamos ali na sala olhando uma para a outra.

Mya deu outra grande mordida em seu pêssego.

— Bem — disse enquanto mastigava —, acho que devemos trocar de roupa.

— Mya, essa prisão fica fora de Nashville. — A distância não era de fato o problema, mas me agarrei à logística como se fosse uma espécie de colete salva-vidas que poderia me salvar desse plano.

— Uhum — concordou Mya, mastigando.

— Isso fica a três horas daqui — argumentei.

— Mmmm.

— E é terça-feira — disse, devagar.

— Você está certa. Continue. — Mya fez um gesto com seu pêssego.

— Certo, e às terças-feiras temos escola.

— Acho que sim.

Eu queria desesperadamente sentar. Meu peito se expandiu e se contraiu com a longa respiração que deixou meu corpo.

— Eu vou ver Derek, não vou?

— Você vai ver Derek — respondeu Mya.

— Vou dirigir o Shelby — admiti.

— Você vai dirigir o Shelby — repetiu Mya.

— E vou matar aula.

— Nós.

— Hm?

— *Nós* vamos matar aula. Eu vou com você. — Mya mordeu seu pêssego e, entre mordidas, disse: — E no caminho, você pode me dizer o que diabos aquele garoto fez com você anos atrás.

CAPÍTULO 24

August

2001

TRÊS DIAS. Fazia três dias desde que o mundo caíra. Três dias desde que ela correra para o quintal e encontrara Joan e Mya. O professor de história de Joan carregava Mya como se ela fosse um saco de batatas em seus braços. Ela estava chorando. Vizinhos saíram para espiar. Cabeças sobre sebes, esticando o pescoço para ver as filhas daquele militar ianque tropeçando no caminho.

Joan não disse nada. Caminhava ao lado do professor com a irmã nos braços, resignada, calada. August a parou na porta da frente. Colocou as duas mãos nos ombros de sua sobrinha, olhou no fundo de seus olhos escuros e disse:

— É melhor você ser uma fortaleza para aquela garota lá dentro.

August desligou a televisão na sala. Ela segurava um cigarro em uma mão, o telefone na outra, declarando que as linhas telefônicas deveriam estar inoperantes. Teriam notícias dele. Ela tinha certeza.

Por mais que insistissem, August e Joan não conseguiram convencer Mya de que deveria comer alguma coisa. Ela estava deitada no sofá-cama do quarto de costura e se recusava a fazer qualquer outra coisa além disso. August já esperava por essa reação: era provável que a garota tivesse perdido o pai. O que August não esperava eram os pratos deixados como presente na porta da frente todas as noites. Colocados ali por anjos sem nome. A campainha tocava e August abria a porta para encontrar presunto assado com mel, caçarolas de frango com brócolis ou um prato de costelas de boi.

August fechou o salão naquela semana. Ninguém estava com vontade de arrumar o cabelo, de qualquer forma. Enfeitar-se para sentar na frente da televisão e chorar? August fechou o salão, e ela e Joan ficaram em silêncio a maior parte do dia até que Miriam voltou do hospital e correu para a cabeceira de Mya. A garota não se movia da cama. August passou pela sala de costura e viu Miriam, ainda de uniforme, acariciando o cabelo de Mya e sussurrando coisas para ela. Mya não se moveu.

Na terceira noite, August ouviu a campainha novamente. Todo mundo estava em casa naquela noite, o que era incomum. Miriam tinha que trabalhar na maioria das noites, mas trocara seus turnos daquela semana. Já passava da hora de estarem todas na cama. A meia-noite tinha chegado e passado. Mas ninguém conseguia dormir, então ninguém disse a ninguém que fosse para a cama. August, Miriam e Joan sentaram-se ao redor da mesa da cozinha, garfos na mão, comendo diretamente da panela de caçarola de frango com macarrão da Srta. Jade, que ela colocara nas mãos de August mais cedo naquele dia, enquanto balançava a cabeça e exclamava que era uma pena que, de alguma forma, toda mulher naquela casa perdesse o pai.

Loba ergueu a cabeça dos pés de Joan e rosnou.

August virou-se para a irmã. Talvez fosse instinto. O conhecimento básico e intrínseco do perigo pode sobrecarregar um corpo. Ou talvez

August, nascida em uma quarta-feira, estivesse acostumada a sofrer. Mas ela sabia que aquela batida na porta não era de vizinho algum.

— Pegue a arma da mamãe — sussurrou para Miriam.

August viu a irmã deslizar para fora do sofá e caminhar, com calma, até a sala de costura. Quando Miriam voltou, andando naqueles mesmos passos lentos, ela jogou a Remington para August, que a pegou no ar e acenou para que Miriam a seguisse.

Bateram à porta mais uma vez. A campainha tocou.

Loba se desenrolou com algum esforço dos pés de Joan. Os anos estavam chegando para Loba. Ela se movia um pouco mais devagar, mas seus instintos protetores entraram em ação. Colocou-se em posição de perseguição, agachada no chão. Havia parado de rosnar; rastejava, avançando em direção à porta, choramingando um pouco.

— Mamãe? — perguntou Joan. — Tia?

August liderava e Miriam era sua sombra. As irmãs caminhavam de forma calma e graciosa como antigas rainhas africanas: saíram da cozinha, desceram o corredor, atravessaram a sala e subiram até a porta. O amarelo brilhante da porta ficava mais fraco na escuridão da noite de setembro; a porta agora parecia milho em uma plantação alta durante a noite. A porta se tornou algo que August teve que atravessar, um campo de papoulas amarelas que August teve que cortar, independentemente do seu poder de sereia. Mas ela chegou até a porta, e assim que August se inclinou para espiar pelo olho mágico, as dobradiças douradas da porta tremeram com mais batidas.

Sua cabeça sacudiu e ela pulou para trás. Não teve a chance de dar uma boa olhada, mas viu o suficiente para saber que dois homens desconhecidos estavam nos degraus da varanda às quase duas da manhã.

— Mamãe?

August ouviu a sobrinha. Ouviu a preocupação em sua voz. Joan deve tê-las seguido até a sala.

Com gentileza, Miriam empurrou August para fora do caminho e ocupou seu lugar na porta. Ela segurou a maçaneta da porta. August percebeu que Miriam procurava sua aprovação.

August deu-lhe um aceno rápido. Em um movimento único, apontou o rifle e Miriam abriu a porta.

— Não! — gritou Joan.

Quando o vento de setembro começou a soprar e August tentou distinguir quem estava ali no escuro, a primeira coisa que percebeu foi Loba. Ela se endireitou e fez um som inesperado — não um latido ameaçador ou um rosnado, mas um gemido submisso, quase curioso.

August manteve a Remington apontada. Seus olhos se ajustaram, distinguindo as figuras na varanda e seus ombros se contraíram de forma involuntária, relaxando a seguir e voltando a se contrair mais uma vez. Por um segundo, ela pensou em puxar o gatilho de qualquer maneira.

— Bem, droga, Jax. Sobrevivemos a todo o inferno apenas para sermos mortos por algumas negras malucas no norte de Memphis. — A voz era masculina, estrangeira e, ainda assim, familiar.

August sentiu que estava ficando nostálgica. Ela abaixou a arma para que ficasse solta em sua cintura, e então, depois de algumas respirações profundas, apoiou o cabo no chão de madeira, cano em direção ao teto. August abrira a mesma porta para esse mesmo homem muitos, muitos anos antes.

— Joan — disse August, sem fôlego, ofegando para fazer a adrenalina baixar de seu sistema —, seu pai está aqui.

CAPÍTULO 25

Miriam

1968

No início da noite, Miriam voltava para casa após a aula de piano e parou para observar seu reflexo na camada de gelo que revestia a janela de uma casa. Não havia como negar. Ela era uma cópia exata da mãe. Tinha os mesmos olhos de cervo, o mesmo tom de pele negra; até a forma como mordia o lábio quando estava em estado de profunda concentração era semelhante. Seus quadris estavam começando a crescer e esperava que eventualmente se transformariam no vaso curvo da figura da mãe.

Miriam suspirou, desapontada.

Ela queria se parecer com o pai: alta e escura. Era sua maneira de estar perto do homem que nunca conheceu e nunca poderia conhecer. *"Me deixe ter o rosto dele, por favor, Deus"*, rezava Miriam. Em vez disso, ela pensou que parecia um dos gatinhos malhados que vinham à sua varanda à noite: clara e pequena, uma cópia exata de Hazel. Mas não podia odiar a própria aparência, não depois que August nascera cinco anos antes e Miriam vira os próprios olhos e os olhos da mãe olhando para elas do rosto da irmã mais nova. E talvez Deus estivesse ouvindo, ainda que um pouco tarde, porque, embora ela soubesse que o pai de August não era Myron, a irmã tinha aquela pele escura, aquele corpo comprido, que Miriam sempre quis.

A nevasca de duas semanas antes acrescentara um minuto extra à caminhada rotineira de Miriam da escola Douglass Middle até sua casa na Locust Street. Ainda estava congelando lá fora. Manchas de gelo e neve suja cobriam o meio-fio. Quando a neve começou, a mãe de Miriam foi até um baú laqueado escuro com gueixas japonesas pintadas na parte superior para tirar o casaco de inverno de Miriam. A mãe dela balançou a cabeça, murmurando que tinha acabado de guardar o casaco para a temporada.

Embora fosse março, uma nevasca bizarra derrubara 25 centímetros de neve e gelo sobre a cidade. Ninguém sabia o que fazer a respeito. Miriam e os amigos brincavam na neve: construíam fortes de gelo e jogavam bolas de neve nas crianças que estudavam em Trezevant, arquirrivais dos alunos de Douglass. Miriam estava encantada por ter alguns dias de folga na escola, um pequeno milagre para as crianças do Sul, e August estava igualmente encantada por ter a irmã em casa no que parecia ser um feriado.

Miriam ainda usava o casaco de lã enquanto admirava seu reflexo. Estava amarrado na cintura e tinha a mesma cor que uma pedra da lua. Ela se lembrou da última vez que o usara antes da nevasca. Era início de fevereiro. Abrira a porta e encontrara a mãe em casa. Raro. Ela estava sentada na espreguiçadeira da sala. Nenhuma colcha em mãos. Não estava agarrada a nenhum panfleto radical. Ainda mais incomum: a mãe estava sentada no escuro, sem olhar para nada em particular.

— Eu vi os corpos — disse Hazel, depois de alguns minutos de silêncio.

Miriam sabia exatamente a que corpos sua mãe se referia. Todos em Memphis sabiam. No hospital, a mãe vira os dois trabalhadores do saneamento que foram esmagados até a morte pelo próprio compactador de lixo em que trabalhavam, o choro e os gritos dos dois homens atacando as orelhas surdas dos colegas de trabalho brancos.

— Eles estavam amassados como se fossem papel dobrado — disse a mãe, olhando para um ponto indistinto na parede. — Que nem papel — murmurou de novo.

Naquela mesma noite, depois que August foi se deitar, Miriam ajudou a mãe a pintar letras grandes pretas e em negrito em um grande cartaz branco. A placa, tão simples, dizia EU SOU UM HOMEM.

As duas mulheres North observaram seu trabalho e sorriram, satisfeitas.

As mortes dos trabalhadores do saneamento foram uma provocação em uma Memphis já tensa. O local foi dominado pela fúria. Miriam podia sentir a raiva crescer em sua cidade. As pessoas falavam de forma diferente. Tinham um tom alterado e mais alto em suas vozes, o final de suas perguntas subindo de uma forma que deixava Miriam alerta.

Memphis criara Miriam. Após parar de receber a pensão do pai, apenas um ano depois do nascimento de Miriam, sua mãe teve que ir trabalhar. Era isso ou vender a casa que Myron construíra para os dois. E como a mãe costumava dizer a ela, era o assunto da cidade que Southwestern, em Parkway, tinha um programa de enfermagem. Um dos primeiros no país a oferecer admissão a mulheres negras.

Miriam crescera com a paixão de sua mãe amarrada a ela como um fio de lã: revolução. Desde que Miriam podia se lembrar, sua casa estava cheia de folhetos proclamando o poder das mulheres negras, detalhando a humanidade dos homens negros. As estantes embutidas na sala eram preenchidas por lombadas desbotadas cujas letras douradas ainda brilhavam. Livros escritos por Frederick Douglass, Claude McKay e Nella Larsen. Nas noites de sexta-feira, a varanda e a sala da frente ficavam cheias de outros jovens revolucionários, fumantes inveterados e que xingavam como marinheiros. Mulheres vestindo jaquetas de couro e óculos igualmente escuros, com lentes do tamanho de tampas de potes de vidro, mesmo quando estavam dentro de casa. Mesmo com metade de seus rostos escondidos, Miriam percebia que elas zombavam de todas as mulheres que passavam com permanentes no cabelo. Reviravam os olhos sem disfarçar na maioria das vezes que um homem dizia alguma coisa.

Quando bebê, Miriam foi passada entre as mãos da Srta. Dawn e da Srta. Jade. Um carrossel giratório de mulheres sulistas estabelecidas e notáveis da vizinhança se reuniam para buscar Miriam quando Hazel precisava estudar, trabalhar ou dormir. Elas deixavam tortas na porta. Os homens deixavam caixas térmicas com lagostins recém-pescados.

O sacerdote, o padre Hunter — um homem grande, redondo e jovial que batizara sua mãe —, vinha religiosamente uma vez por mês para o jantar. Sempre trazia uma caixa de vinho e meio quilo de carne vermelha, ignorando as objeções de Hazel, gritando em sua voz de sermão que era para isso que os padres serviam. Ao longo dos anos, o padre Hunter ensinou a pequena Miriam a pescar. Como enganchar um grilo saltitante sem vacilar. Como lançar com perfeição, como se fosse guiada pela mão de Deus.

Quando Miriam completou 6 anos de idade, Stanley insistiu em seu forte sotaque alemão que ela deveria aprender a andar de bicicleta. Ele estava do lado de fora da casa, uma mão presa a uma Schwinn de cor vermelha forte com um arco no guidão do tamanho de um pássaro, a outra mão apertando sua pequena buzina.

E foi a Srta. Jade quem levou Miriam para furar as orelhas quando ela tinha 8 anos, logo após o nascimento de August. O que significava apenas que ela marchara com uma Miriam trêmula até a casa cor-de-rosa da Srta. Dawn, onde a sábia mulher aguardava sentada na varanda, com a agulha de costura em brasa em uma mão e o cigarro na outra.

Embora a vizinhança a tivesse criado com amor, Miriam sentia falta do pai que nunca conhecera. Sentia curiosidade em ver como a mera menção dele enviava a mãe para outro quarto. A mãe sempre ressurgia com os olhos vermelhos, mas pronta para responder a todas e quaisquer perguntas que Miriam pudesse ter sobre Myron.

"Será que ele me reconheceria", ponderou Miriam. Miriam olhou por mais um longo momento para sua figura na janela coberta de gelo. Ela colocou as luvas nas costas, esticou o peito e pensou: *"Talvez, um dia, eu fique alta."*

Continuou a curta caminhada para casa, virou à direita na Chelsea e passou pela mercearia de Stanley. Por um momento, pensou em entrar. Mas estava frio demais para sorvete de nozes, e Miriam não gostava de outros doces de clima frio — balas de menta, alcaçuz e pão de gengibre.

Uma mulher saiu da mercearia. Ela era mais velha. Miriam percebeu pela maneira como agarrou a maçaneta da porta e deu passos cuidadosos e deliberados em direção à Brookins Street. Estava envolta em um lindo casaco rosa pálido com gola alta. O rosa fez Miriam se lembrar da casa de Srta. Dawn. *"Estranho"*, pensou Miriam. A mulher estava chorando. Soluçando abertamente. Nem se dava ao trabalho de enxugar o rosto.

Miriam franziu a testa e continuou sua caminhada fria pelas ruas geladas do norte de Memphis. Ela virou à esquerda na Locust Street e ficou surpresa ao ver todos os carros estacionados ao longo da rua. Enquanto subia os degraus da varanda, podia ouvir as vozes suaves dos adultos lá dentro.

A porta se abriu assim que Miriam esticou o braço para girar a maçaneta. A Srta. Dawn estava diante dela, resplandecente em um longo vestido de batik da cor de mil rubis. Sua cabeça estava enrolada em um lenço que combinava.

— Não preocupe sua mãe com mil perguntas hoje, ouviu? — disse, conduzindo Miriam para a casa quente. — Sua irmã também está tirando uma soneca agora, e hoje é melhor deixar ela dormir.

Dentro do salão revestido de papel de parede, Miriam viu muitas das mulheres da vizinhança que ela conhecia e outras que não conhecia. A maioria estava chorando. Miriam podia dizer pela fumaça que vinha dos fundos da casa e pelo som de vozes mais profundas ali, que os homens estavam fumando sem parar na cozinha. Ao contrário da maioria das reuniões políticas que ocorriam na casa, esta parecia silenciosa, melancólica.

— Que tipo de perguntas? — perguntou Miriam.

— Você já está fazendo — sussurrou a Srta. Dawn.

— Por que você não me conta o que está acontecendo? — insistiu Miriam. — Por que o toca-discos não está ligado? Quem são todas essas pessoas? Por que todo mundo está tão chateado?

— Ela não sabe?

Miriam ouviu a voz da mãe. Ela parecia fraca, como um pássaro ferido.

— Mamãe? — Ela esquadrinhou a sala até encontrar a mãe, empoleirada no banco do piano. Ela tinha sido obscurecida por uma multidão de mulheres segurando lenços em seus rostos.

— Você não sabe? — perguntou Hazel.

— Sei o quê? Você sabe que fico até tarde nas quintas para tocar piano.

— Ah, sim — disse a mãe. — Eu esqueci.

Houve sussurros entre as mulheres na sala da frente. A Srta. Jade, vestindo um casaco xadrez e um coque alto, gritou:

— Senhor, o que vamos fazer agora?

— É o fim do mundo — respondeu outra mulher.

Outra mulher gemeu.

— Mamãe? — A voz de Miriam era suplicante.

Miriam viu um lampejo de rubi. A Srta. Dawn estava ao seu lado de novo, a bainha de seu vestido varrendo o tapete persa do quarto. Parecia um coração batendo ali na sala escura. Ela foi até a grande janela saliente.

— Eu deveria saber — disse ela, de costas para o quarto.

— Deveria saber o quê? — perguntou Miriam.

— Há histórias de que quando um velho rei morre, um resfriado se espalha — declarou a Srta. Dawn, olhando pela janela. — Dr. King foi baleado. — A Srta. Dawn não tirou os olhos da janela quando acrescentou: — E morto.

— Abatido como um maldito cachorro — acrescentou a Srta. Jade.

A mãe de Miriam fez algo estranho, ainda mais na frente de todos os convidados. Ela abaixou a cabeça e chorou.

Miriam ficou paralisada, ainda vestindo o casaco, sentindo-se a única pessoa que não se movia em toda a sala de mulheres chorando, lamentando, assoando o nariz e esfregando as costas umas das outras. Inconscientemente, ela se viu catapultada para uma memória de cinco anos antes, quando tinha 8 anos de idade e August era apenas uma recém-nascida.

Naquela manhã, enquanto August dormia, Miriam fora acordada pela mãe, que fizera sua refeição favorita: café da manhã. Miriam encontrou tomates verdes fritos, camarão e grãos, carne de porco salgada frita,

ovos mexidos picantes sobre arroz e bolinhos de pão de milho amantei-
gados para absorver, tudo disposto na mesa da cozinha.

A mãe estava ao lado do fogão, observando Miriam comer. Seu rosto,
uma parede de pedra.

Miriam, distraída com o banquete à sua frente, não notou que a mãe
enchera o jarro de água. De repente, ela sentiu a água fria espirrar em seu
rosto e encharcar sua camisa.

Ela arfou, engasgando com a água, quando uma segunda coisa inesperada aconteceu: a mãe a empurrou. Não muito forte, mas com força
suficiente para que Miriam se chocasse contra as almofadas de veludo
verde da mesa curva da cozinha.

Miriam se apoiou e se preparou para outro golpe.

Em vez disso, a mãe assentiu.

— Você está pronta — disse.

Hazel levou Miriam para sua primeira sessão naquela tarde.

Quatro menininhas foram explodidas em uma igreja naquela semana, em Birmingham. Hazel deu um soco no balcão da cozinha enquanto
contava a notícia à filha. Teve que usar um curativo na mão por uma
semana.

Encharcada e silenciosa, seu café da manhã arruinado, Miriam
entendera.

Assim como agora, aos 12 anos, Miriam via, através do mar de corpos, a mesma ira no rosto de sua mãe que vira quando aquelas quatro
meninas foram bombardeadas e quando Medgar morreu ou sempre que o
nome do pai era mencionado.

Com pressa, Miriam foi até a mãe, manobrando entre as pernas de
meias das outras mulheres como se fossem galhos de uma magnólia.

Ajoelhou-se aos pés da mãe. Estendeu a mão e segurou o rosto da mãe entre suas mãos.

— Olhe para mim, mãe. Vá em frente. Olhe para mim — pediu Miriam, enxugando as lágrimas indesejadas que fluíam. Sua mãe olhou para cima e depois para os olhos da filha.

— Estou com você — disse Miriam. Era tanto uma declaração quanto um convite.

O rosto da mãe se abriu em um sorriso. Ela beijou a testa de Miriam. Então, apoiou a cabeça na da filha. Fechou os olhos.

— Estou com você — repetiu Hazel de volta.

CAPÍTULO 26

Joan

2001

QUANDO PAPAI E MEU TIO BIRD ENTRARAM na sala, Loba chorou. Ela se deitou de costas e mostrou a barriga para o papai. Ele se ajoelhou para ela. Eu soube que era ele assim que ouvi Loba gemer na porta. Ela fazia aquele choro suave para uma pessoa e apenas uma pessoa.

A voz do tio Bird era inconfundível. Ele tinha um tom acentuado de Chicago em todas suas vogais. *Ma. Pa.* Passei anos ouvindo ele e meu pai falarem ao telefone noite adentro, os dois uivando como hienas. O sotaque de Chicago do meu pai florescendo nessas ligações: *manou* em vez de *mano*.

Papai usava seu uniforme escuro do Corpo de Fuzileiros Navais, o quepe em mãos. Tio Bird, um clone de papai, mas uma cabeça mais baixo, usava uma jaqueta de couro preta e equilibrava um palito entre os lábios franzidos. Embora estivessem à minha frente, tinha dificuldade em registrar o que via.

Seis anos. Fazia seis anos desde que tinha visto meu pai. Toda vez que pensava nele, com mais frequência do que queria admitir, empurrava a memória para longe de mim. Pegava um lápis. Perdia-me nos papéis. Mas lá estava ele, na minha frente. Parecia tão dolorosamente familiar, ajoelhado, fazendo carinho na barriga da nossa cachorra.

— Ei, garota — arrulhou ele. Olhou para mim.

Doía olhar para o sorriso dele.

Ficamos nos encarando por um longo tempo. Não dissemos nenhuma palavra; eu não sorri de volta.

Ele mudou seu foco para minha mãe, parada na sala de braços cruzados.

— Então, você está vivo — disparou. Mamãe era puro ódio. Ela o encarava. Eu suspeitava que se seus olhos pudessem se tornar em balas de revólver, ela teria permitido.

Tio Bird se aproximou e beijou mamãe, tímido, de leve, na bochecha. Ele tirou o boné de couro e segurou-o nas mãos, arrastou os pés.

— Foi um inferno chegar aqui, Meer — falou.

— Imagino — disse minha tia August. Eu podia ver que ela ainda estava de olho na Remington que deixara na porta.

Tio Bird apontou o boné para papai, que ainda acariciava Loba, mas com os olhos fixos em mim e na mamãe.

— E tudo porque esse preto não matou Hajis[1] o suficiente na primeira maldita guerra.

— Não diga isso — rebati.

---

[1] Termo utilizado de forma ofensiva contra árabes, sobretudo aqueles de fé islâmica, que cresceu em popularidade nos EUA após o atentado de 11/09/2001. (N. da T.)

Estudar história me despertou para o fato de que o racismo é o único alimento que os americanos desejam. As manhãs de aula com o Sr. Harrison me ensinaram que os americanos reduziram os soldados de elite do mundo a uma única palavra: *Japas*. Cresci ouvindo os amigos fuzileiros do meu pai, até o tio Mazz, usarem *Haji*. Não toleraria isso naquela casa. Estava preparada para lidar com as consequências, o resultado de atacar alguém mais velho e meu parente, mas... *Que se dane*, pensei. Não toleraria aquela ignorância em minha casa. E ainda mais vindo dele.

— Sobrinha! — Meu tio atravessou a sala em poucos passos largos, me levantou do chão e me girou antes de me colocar no chão. Parecia algo que meu pai teria feito, deveria ter feito, exceto que nenhum de nós parecia capaz de superar os seis anos de quase silêncio que pesavam entre nós. Minha raiva diminuiu no abraço do meu tio. Ele tinha o mesmo cheiro dele, do irmão. Dei uma baforada profunda de sândalo, cigarros e graxa de sapato.

— Você está igual ao seu pai. Olha essas pernas longas de aranha. E você é tão escura quanto a noite, garota — reconheceu ele.

Enrubesci.

— E o que diabos há de errado nisso? — Tia August encostou a arma na porta da frente.

Tio Bird ergueu as mãos em sinal de rendição.

— Porcaria nenhuma de errado. A menina é bonita. Todo mundo sabe que as mulheres North são de parar o trânsito. Falando nisso, você não acreditaria no trânsito da Virgínia. Nada que eu já tenha visto antes. Fica parado. Inferno, passamos o dia e a noite viajando.

— Agora, Meer. — Meu tio se virou para mamãe. — Eu sei que você e meu irmão têm, hum, coisas que precisam conversar. Isso é bom. Mas uma xícara de café? Um pedaço de uma de suas tortas? O que você acha?

Mamãe se recusou a fazer café para papai, então tia August preparou um bule. A raiva silenciosa da minha mãe era compreensível. Ela nos criou por seis anos sem nenhuma ajuda dele. Três Natais atrás, ela abriu um envelope com cinco notas de 100 dólares e o enviou de volta para ele com um bilhete que dizia: "Nossa tristeza não tem preço."

Eu também fui firme em meu desprezo. Todos nós nos sentamos na mesa da cozinha; segurei minha caneca e bebi meu café sem nunca tirar os olhos de papai, sentado na minha frente. Quando criança, eu o amava mais do que amava desenhar. Aos 15 anos, percebi que ele não nos trouxe nada além de dor. E, mais recentemente, ele assustara Mya quase até a morte, fazendo com que a garota ficasse três dias sem se mexer. Em minha crescente antipatia, imaginei que, se os aviões caíram, de alguma forma era culpa dele.

Os braços da mamãe nunca descruzaram. Seu olhar era como uma facada. Ela sentou ao meu lado em nossa mesa redonda e olhava para papai. Tio Bird e tia August estavam ocupados preparando café e fumando um cigarro atrás do outro perto do fogão.

O silêncio cresceu ao nosso redor, pesado com as acusações que eu e minha mãe não fazíamos. Era de se maravilhar que Mya ainda estivesse dormindo após toda a comoção anterior na sala. Era a primeira vez que a menina dormia em alguns dias, então mamãe decidiu não acordá-la.

Mya esteve quase em coma naqueles três dias. Dias antes, quando ela se recusou a se mexer, peguei a televisão que geralmente ficava em cima do micro-ondas, desliguei-a, levei-a para a sala de costura e coloquei seu programa favorito. Mya era apenas um rostinho escuro em um casulo de cobertores. Ela não acordou quando virei a televisão para que ficasse em seu campo de visão. Mesmo a música tema de abertura de *Sailor Moon* não a despertou.

Tio Bird era a única pessoa que parecia à vontade. Ele brincava de casinha. Cigarro na boca, serviu uma xícara de café quente para mamãe, perguntou se ela queria creme.

— Ela toma o dela preto, muito açúcar — disse papai, rapidamente, parecendo grato por ter algo a dizer. A intimidade de sua voz me inquietou.

Então mamãe fez algo muito heroico. Ela estendeu a mão sobre a mesa de fórmica da cozinha, pegou um longo cigarro do maço de August, acendeu-o e exalou uma nuvem de fumaça no rosto de papai.

Papai demonstrou surpresa, mas não choque. Acho que se lembrava do poder que minha mãe tinha sobre ele. Ele abriu as mãos em sinal de perdão, mas não disse nada.

Naquele longo momento, eu de fato acreditei que meus pais, em algum tempo passado, teriam cruzado o Saara um pelo outro. Braços estendidos, procurando um ao outro antes de procurar pela água.

— Vocês... — prosseguiu papai, apontando para minha mãe, depois para mim — vocês foram a primeira coisa que vim buscar. Quando vi aquela parede de fogo... — Sua voz falhou. Ele desviou o olhar de nós. Recompondo-se, ele pigarreou.

Começou a contar sua história, de modo hesitante. Disse como os corpos em chamas ficariam em sua memória. Isso e o som inicial do motor do avião inclinando-se em direção ao prédio. Ele disse que ele, Bird e Mazz tinham corrido para uma parede, seus uniformes e camisas de serviço enfaixados sobre suas mãos e bocas, para que o fogo não os queimasse e a fumaça não os sufocasse enquanto puxavam as pessoas para fora dos escombros. As pessoas estavam cobertas de fuligem. Da cabeça aos pés. Outros, simplesmente em chamas. Gritando sobre o concreto derretido.

Estávamos quietas, ouvindo. Os braços de mamãe não estavam mais cruzados — ela dava goles no café —, mas parecia determinada a não parecer afetada pelo inferno que papai descrevia. Eu tentei imitar a atitude dela.

Apressado, papai explicou que tentara nos ligar, mas minha tia estava certa: as linhas telefônicas estavam inoperantes. Durante três dias os telefones não funcionaram. Ele não conseguiu pegar um voo. Todos os aeroportos da América foram fechados. Então, ele entrou naquele Mustang preto dele e dirigiu.

Papai respirou fundo e começou de novo, falando mais devagar dessa vez. Estávamos todos olhando para ele, mas ele olhava apenas para mamãe. Isso e o desespero em sua voz, o jeito que fazia com que ela soasse quase como um apelo, me fez ter a impressão de que ele oferecia essa história para ela como explicação e um pedido de desculpas por algo completamente diferente.

Ele nos disse que estava fumando um Kool com o tio Bird e o tio Mazz do lado de fora do canto sudoeste do Pentágono. Tio Bird tinha vindo de Chicago para ver seu irmão mais velho se tornar tenente-coronel. A cerimônia estava marcada para a manhã do dia 11.

Papai disse que estava olhando para as partes inferiores amarelas das folhas de um carvalho na entrada do Pentágono quando ouviram um som baixo. Cada vez mais próximo. Mecânico. Aumentando aos poucos. Os três procuraram um caminhão no estacionamento, mas viram apenas um punhado de pessoas que chegavam atrasadas e um grande mar de carros estacionados.

Então, com o canto do olho, papai descreveu ter visto o cigarro cair da boca do irmão. Ele seguiu os olhos do tio Bird, e foi então que ele viu.

O Boeing 757 vinha na direção deles. Voando baixo. Mais baixo do que ele já tinha visto um avião, exceto em um aeroporto. Bird ou Mazz gritaram, mas o som do motor estava tão alto que abafou o que quer que eles tivessem dito.

Papai disse que, embora fosse irracional, ele tinha certeza de que o avião pararia. Que viraria no último momento ou pararia, passaria voando pelo prédio onde ele, Mazz, Bird e 25 mil outros militares e civis trabalhavam lado a lado.

Mas o avião não parou. Ele se inclinou mais para as entranhas do prédio e voou direto para o lado oeste do Pentágono.

A cozinha estava silenciosa, exceto pelo som da voz de papai, baixa e firme. Olhos ainda na mamãe. Ela apagou o cigarro no cinzeiro e tomou um gole de café. Mas eu podia ver que os músculos de seu pescoço estavam tensos.

Durante anos, tudo o que eu tinha em vez de meu pai era a raiva que sentia dele. Era tudo que eu tinha dele. Então, eu a carregava sempre comigo, como um quartzo rosa na palma da minha mão. E foi desaparecendo lentamente, meu quartzo. Ficando cada vez menor. Eu mal conseguia sentir sua superfície áspera. Percebi, com o passar do tempo na cozinha, o relógio de pêndulo na sala tendo badalado três vezes, que o amor estava me desgastando. Amor, como uma maré, simplesmente lavando aquele pedaço de pedra. E eu acreditava que só Deus — e talvez a Srta. Dawn — poderia mudar a maré.

Papai continuou. Ele disse que os três foram derrubados pelo impacto, mas que a primeira coisa que fizeram foi tatear na fumaça e na poeira para encontrar um ao outro. Mazz e papai se encontraram quase ao mesmo tempo — seu treinamento na Marinha os tornava adequados para as consequências da explosão do mundo —, então procuraram freneticamente por Bird, que fora jogado mais longe, mas estava bem.

Quase no mesmo instante que encontraram o tio Bird, começaram a ouvir sons fracos e urgentes através do zumbido em seus ouvidos.

Barulhos de metal; pedras se quebrando. Gritos de pessoas presas dentro do prédio. O rugido feroz do fogo engolfando tanto o avião quanto o prédio, salpicado com o barulho de metal quebrando, pedras caindo.

Foi quando eles perceberam que as pessoas estavam correndo para fora do prédio e que essas pessoas estavam em chamas. Papai disse que podia sentir o cheiro — cabelo chamuscado e carne queimada.

Eu vi papai enxugar os olhos com as costas da mão, enquanto eu deixara meu choro fluir, o gosto das minhas lágrimas tornando meu café salgado. Tínhamos começado a chorar ao mesmo tempo algumas horas antes. Como éramos parecidos... querendo ou não, eu era filha dele.

Ele tomou um gole de seu café, e percebi que suas mãos estavam tremendo um pouco. Ele parecia mais exausto agora do que quando entrou pela primeira vez.

A luz do amanhecer fez a cozinha brilhar em um azul pálido. Levou a noite inteira para contar sua história. Ouvi pássaros lá fora começarem a cantar.

Olhei para mamãe. Seus braços estavam mais uma vez cruzados firmemente em frente ao corpo.

Tio Bird passou um cigarro aceso para tia August, que aceitou. Eles ficaram assim o tempo todo, seus ombros se tocando de leve.

Papai pigarreou.

— "Eu disse 'oo-rah[2]' e corri em direção à parede quebrada, aquela da qual as pessoas estavam fugindo. Todos nós fizemos isso. Mas não havia nada que pudéssemos fazer. O calor por si só. O calor que emanava. Eu. Eu não posso. Não há palavras. Estava tão quente. E as pessoas.

---

[2]   Grito de guerra comum no Corpo de Fuzileiros Navais dos Estados Unidos. (N. da T.)

As pessoas estavam *pegando fogo*, Meer. — Ele deu um soco na mesa da cozinha, e isso me fez pular.

"Foi como naquela noite naquela barbearia. — Eu não sabia do que ele estava falando; o rosto da minha mãe permaneceu impassível. — Meer, as noites em que lutamos. Naquela noite de Páscoa. Ou a noite do Baile do Corpo de Fuzileiros Navais. O hospital..." — falou ele quando minha mãe ficou em silêncio, virando-se para mim pela primeira vez desde que começara sua história.

Eu me assustei e me endireitei, empurrando meu assento para trás sem querer.

— Eu precisava vir aqui. Tinha que ver vocês. Eu estava cansado de toda a morte, você não vê? Onde quer que eu vá, há uma guerra.

Ninguém disse nada. Ouvi Loba gemer para ser acariciada. Ela ficara sentada debaixo dos pés do meu pai a noite toda, dormindo.

Papai se abaixou para acariciar uma de suas orelhas.

— Preciso me arrumar para ir para a escola — falei, minha voz ligeiramente rouca. Eu tinha parado de chorar, mas ainda estava emocionada, dominada pelo novo sentimento de amor que tinha por meu pai.

Papai levantou a cabeça do café. Ele me lançou um olhar perplexo.

— É sábado, não é? — perguntou.

Mamãe ergueu o queixo.

— Joanie tem aulas de arte na *faculdade* agora — afirmou, arrastando a palavra *faculdade*.

— Estamos travando nossas próprias batalhas aqui — acrescentou tia August.

— E estamos ganhando — concluiu mamãe.

O silêncio caiu mais uma vez, papai olhando para sua caneca de café para evitar seus olhares ferozes, os olhos do tio Bird fixos no teto.

— Sim, vocês estão — admitiu ele, com resignação em sua voz. — Você fez um ótimo trabalho, Meer.

Mamãe riu com escárnio, virando o queixo na direção contrária de papai. Depois de um minuto, ouvi o som de pés macios pisando no chão.

Mya sempre teve um timing perfeito. Ela apareceu na cozinha. Usava uma longa camisola de chita e esfregava os olhos para afastar o sono, bocejando. Ela passou direto por nós na mesa. Se viu tio Bird parado ao lado de tia August, seu corpo não deu sinal de reconhecimento — incomum nela, ainda mais de manhã. Ela costumava ter mais energia do que Loba ao raiar do dia. Mas agora, Mya ainda estava mergulhada em sua tristeza, seu desespero por não ter notícias de papai. Ela foi até a geladeira, abriu-a, tirou um litro de suco de laranja, virou-se e colocou-o no balcão.

Ouvi papai rir.

— Meer, não criamos nossas meninas para dizer "bom dia" para a família?

Eu vi os ombros de Mya flexionarem e pausarem. Suas costas de repente endureceram. Vi que ela tinha deixado o suco de laranja transbordar. Ela estava se servindo de um copo, e o suco escorria do balcão e pingava no chão.

— Aqui, sobrinha, pode deixar que eu faço isso — falou tio Bird, gracioso com gentileza, pegando o suco de laranja das mãos de Mya.

— Estou sonhando? — sussurrou Mya. Ela virou a cabeça bruscamente para o tio Bird, e ele balançou a cabeça em resposta.

Eu vi um suspiro deixar seu corpo. Vi minha irmã se equilibrar, virar-se do balcão, caminhar até a mesa da cozinha e pegar a caixa de cristal no centro. Seu rosto estava brilhando, seu sorriso largo e radiante. O rosto de Mya fazia a luz azul da manhã que entrava pelas janelas da cozinha parecer pálida em comparação.

Ela abriu a caixa de cristal e leu em voz alta a passagem bíblica impressa ali.

— Eis que Deus é a minha salvação; Nele confiarei e não temerei. Isaías 12:2 — disse ela. — Então ela caminhou direto para o nosso pai e desabou em seus braços, encostando a lateral da cabeça em seu peito.

Eu nunca soube que um sorriso poderia ser outra coisa, melhor, até ver o rosto de Mya. Nunca soube que poderia ser o próprio Sol, estendendo-se sem parar, aquecendo a todos nós.

CAPÍTULO 27

August

2001

Ela acordou com "Clair de Lune". Sob as pilhas de colchas empilhadas em cima dela, August ouviu o inconfundível toque do velho piano na sala. Desorientada, ela se lembrou — Jax e Bird chegaram três noites antes. August cedeu sua cama para Jax e passou a dormir com a irmã quando ele se recusou a ficar no quarto de Derek. Era a primeira vez em anos que a casa estava cheia de homens.

A luz da manhã de outono iluminava seu quarto. Tinha sido de sua mãe. Painéis de madeira, o teto alto, com um centro octogonal, semelhante a um chapéu de bruxa, no centro. As paredes da sala estavam cobertas de colagens: vovô Myron colecionava arte negra contemporânea que a mãe dela adorava. Estampas de Allen Stringfellows e Romare Beardens deram vida à sala em uma lavagem de cores vibrantes. As pinturas eram todas de negros indo à igreja, sentados no cabeleireiro, simplesmente vivendo. Com frequência August encontrava Joan em seu quarto, observando as pinturas. Buscava não repreendê-la. Eram algo a ser observado.

Desde o julgamento de Derek, sair da cama se tornara uma batalha diária. A tristeza não a dominava tanto quanto o cinismo. Vinham em ondas. A princípio, um pensamento pequeno e malicioso surgia em sua cabeça enquanto ela varria o cabelo cortado do chão do salão: "*Você vai morrer sozinha.*" Ela balançava a cabeça para tentar afastar o pensamento, mas então ouvia: "*Que nem a mamãe. Sozinha em seu jardim.*" Ela parava de varrer. A vassoura caía no chão com um pequeno baque. Era como se seu apetite por tudo — por pentear, cozinhar, cantar em seu salão — a tivesse deixado, e tudo parecia tão sem gosto. Qual era o sentido de qualquer coisa? O que importava se ela saísse da cama? Se ela comesse naquele dia? Se cantasse? Se fritasse tomates verdes? Ela estava acordada na manhã que D abatera dois seres humanos. O fato de estar acordada ou de ficar na cama em nada mudava o caos dentro ou fora de sua casa.

August se apoiou nos cotovelos e bocejou. Ela pegou seu quimono — a única maldita coisa que o pai do filho dela dera para ela — e foi investigar quem estava tocando o piano de sua mãe, o piano que não era tocado há anos.

A melodia era hipnotizante. August andou pela casa e se perguntou como todo mundo conseguia dormir com isso. Cada nota individual soava tão leve e ainda carregava tanto peso. A música parecia envolver a casa em sua melodia porque os passos de August na madeira estalavam no tempo e em sintonia com a sinfonia que vinha da sala.

Quando chegou à sala, ficou momentaneamente cega por toda a luz que entrava. A luz da manhã atingia os vitrais, criando um milhão de refrações das folhas de hera no chão. Aglomerados de poeira dançavam e flutuavam no ar, de alguma forma em sincronia com a música.

Bird estava sentado ao piano. August viu suas costas balançarem com suavidade, ao ritmo da melodia clássica. Um fio de fumaça subia de um cigarro preso em sua boca. August viu seus dedos se moverem com habilidade sobre as teclas. Então, com um leve assombro, ela notou que a cabeça dele não estava inclinada para a frente. Ele nem estava olhando para as teclas. Sabia aquela melodia de cor, com perfeição.

Parte de August não queria que a música acabasse. Ela queria ficar naquela sala iluminada pela luz da manhã e ouvir esse homem negro tocar uma ode clássica francesa em um piano velho e desafinado.

August esperou até que a música terminasse antes de falar. Partia seu coração arruinar tal momento.

— Você está com uma cara péssima — debochou.

Bird estava sentado em um banquinho e o girou rapidamente para encarar August. Ele sorriu.

Para August, Bird era como um clone de Jax. Mas havia algo em Bird que sempre a agradara, desde que o vira entrar na festa de casamento de sua irmã, chicoteando homens brancos com pistolas e dançando com ela a noite toda. August o olhou de cima a baixo e tentou imaginar como aquele pequeno homem negro, que precisava urgentemente de um corte de cabelo e fazer a barba, dominava a maior parte do South Side de Chicago.

— É mesmo? Um corte iria bem. — Bird passou a mão pela nuca dele. — Ouvi dizer que seu salão é famoso.

— Isso é tudo que vocês ianques sabem fazer? Mentir?

O sorriso de Bird continuou aberto.

— Não seja assim, irmã. — Deu uma tragada no cigarro.

— Ah, eu esqueci — retrucou August, cruzando os braços —, vocês também batem em mulheres.

Bird se levantara para jogar suas cinzas na xícara de chá branca de August transformada em cinzeiro, empoleirada no topo da lareira, mas parou no meio do caminho.

— Eu nunca...

— Venha, então. Siga-me. Não pode haver meio parente meu andando por aí parecendo o Kunta Kinte. Vamos pelo menos fazer você parecer o Ike Turner que você é.

Ele a seguiu até a cozinha.

— Ei, calma aí, não foi seu filho que *matou* algumas mulheres?

August congelou. Como ele...? Ela respondeu sua própria pergunta no meio do pensamento: Mya, a única que ainda falava com Jax. Ela se perguntou brevemente o que Jax teria pensado ao ouvir aquilo, mas afastou o pensamento feio de sua cabeça e se virou para Bird, pronta para atacar, quando de repente percebeu o que ele *não* havia dito. Ele estava tentando dar o troco como podia, mas não tinha mirado para matar — só para discutir.

— Mais uma vez, você tem sorte de sermos parentes — afirmou.

Bird ergueu as mãos como se August tivesse apontado uma arma de verdade para ele em vez dos olhos.

Ela o deixou esperar por um minuto, mantendo sua brincadeira de briga, deixando-o flertar com a possibilidade de que ela pudesse matá-lo ali mesmo em sua cozinha. Então ela abriu a porta do salão e levou Bird para dentro.

— Uau. — Ele assobiou e apontou para uma capa emoldurada do LP do *All 'n All* pendurada em uma parede. Uma grande pirâmide e uma série de faraós egípcios esculpidos em ouro foram colocados contra um céu azul pálido. — Eu vi esses pretos em Chicago, quando esse disco tinha acabado de sair. Caramba, eles cuspiam fogo. — Ele começou a cantarolar.

— Uhum. Senta aí. — August apontou para uma cadeira de barbeiro de pelúcia vermelha. Bird hesitou.

— Déjà vu — disse, sentando lentamente.

— Como é que é?

— Esta cadeira. — Bird se acomodou nela. — Isso me leva de volta.

— De volta para onde?

— Meia-noite, na esquina da King Drive com a 63.

— Isso é muito específico. — August riu.

— Foi a primeira vez que Jax matou um homem. — A risada de August morreu rápido. Com o brilho de uma cabeleireira experiente, ela jogou uma capa de vinil em torno de Bird.

— Perdi um homem também, caramba. Perdi um dos bons.

August enfiou a mão em uma gaveta e tirou sua máquina de cortar cabelo. O cabelo de Bird era um ninho de cachos grossos e enrolados. Ela olhou para ele, colocou as mãos nele, selecionou um número cinco.

Ela não tinha certeza do que havia em sua cadeira que a tornava capaz de trazer à tona os segredos mais íntimos do indivíduo mais endurecido que Deus já fez. As mulheres negras de Memphis lhe confessavam tudo: suas infidelidades, as crianças que amavam e as que não amavam, suas alucinações pela manhã, suas orações à noite. August conhecia o salmo favorito e a posição sexual preferida de todas as mulheres que valem a pena num raio de 16 quilômetros. Cabeleireiras eram como padres no Sul. E essa era a única religião que August achava que precisava.

— É gostoso sentir suas mãos no meu cabelo. — Bird estava de costas para o grande espelho, August de frente para ele, então ela sabia que ele podia ver as sobrancelhas dela subirem ao extremo.

— Mais uma vez, Bird. Somos *parentes* — repreendeu August, enfatizando a última sílaba.

— *Meio* parentes. Meu irmão e sua irmã não estão mais...

August sentiu algo e teve que se equilibrar para perceber o que era: a mão de Bird estava deslizando pela fenda frontal de seu quimono. Ela esperou um pouco demais para se afastar, e sabia disso.

— Não significa que não podemos ser amigáveis — continuou Bird. Ele piscou e retirou a mão, deixando espaço para August deixar ser uma provocação, nada mais, se ela quisesse.

August girou a cadeira do barbeiro para que Bird ficasse de frente para o espelho. Ela ficou atrás dele e ligou a máquina. Sentia os olhos dele observando-a pelo espelho. Fingiu estar ocupada com a máquina.

— Lembra da última vez que estive aqui? O casamento? Você estava de matar naquele vestido amarelo.

— Quem *vocês* mataram? — August, sempre experiente nas conversas, sabia como conduzi-lo para um terreno mais seguro. Ela percebia que havia algo que ele queria dizer, que precisava que saísse de seu peito, e embora não tivesse certeza se ela se importava em ouvir o que ele tinha a dizer ou, mais importante, se ele merecia ser ouvido por ela, parecia menos como uma escolha e mais como a inércia do ritual. Se ele não estivesse na cadeira dela, poderia ter sido diferente. Mas ele estava. E ela também estava em posição, trabalhando.

Bird relaxou na cadeira da cabeleireira e confessou tudo.

— Era 1976 — prosseguiu ele, olhando-se no espelho enquanto August começava a trabalhar —, e ainda não era primavera. Lembro da aparência da neve marrom suja espalhada na grama morta ao longo do meio-fio. O South Side de Chicago se estendia ao nosso redor, como uma colcha de retalhos de cruzamentos. Casas de tijolos alinhadas em ambos os lados da King Drive. A barbearia não era nem de longe tão boa quanto a sua, só um alpendre de um andar, logo abaixo da estação Line e tremia toda vez que um trem passava em cima, a cada três minutos.

"Na época em que matamos aquele cara, Jax e eu tínhamos apenas 21 anos de idade. Ele estava passando por essa fase em que usava um bigode que queria desesperadamente que fosse mais grosso. Minha jaqueta de couro preta era forrada com lã grossa, mas eu ainda estava congelando. Tinha esquecido minhas luvas. Jax vestia um casaco de lã caramelo que tinha acabado de ganhar no Natal. Tinha me esquecido desse casaco. Combinava com o bigode dele.

"Seria a segunda vez que Jax e eu roubaríamos naquele dia. Mais cedo, estávamos vasculhando as prateleiras da biblioteca local, Jax enfiara uma segunda edição desbotada e surrada, a lombada quebrada há muito tempo, de *O grande Gatsby* de Fitzgerald no bolso da frente de seu casaco. Ele já tinha pegado a edição emprestada muitas vezes e me disse que, de qualquer forma, já se sentia dono dela.

"Holmes estava esperando por nós do lado de fora. Ele era esse cara com quem Jax estava andando há algum tempo. Tinha um cavanhaque bem aparado que o fazia parecer uma réplica exata de Malcolm X. Todos nós ficamos do lado de fora da barbearia por um minuto, tremendo, colocando nossas mãos em concha e soprando nelas para nos aquecermos. Holmes acenou para Jax e perguntou: 'Você está pronto?'

"'Nós realmente vamos fazer isso?', replicou Jax.

"Holmes assentiu. 'Vamos lá', disse ele e abriu a porta de vaivém da barbearia.

"Bem ali em sua cadeira de barbeiro, com uma espingarda no colo, estava um homem enorme que mais parecia um urso. Esse era o Red.

"Red tinha dois dentes da frente enormes com um espaço entre eles que a represa Hoover não conseguiria preencher, duas prostitutas de quem era cafetão, cinco crianças que ele via no Natal, às vezes na Páscoa, uma camisa vermelha brilhante que ele sempre, sempre usava, e um rubi do tamanho de um coração de galinha em um dedo mindinho grosso.

Ele era tão grande quanto um celeiro. Dá para entender porque o apelido 'Red' pegou.

"'O que diabos você está fazendo com isso?', perguntou Holmes, acenando com a cabeça para o rifle.

"'Para vocês, pretos', respondeu Red. 'Marquei um encontro com você, negro. Você. Eu não conheço esses outros pretos estranhos', agitando a mão em desprezo, 'de Caim'.

"Jax falou: 'Eu pareço um policial para você?'

"'Preto, eu estava falando com você? Juro por Deus que não estava.'

"'Deus estaria certo, como tende a estar. Você não estava. Mas estou falando com você agora, não estou, seu gordo maldito...'

"Foi quando dei um passo para o meio da sala e abri minha jaqueta de couro. Red era estúpido, mas o preto não era cego. Qualquer homem poderia ter visto o brilho escuro da minha nove milímetros.

"Holmes falou: 'Senhores, senhores. Na cidade de Chicago esta noite... não, nas cidades deste país, não podemos admitir que há um número significativo de homens negros matando outros homens negros? Não vamos aumentar esse número de forma imprudente.'

"Holmes tinha um jeito de falar como um velho general confederado. Elegante. Lento. Ele sentou em uma cadeira de barbeiro idêntica, mas menor, do outro lado da sala. Cruzou as pernas compridas, tirou um maço de Kools do bolso direito e um isqueiro do esquerdo. Ele segurou o isqueiro como um camundongo bebê em suas mãos, segurou o cigarro e o acendeu. Parecia uma aranha naquela cadeira. Esperando. Fumando. Paciente. Então o chão começou a tremer com a chegada e partida de outro trem da linha L.

"'Eis como eu imagino', prosseguiu Holmes, dando outra tragada no cigarro e soprando a fumaça acima dele em uma auréola, 'Você pode pegar meu dinheiro aqui mesmo', bateu no bolso do peito. 'E podemos continuar nosso relacionamento de agente-procurador mutuamente benéfico, ou posso soltar os dois', ele apontou o dedo para mim e Jax, 'esta tempestade de homens, sobre sua bunda negra e seu estabelecimento negro. Confie em mim quando digo que seria sábio escolher o primeiro.'

"Red cuspiu no chão. 'Não faço negócios com pretos que não conheço.'

"Foi quando Holmes começou. Disse: 'A tribo Wanika da África Oriental come o rei quando o velho morre. Pegam os ossos dele e fervem em um caldo que todos bebem por dias, lamentando com as mãos e gritos e tambores. Red, qual de nós pretos aqui você acha que vai chupar seus ossos, meu velho, antes que esta noite acabe?'

"Deixa eu te falar uma coisa. Aquele preto sabia o que ia acontecer. Enquanto Holmes estava fazendo seu discurso sobre os manos comendo uns aos outros, Jax sinalizou 'quieto' para mim. Red estava enfiando os dedos no gatilho daquele rifle. Ele pode ter visto minha nove milímetros na cintura, mas não viu a calibre 36 de Jax saindo do forro de seu novo casaco de inverno. Antes que Red pudesse fazer qualquer coisa, Jax atirou duas vezes no coração daquele preto. Bam. Bam.

"Nós fugimos depois. Cortamos o motor do Shelby na frente de uma catedral abandonada na esquina da Dobson com a 78. Festejamos a noite toda. Foi sensacional. A nave da catedral era toda de mogno, olmo e pinho, que se estendia 45 metros acima e subia até um ponto invisível em algum lugar na escuridão. O teto brilhava de tanto ouro. Todos os contrafortes, arcos e vitrais foram pintados com manchas douradas. A tinta dourada ao alcance fora toda lascada: viciados subiam em bancos e altares para escavar o ouro, deixando pedaços de unha alojados na madeira. Havia fogo na água benta. As urnas que antes continham a promessa de redenção eram agora lareiras improvisadas cheias de fogo vermelho. E se movendo no centro do brilho vermelho ardente, corpos amontoados para se aquecer. Havia corpos por toda parte, August. Corpos espalhados pelos bancos com rostos imóveis de meio orgasmo, o olhar firme no alto. Humanos amontoados ao redor das fogueiras de água benta, aquecendo mãos marrons e enfaixadas. Era a Capela Sistina ao contrário: corpos negros magrelos rastejando, trepando no chão, procurando nesta Terra dura por um salvador e não conseguindo. Cheirava a mijo.

"Sugar comandava ali. Uma mulher grande e parda, de quem Holmes gostava. Já fazia anos. Sugar era uma mulher grande. Tinha um porte que devia ser parecido com o de Cleópatra, sentada em cima de sua carruagem dourada cruzando o Nilo; ela tinha 1,80 metro de altura e a cor de uma sela. Ela nos deixou entrar, murmurando para si mesma que sempre foi sua maldição confiar em homens negros, que eles seriam a sua morte, que Holmes era seu calcanhar de Aquiles favorito. Ela pegou a mão de Holmes e o levou para trás de uma pesada cortina carmesim que escondia uma longa fila de confessionários.

"Não me lembro muito depois disso. Devo ter adormecido em um banco. Completamente fora de mim. Mas me lembro de acordar com alguém gritando. Jax berrava, chamando 'Holmes! Holmes!' sem parar.

"Holmes estava sentado ereto em um banco, mas algo no ângulo de seu corpo não parecia certo. Sua cabeça estava pendurada para trás no topo do banco, como se ele tivesse lançado os olhos para o céu e perguntado diretamente a Deus o que Ele queria. Um rastro de cuspe branco escorria de sua boca aberta até sua bochecha, depois mais longe até sua orelha. Seus óculos, assim como os de Malcolm X, estavam tortos em seu colo.

"Jax afrouxou o cinto de couro que ainda estava amarrado e torcido ao redor do bíceps esquerdo de Holmes, o tempo todo falando com ele em sussurros adoráveis, sufocados e arrulhos no mesmo tom de encorajamento que os adultos gentis dão às crianças perdidas em uma loja: '*Vai ficar tudo bem. Vai ficar tudo certo.*' As mãos dele tremiam.

"Eu tive que arrastar meu irmão para fora daquele inferno gritando e chorando, ranho por toda parte, chutando o próprio ar e amaldiçoando a Deus. Uma semana depois, eu segurei a lata de gasolina enquanto Jax atirava com sua pistola na cúpula da catedral, exclamando que se esses pretos quisessem ver outro dia, todos eles iriam sair, e eles saíram, saíram na neve, se debatendo e arranhando seus rostos.

"Nós colocamos fogo na maldita coisa. Você pode dizer o que quiser sobre o Sul. Mas eu nunca vi nada mais bonito na minha vida, aquela igreja miserável primeiro em chamas e depois, coberta de gelo e pingentes das mangueiras do corpo de bombeiros. Aquela casa de Deus se transformando em um iglu da morte. Droga.

"Naquela mesma semana, Jax se alistou. Achava que não aguentaria. Andando em torno de Chicago naquele Shelby sem Holmes. Ele estacionou o carro no depósito do Corpo de Fuzileiros Navais mais próximo que conseguiu encontrar, e fui eu que o levei para a rodoviária de manhã cedo."

August deu os toques finais no fade de Bird. Ela borrifou o cabelo dele com creme sem enxágue e removeu os fios soltos com uma escova kabuki grande e macia. Um cabeleireiro menos experiente poderia ter pensado que a história de Bird terminara, mas ela sabia, pela forma como seus olhos estavam desfocados, pela forma como ele parecia não notar que ela terminara, que se ficasse quieta, ele diria mais. E ela estava certa, é claro.

— A primeira pessoa que Jax amou mais do que eu nesta Terra foi Miriam — falou. — Então, quando Joanie veio, depois My, ele me ligou para me contar sobre seus cílios, suas barriguinhas gordas, o som que faziam quando riam. Como ele estava se esforçando muito nos Fuzileiros, para que aquelas garotinhas nunca vissem as coisas que vimos enquanto crescíamos. Ele me ligou chorando uma vez, quando chegou tarde em casa e encontrou as garotas dormindo juntas, nariz com nariz, parecendo dois filhotes de lobo aninhados, juntos. — Bird piscou e deu uma rápida olhada em August. — Eu nunca o ouvi mais apaixonado — disse ele. Parecia um apelo.

August recuou e observou sua arte. Ela o fez parecer bonito. Seu cabelo agora desbotado no chocolate ao leite macio que era ele. Estava orgulhosa de si mesma, agradecida por ter saído da cama e seguido aquele som de música.

Bird se viu no espelho.

— Sua reputação a precede, senhora. — Ele tirou a mão de debaixo da capa, mas August a afastou com um tapa.

— Ainda não terminei — interrompeu ela, e colocou uma toalha quente no rosto de Bird.

Ele gemeu por baixo.

— Eu precisava disso — suspirou.

Talvez tenha sido isso. Algo sobre ouvir o gemido de um homem abaixo dela fez August correr para a porta da loja e trancá-la por dentro. A fez desfazer a gravata cor de beterraba que prendia seu quimono creme. A fez subir em cima de Bird naquela cadeira, colocar as mãos dele nos seus seios escuros e ansiosos e perguntar do que mais, exatamente, ele precisava.

CAPÍTULO 28

Hazel

1968

HAZEL AMAVA que a mercearia de Stanley permanecera a mesma ao longo dos muitos anos. Pequenas mudanças eram aceitáveis para acompanhar os tempos. A vitrola fora substituída por uma *jukebox* operada por moedas. Uma televisão — um luxo — fora colocada acima da porta. E em 1964, Stanley, por fim, conseguiu arrancar as placas que indicavam a segregação. Mas outras coisas ficaram gravadas na memória. Os cortes frescos de carnes nobres, as iguarias sulistas encontradas em potes — beterraba em conserva, conservas de vegetais quentes, molho de pimenta — ainda se alinhavam nas prateleiras de cedro. E toda sexta-feira à tarde, Hazel parava e pedia três sorvetes de nozes e dava um para Miriam e um para August. Então, as três caminhavam juntas até a casa que Myron construíra.

Hazel puxou seu casaco de vison claro mais apertado ao redor dela enquanto fazia a curta caminhada até a loja de Stanley. Estava um tempo congelante para abril. Mas ela precisava de alguns mantimentos para preparar o peixe frito que serviria na sexta-feira. Seria em parte para homenagear o Dr. King, que fora assassinado há uma semana, e em parte uma sessão de planejamento para os próximos passos a serem dados.

Desde a morte de Myron, a casa de Hazel se tornara a meca dos jovens antissegregacionistas. Pregadores e estudantes universitários ficavam na sala de costura quando estavam a caminho para registrar eleitores mais ao sul no Mississippi, Alabama ou Geórgia. A casa ficava lotada sempre que havia uma onda de protestos. Abril sempre fora um mês movimentado — manifestantes vinham à casa com a intenção de apoiar os primeiros estudantes negros matriculados em várias instituições do Sul. Hazel abria sua casa para os esperançosos, para os idealistas do mundo. Ela adorava tudo isso e esperava, enquanto rezava todas as noites com os joelhos desgastados, que Myron tivesse orgulho dela.

Myron. Hazel passou a conhecer a dor tão bem quanto uma irmã. No primeiro ano após a morte de Myron, ela se recusou a falar com Deus. Sempre que passava pelo local perto da grande cama onde costumava se ajoelhar e falar com o Pai, ela cuspia. No segundo ano após a morte de Myron, quando Miriam pegou coqueluche, Hazel finalmente desmoronou e falou com Deus. Exigiu que Ele salvasse sua filha. Disse que ela mesma iria até lá, iria até aqueles portões perolados e os sacudiria com suas próprias mãos, se Ele ousasse, ousasse, tirar outro ser humano dela. Ela jurou que O assombraria. Perseguiria o Desgraçado ao longo das décadas, se Ele ousasse levar sua filha. Quando Miriam se salvou, após noites em que a Srta. Dawn passara cantando sobre a criança e queimando incenso, Hazel caiu de joelhos e recitou seu salmo favorito: "Contarei ao mundo todas as Suas obras maravilhosas."

Independente de quantos anos tivessem se passado desde o assassinato de Myron, as conversas de Hazel com o marido morto nunca paravam. Ela falava com ele muitas vezes. Como se ele ainda estivesse vivo, apenas pairando sobre seu ombro enquanto ela fazia o jantar.

Mas ela ainda era uma mulher. E de vez em quando, entre os alunos, havia um homem. Um professor talvez ou um dos pregadores. Eles passavam por sua sala, e o fogo em seus olhos combinava com a queimadura em seu coração. Sua raiva justa poderia se tornar, temporariamente, um porto seguro para ela. Ela nunca amaria alguém do jeito que amou Myron, mas não se importava de levar alguém para a cama de vez em quando. Então, cinco anos atrás, ela teve August. Hazel não contou ao pai da menina. Ele foi um dos líderes mais carismáticos que conhecera no movimento, mas começara a percorrer o país quando ela percebeu que estava grávida, e ela não sentiu nenhuma necessidade de que ele fosse mais do que era naquele instante: um canal para essa nova garotinha, para Miriam ter uma irmã. Quando August perguntou quem era seu pai, Hazel lhe disse a verdade, que ele estava fazendo a obra de Deus e que toda a família dela já estava ali: ela e Miriam, a Srta. Dawn, a Srta. Jade e todas as mulheres da vizinhança. Hazel não se opunha a revelar o pai de August algum dia, mas não o forçaria antes disso. Isso aconteceria no tempo de Deus.

A mão enluvada de Hazel segurava sua lista: fubá, um quilo de perca, um quilo de badejo, um quilo de bagre, cebolinha para o espaguete. Ela procurou nas prateleiras a farinha de milho.

— Me dê sua lista e vou buscar para você, Sra. North. — Stanley tinha vindo do freezer de carne dos fundos. Seus longos dedos brancos escovavam um pedaço de algo abatido na frente de seu avental. — Como está aquele seu clone?

— Só notas 10 e um 9 nas últimas seis semanas. — Hazel sorriu e entregou a lista de compras.

Stanley franziu a testa.

— Nove em que matéria?

— Geometria.

O rosto de Stanley ficou sério. O sotaque alemão se tornou mais forte.

— Isso não é bom. Vou falar com ela.

Hazel riu.

— Você é mais duro com ela do que eu. Você, a Srta. Dawn e a Srta. Jade. Todos vocês.

Stanley deu de ombros em falsa indignação.

— A Srta. Miriam é nossa joia — afirmou.

Hazel balançou a cabeça.

— Aquela joia faz você comer na mão dela.

— E como está a pequena August? Ela ainda segue Miriam como uma sombra?

— Às vezes ainda mais perto do que isso, Sr. Koplo. As duas vão dominar Memphis em breve — respondeu Hazel.

Stanley ergueu as mãos como se estivesse pegando uma mosca.

— Isso é um fato, eu sei. — E então, com um sorriso tímido no rosto, ele disse: — E eu tenho algo para elas.

Hazel viu prazer no rosto de Stanley, um brilho em seus olhos.

— Oh, por Deus, Sr. Koplo. O que o senhor comprou para as crianças agora?

— Apenas algumas conservas de ameixa. Vou colocar um pote. — Stanley ergueu um dedo. — Apenas um. Não olhe assim para mim. Eu sei que a Srta. Miriam gosta deles. Para todas as notas 10. Mas não para a nota 9. Diga a ela que aquele 9 não é bom. Isso não vai servir. — Ele acrescentou o pequeno frasco coberto com um pano vermelho à cesta de Hazel.

Hazel colocou as mãos enluvadas nos quadris e continuou a balançar a cabeça.

— Vou mandar um prato deste peixe para você — ofereceu.

Stanley balançou a cabeça e voltou a pegar suas compras. Depois de um momento, ele disse:

— Mas aceito uma das suas tortas de limão.

Hazel lançou um olhar afiado.

— Vá em frente e coloque alguns limões no meu pedido, seu velho astuto.

A televisão acima da porta, que estava mostrando uma orquestra ensaiando Bach, de repente cortou para um arco-íris de cores, fez um chiado, ficou preta, depois cortou para um locutor branco.

Tanto Hazel quanto Stanley viraram a cabeça para a televisão.

Foi a vez de Hazel franzir a testa.

— Eu poderia jurar que o programa dele começava mais tarde? — disse em forma de pergunta.

— Boa noite. Menos de uma semana após o assassinato do Dr. Martin Luther King Jr., outro importante ativista dos direitos civis foi morto a tiros em Memphis, Tennessee.

Hazel congelou. Uma frieza que ela não sentia desde o assassinato de Myron pareceu gelar suas veias, paralisando-a. Ela ouviu um nome que só sussurrara à meia-noite, durante suas orações.

O apresentador ainda estava falando, de alguma forma. O mundo não parou? Um abismo do Ártico não reivindicou todos eles? Ela estremeceu e sentiu seus dentes baterem.

— Ele foi enérgico na marcha pela igualdade e direitos civis neste país, um apóstolo da não-violência no movimento dos direitos civis. A polícia emitiu um boletim completo para um jovem branco bem vestido visto fugindo do local. Os policiais também teriam perseguido e disparado contra um carro equipado com rádio contendo dois homens brancos.

Stanley deixou cair o saco de limões, e eles se espalharam como bolas de tênis pelo chão da loja. Hazel, pela vida dela, não conseguia se mover um centímetro para pegá-los. Ela ainda estava com tanto frio; não conseguia mais entender como a gravidade existia, como os próprios limões não tinham congelado no ar. Seu rosto estava grudado na televisão.

Ela não desviaria o olhar. Como poderia fazê-lo?

A tela mostrava o rosto de seu amante agora morto.

— O líder negro retornara recentemente a Memphis para ajudar na greve dos trabalhadores do saneamento. Ele estava em um posto de gasolina esta tarde, abastecendo seu carro, quando, segundo um companheiro, um tiro foi disparado do outro lado da rua. Nas palavras do amigo, a bala só poderia ter vindo de um atirador experiente. O posto de gasolina estava lotado. Eram 15 horas.

"A polícia chegou ao local em alguns minutos. A equipe médica veio logo a seguir, mas já não havia nada a ser feito. A ferida foi fatal.

"A polícia disse que encontrou um rifle de caça de alta potência a cerca de um quarteirão da estação, mas não foi imediatamente identificado como a arma do crime."

Hazel amaldiçoou Deus então. Por mais que ela amasse o Senhor, Ele simplesmente não parecia parar de tirar dela. Tudo o que Ele fazia, parecia, era tirar, e tirar, e tirar de Hazel.

Enquanto o jornalista falava, Stanley colocou a cesta de Hazel no balcão, virou as costas para a televisão e cuspiu no chão com nojo. Ele deixou os limões em paz.

Ninguém falou na mercearia. Stanley se abaixou e começou a recuperar os limões perdidos, colocando-os na cesta de Hazel. Mas Hazel não aceitou. Ela era uma pedra. Ela não gritou e amaldiçoou. Não chorou. Levou a mão enluvada à boca aberta. Ficou olhando para a televisão por alguns instantes. Deu um longo suspiro.

— Myron morreu sem motivo. Sem nem uma única maldita razão — lamentou.

Stanley foi o único a enxugar as lágrimas. Usou a dobra do braço. Através dos soluços, ele conseguiu articular que levaria esses mantimentos até a casa de Hazel. Não ouviria um "não".

— Não há problema algum.

Mais tarde, depois que todos deixaram a sala da frente e a cozinha de Hazel, Hazel gesticulou para um cigarro, e a Srta. Dawn, erguendo uma sobrancelha, agradeceu. Elas ficaram na entrada do quarto de Miriam e August, observando-as dormir. Colchas cobriam as paredes da sala. Hazel colocara a Singer de Della em um canto. A antessala ao lado, agora repleta de bonecas, já fora o berçário de suas bebês.

Hazel deu uma tragada rápida na fumaça do cigarro. Tentou segurar a tosse, que de todo jeito saiu. Ela levou a mão à boca para buscar abafá-la.

Miriam se mexeu em seu sono. Virou-se na cama.

— Vá para a cozinha antes que acorde as meninas — sussurrou a Srta. Dawn.

Hazel aquiesceu e liderou o caminho pelo corredor, ainda tossindo de leve.

A Srta. Dawn sentou-se na almofada esmeralda do banco da cozinha.

— Você tem algum uísque? — perguntou.

Foi a vez de Hazel agradar. Na ponta dos pés, ela pegou o uísque escondido em um armário sobre o fogão. Demorou um pouco para Hazel alcançá-lo, mas quando tinha a garrafa em mãos, puxou a tampa e serviu dois dedos cheios para a Srta. Dawn. Hazel entregou o uísque à Srta. Dawn, dizendo:

— Para aqueles que se foram.

Quando a Srta. Dawn ergueu o copo de cristal em um brinde, Hazel pensou que seus dedos longos eram uma maravilha de se ver. A Srta. Dawn tomou um gole de uísque. Hazel pensou que ela parecia Circe considerando o navio de Ulisses encalhado no mar.

Hazel estava fumando seu cigarro, um braço apoiado no outro.

— Eu nunca contei para ele — falou trêmula, embora tivesse consciência que a Srta. Dawn já sabia. — Como eu... que diabos... que diabos vou dizer a August quando ela for mais velha? O que vou dizer às pessoas quando perguntarem a vida toda onde está o pai dela?

— Diga a verdade para as pessoas — aconselhou a Srta. Dawn depois de algum tempo, encolhendo os ombros, o vermelho de seu vestido iridescente mesmo no escuro da cozinha apagada. Ela tomou uma dose de uísque, e os braços largos de seu vestido pareciam fogo recém-aceso. — Diga a elas que esse preto morreu.

CAPÍTULO 29

Miriam

2001

OS QUADRIS DE MIRIAM BALANÇAVAM enquanto ela caminhava na luz de setembro até Jax, que lavava seu Shelby na garagem. Fazia-a lembrar dos incontáveis finais de tarde em que misturava uma jarra de margaritas e servia para Jax, que mexia no carro na entrada da casa. Ele não envelhecera muito nos últimos seis anos. A única diferença era que havia mais medalhas e listras fixadas na lapela de seu uniforme do Corpo de Fuzileiros Navais.

Miriam o observou durante algum tempo. No dia anterior, ela e August ficaram na varanda e observaram Joan, Mya, Bird e Jax entrarem no Shelby baixo e preto.

August balançou a cabeça, enfiou a mão nas dobras profundas do quimono e pegou um cigarro.

Miriam arqueou uma sobrancelha.

— Me dá um desses — disse ela, com a mão estendida. August olhou para a irmã. — Ah, cale a boca e me dê um. — Miriam arrebatou o Kool de August. — Já passei por muita coisa.

— E eu não? — perguntou August.

Miriam se virou, seu rosto expressando as desculpas que queria pedir.

— Todas nós passamos — falou. Ela cutucou August, dando um soco brincalhão. — Além disso, é apenas um cigarro.

August estalou a língua nos dentes.

— Você também fumou ontem à noite — disse ela.

— Tudo bem, mamãe — debochou Miriam. Ela viu então, tanto para seu horror quanto para seu orgulho, que Joan, não Jax, estava tirando o Shelby da entrada. — Aquela garota.

— Ela vai ficar bem — consolou August.

Miriam tossiu na primeira tragada do Kool.

August revirou os olhos.

— Apague essa coisa maldita. Você não está provando nada.

— Por que você sempre acha que vou me afogar na bebida ou ficar viciada em alguma coisa? — perguntou Miriam em um engasgo.

— Porque você tem a pele clara, seu marido é um maldito ianque — August expirou — e suas filhas são loucas.

E agora, à luz da manhã, Jax vestia apenas uma regata enquanto jogava um pano ensaboado em um balde e depois no capô do Mustang. Ele e Bird estavam em Memphis havia dois dias.

— Lembra quando eu tentei vender a maldita coisa de graça? A placa no quintal? — Miriam imaginou que Jax não vacilaria ao som de sua voz, mesmo que ele estivesse de costas para ela. Ele era um fuzileiro naval, afinal. Em todas as suas muitas, muitas lutas, Miriam nunca conseguiu levar vantagem, nunca conseguiu se fazer valer do elemento surpresa.

— Eu me lembro — respondeu ele, enquanto passava o pano molhado pelo teto do Mustang. — Estava no Clube dos Oficiais quando Mazz entrou gritando que era melhor eu ir ver o que você tinha feito.

Miriam riu. Foi um uma risada amarga.

— Por que você está aqui, Jaxson? — Ela estava cansada de tê-lo em casa. O cheiro dele era avassalador. Trazia lembranças demais, aquele sândalo, aquele almíscar, aquela graxa de sapato, os cigarros. Era difícil para Miriam tolerar.

Ele fez uma pausa em sua limpeza.

— Para ver minhas garotas.

— Nossas — corrigiu ela.

— Nossas — repetiu ele.

— Não, *minhas*. — Miriam apontou um dedo raivoso para o coração. — Fui eu quem as criou nos últimos seis anos. Eu. Sem nenhuma ajuda sua. Nem um centavo. Você acha que seria diferente se você tivesse morrido? Aquele inferno na televisão, aquele inferno que você escapou, não é nada, nada comparado ao que vivemos aqui. E você não *nos* viu entrar em um carro para ir encontrar *você*.

— Não, *você* entrou em um carro e foi embora — Jax se levantou, sua voz se erguendo.

— Eu me salvei — gritou Miriam de volta. — Viver com você era um inferno, Jax. Nada além disso.

Jax chutou o balde de água com sabão. O balde bateu em uma pedra e se virou. A água espirrou em torno de seus pés. Miriam observou em silêncio enquanto o balde rolava lentamente pela entrada, indo parar na caixa de correio.

Jax abaixou a cabeça. Seus ombros subiram e desceram quando um suspiro pesado escapou dele.

— Eu sei que não fui o melhor marido...

Miriam cruzou os braços, zombeteira.

Jax levantou uma sobrancelha ameaçadora. Ele começou de novo.

— Sei que não fui o melhor. Mas Meerkat... — Ele pigarreou e remexeu os pés.

O estômago de Miriam se revirou ao ouvir seu apelido carinhoso. Há anos que não ouvia Jax dizer isso. O som desse apelido a levou de volta para quando estava grávida de Joan. No oitavo mês, ela se preocupava e ficava inquieta a cada arroto; cada gás que escapava se tornava um alarme instantâneo de trabalho de parto.

— O Golfo levou o melhor de mim — disse Jax, suplicante agora. — Levou o melhor de mim, Meer.

Miriam o observou por completo. Ele parecia patético. Um homem alto e escuro devastado por fantasmas e guerras parado na entrada de sua casa, segurando um pano ensaboado, pedindo desculpas a ela da melhor maneira que podia. Anos atrás, ouvir arrependimento em sua voz significaria tudo para ela. Agora, ela descobriu que não significava quase nada. Ela criara suas filhas da melhor forma que podia sem a ajuda dele. As criara para garantir que sempre conseguiriam se sustentar, nunca dependeriam do capricho de um homem, porque até onde uma mulher negra chegaria com isso? Naquele momento, Miriam se lembrou do que Jax cuspira para ela um dia:

"Olha só, você não pode me deixar. Onde você acha que vai, quão longe acha que pode chegar, com dois bebês, sem faculdade e com essa cara negra?"

Miriam observou Jax lavar seu pônei premiado e percebeu que toda a sua vida tinha sido e seria dominada pela guerra.

— Só não parta o coração de Mya. — Foi tudo o que ela conseguiu pensar em dizer. Ela se virou para voltar para a casa.

— E Joan?

Até Miriam ficou surpresa com a aspereza de sua própria risada.

— Você já partiu o coração daquela garota há muito tempo — sentenciou. Ela subiu os degraus feitos de pedras que seu pai escolhera e se perguntou se ela se referia ao seu próprio coração. Perguntou-se por que seu casamento não poderia ter sido como o de seus pais. A mãe lhe contara histórias sobre ela e Myron compartilhando segredos enquanto tomavam sorvete, tão apaixonados no balanço da varanda da Srta. Dawn. Miriam desejara isso para si a vida toda. Um amor simples e negro. Por mais que tentasse, ela não conseguia distinguir o que exatamente tinha dado errado ou por quê. Era como se ela segurasse uma xícara de chá quebrada em suas mãos, mas não conseguisse se lembrar de tê-la quebrado e não tivesse ideia de como consertá-la.

No dia seguinte, Jax se foi. Mas o Shelby Mustang preto permaneceu. Havia um bilhete ao lado das chaves, que ele deixara na mesa da cozinha:

— Joan, trate esse carro melhor do que eu tratei a fortaleza que é sua mãe... Oo-rah.

CAPÍTULO 30

Hazel

1985

O SOL ESTAVA FORTE NAQUELA MANHÃ no jardim de Hazel, e as glórias-da-manhã roxas que ladeavam a cerca dos fundos estavam floridas e perfumadas.

Hazel usava seu uniforme de jardinagem: macacão, chapéu de palha, as luvas de jardinagem amarelas pontilhadas com pequenos girassóis. Era a época de plantio do ano — final de abril, quando ela tinha certeza de que a última geada da estação havia passado. Ela carregava uma cesta de vime cheia de sementes: ervilhas, vagem, pimenta, alface.

Hazel ajoelhou-se entre as couves que brotavam, os talos de milho doce começando a surgir, os girassóis crescidos em seu jardim, e começou a cantarolar uma canção de Nina Simone. *Memphis in June, sweet oleander*[1].

---

[1] "Memphis em junho, doce oleandro." (N. da T.)

Ela pensou nas filhas. August, dentro de casa com Derek, que fizera 5 anos algumas semanas antes. E Miriam, grávida da primeira filha. Ela já tinha 30 anos, apenas quatro anos mais nova do que Hazel era quando a teve.

Hazel não gostara do pai de Derek, embora ao menos ele estivesse fora de cena naquele instante, e também não gostava de Jax. Ele e Miriam se casaram às pressas, e Jax levou sua filha com a mesma rapidez. As interações de Hazel e Miriam agora se limitavam a Natais, Páscoas e telefonemas entre Camp Lejeune e Memphis.

— Bem, você vem para casa para ter o bebê — insistiu Hazel a Miriam quando ela ligou para anunciar que estava grávida. — Quero que minha neta nasça em Memphis. — Eles deveriam chegar no final daquele mês, a tempo de a bebê nascer.

Ela se ajoelhou e se apoiou nas mãos, próximo ao jardim elevado, e fez fileiras ordenadas e com o espaço de duas mãos entre uma e outra para poder plantar. Um beija-flor apareceu nas sebes. Verde esmeralda e deslumbrante. Hazel ouviu o rápido bater de suas asas e o avistou. Estava tão escuro que, na luz, era quase um roxo escuro, a cor do anil.

Ela se perguntou então se Myron poderia vê-la agachada no jardim que construíra para ela, plantando seus vegetais para o verão que se aproximava. Ela se perguntou se ele a reconheceria agora, cabelos grisalhos na raiz, coxas mais grossas após anos de trabalho, maternidade, sofrimento e risadas. O que ela nunca parou para pensar, mesmo depois de tantos anos, era se Myron ainda a amava. Isso era fato. Sempre foi. Ela ainda falava com ele, embora com menos frequência.

— Por Deus, como sinto a sua falta — falou em voz alta, puxando um teimoso dente-de-leão perto da base do jardim.

Uma dor explodiu no braço que estava estendido. Um segundo depois, seu peito inteiro parecia estar queimando. Ela levou a mão ao coração. Batia com a ferocidade da abertura final de uma sinfonia. Ela descansou em suas ancas e tentou recuperar o fôlego. Estendeu a mão para a cesta para se equilibrar, mas tombou de lado, sementes se espalhando na terra em um abandono aleatório.

A consciência tomou conta da velha enfermeira enquanto a dor se espalhava e se espalhava. Hazel quase riu. Ela não tinha medo então. Não apertou mais o peito. Ela deitou. Deixou a cabeça bater no chão com um baque suave.

Deixou a mente vagar.

"Me pergunto que nome darão para ela", pensou.

Estranhamente, a dor diminuíra. Mas ela sentiu que a respiração ficava cada vez mais curta enquanto estava ali, na terra vermelha.

O amor de Hazel pelo Senhor sempre foi uma batalha. Evitara Deus quando Myron morreu, e o silêncio foi novamente ensurdecedor após o assassinato do pai de August. Mas agora, Hazel sorriu. Ela quase chamou Deus de safado sem-vergonha — porque, naquele momento, a boca de Hazel estava inundada pelo sabor de sorvete de nozes.

— Myron — disse baixinho. — Myron. — Ela sorriu para o sol da manhã e se foi.

Ainda havia um sorriso no rosto de Hazel quando August a encontrou uma hora depois. August correu pela Locust Street de pijama rosa gritando por socorro, que alguém chamasse um médico, voltasse no tempo ou matasse Deus.

Mas o que poderia ser feito? Hazel morrera. E August, sentindo que não apenas sua mãe, mas uma rainha morrera, pensou nas palavras de Churchill sobre a morte de um rei e tentou se acalmar: sua mãe falecera como se espera que qualquer mulher sulista educada para temer e amar o Senhor falecesse — morreu, muito amada, em seu jardim quente.

Quando Miriam recebeu a ligação de August gritando ao telefone, ela caiu no chão, com sua primeira filha dentro dela. Ficou ali, ajoelhada e em silêncio por um longo tempo. Ela levantou a cabeça para Jax e disse:

— Por que trazer uma menina a este mundo se ela nunca conhecerá minha mãe?

— Você acha que é uma menina? — perguntou Jax.

Miriam abriu bem a mão.

— Me dê — ordenou ela.

— O quê?

— Suas chaves — concluiu Miriam com uma determinação de quem não toleraria discussões. — Eu mesma dirijo o maldito Shelby se for preciso, mas minha *filha* — Miriam, ainda no chão, esfregou afetuosamente a barriga inchada de oito meses — vai nascer em Memphis.

CAPÍTULO 31

Miriam

2003

A PORTA DA FRENTE DA CASA estava iluminada pela luz da varanda, e o amarelo, o calor de todas as cores, era exatamente o bálsamo de que Miriam precisava depois de um turno de quatorze horas acompanhando os enfermeiros na maternidade.

Ela passou o dia acalmando mães preocupadas, enxugando suas sobrancelhas, dizendo-lhes para respirar, empurrar, parar. E as crianças, como vieram. Vieram para este mundo gritando, desengonçadas e cheias de vida. As enfermeiras lhe disseram que a alegria, o milagre de tudo isso, desapareceria com o tempo, mas Miriam não tinha tanta certeza. Ela levava jeito para a enfermaria. Amava quase tanto quanto suas filhas.

Mas não tinha certeza se já se sentira tão cansada antes. Talvez, depois que Mya nasceu. Seu nascimento foi difícil. Chegou um mês antes. Miriam não podia fazer um diagnóstico clínico, mesmo com sua crescente experiência, mas sabia em seus ossos que Jax era o culpado. E Derek também, de alguma forma, embora ela tentasse focar seu ódio em Jax, não no garoto. Ele era apenas um menino, afinal. Uma criança. Jax era um homem adulto e tinha abusado dela mesmo assim. Derek definhando na prisão, e Jax livre, com medalhas no peito.

Sim, Miriam estava cansada, precisava ver a lareira de sua casa. Ela queria seu banho mais do que tudo.

Ela colocou a chave na fechadura e entrou.

— Você precisa ver uma coisa.

— Meu Pai amado, Deus do céu!

As luzes da sala estavam apagadas. Miriam tinha apenas o brilho fraco da luz da cozinha para enxergar. Ela não tinha notado August sentada no banco do piano, envolta em seu quimono, fumando um Kool, é claro.

Assustada, Miriam deixou a bolsa cair. Ela se curvou e alcançou sua alça.

— Por Deus, August, você me assustou. — Miriam balançou a cabeça. — Quase me matou.

— Você precisa ver uma coisa — repetiu August. Ela deu uma tragada em seu Kool, descruzou as pernas e se levantou.

Miriam revirou os olhos. Estava exausta. Ela queria largar a bolsa, entrar no chuveiro e passar quinze minutos ali sem pensar em nada. Seu ritual noturno. Deixaria a água muito quente cair sobre ela e não pensaria: nem nas meninas, nem em dinheiro ou na falta dele, nem nos muitos exames da faculdade, que pareciam intermináveis. Ela nem ao menos rezaria. Deixaria sua mente descansar, apenas. Permitiria a si mesma essa trégua. Durante quinze minutos, ela estaria livre.

— Estou muito suja. Vou tomar um banho primeiro.

August se aproximou da irmã. Miriam odiava que, ainda que fosse a mais velha, sempre achavam que August era a mais velha; ela era tão alta. Miriam sentiu August pairar sobre ela. Não de forma ameaçadora, mas persistente. Como um mosquito. Ou uma irmã.

August exalou a fumaça para que ela não cobrisse Miriam em uma nuvem. Assoprou pelo canto da boca e disse, pela terceira vez:

— Você precisa ver uma coisa.

Ela agarrou o pulso de Miriam com leveza, como se fosse um galho de oliveira.

Míriam concordou. Não tinha outra escolha. Os olhos de August eram poças escuras na sala, mas Miriam sabia que não a deixaria em paz. Seus ombros caíram.

— Mostre o caminho — disse ela.

Ela seguiu August da sala de estar pela sala de jantar e pelo corredor dos fundos que dividia a casa em duas alas, leste e oeste. August virou à esquerda em direção à sua ala, a ala que ainda continha o quarto de Derek. August parou na frente da porta de Derek. Ela estava com a mão na maçaneta.

— August, não quero entrar lá — falou Miriam, sem entrar. Derek era uma lembrança tão desagradável para Miriam, para dizer o mínimo. Pensou no banho, na água morna, no esquecimento. Ela ansiava por seu oásis de quinze minutos e nada mais.

August virou-se e encarou Miriam.

— Abra a porta você — pediu ela, dando um passo para o lado.

— Eu não quero entrar lá.

August colocou a mão no quadril e, desta vez, soprou a fumaça para a frente, diretamente no rosto de Miriam.

Miriam abanou as mãos para espalhar a fumaça.

— Então acho que vamos ficar aqui olhando uma para a outra a noite toda, até amanhecer.

— Tudo bem! — exclamou Miriam, com sua frustração aumentando. — Tão cabeça-dura que nem sei.

Miriam girou a maçaneta e jogou o ombro direito contra a porta, que se abriu.

Ao contrário do resto da casa, o quarto de Derek estava bem iluminado. A princípio, a luz dilatou as pupilas de Miriam, cegando-a um pouco. Levou alguns instantes até seus olhos se ajustarem, mais tempo ainda para que conseguissem processar o que viam.

Pela segunda vez naquela noite, Miriam quase teve um ataque cardíaco. Ela poderia ter caído de joelhos, se jogado no chão de madeira e se prostrado em frente a toda aquela beleza.

Ela nunca tinha de fato olhado para os desenhos de Joan, seus esboços. Todos esses anos dizendo a Joan para guardar o bloco de desenho, perguntando-lhe sem rodeios se ela terminara o dever de casa de cálculo, Miriam nunca tinha visto nada que Joan tivesse feito. Pelo menos, não desde que ela era uma criança. E agora Miriam tinha certeza de que a filha amadurecera para algo muito bom.

Pois ao redor do quarto estava a arte de Joan. Dez peças, tão altas quanto o teto, cobriam a sala. E eram todas de gente que ela conhecia: Srta. Jade. Mika. Outras clientes do salão. Teria sido quase um sacrilégio, quase uma blasfêmia, não ter reconhecido as mãos da Srta. Dawn. Joan usara tinta em tela branca e, como em alguma gravura japonesa antiga, as mãos escuras da Srta. Dawn seguravam um galho cheio de amoras.

E August. Miriam viu sua irmã inundada de cores vivas que pertenciam apenas ao céu. O creme do quimono de August parecia o soro de leite coalhado em que ela mergulhava o frango. Joan tinha até feito a fumaça do cigarro de August da forma como era; parecia renda. O verde pálido da caixa de Kool era da cor de um beija-flor na mão de sua irmã.

Miriam virou a cabeça para a direita e congelou. Ela se viu. Em tons suaves de aquarela pastel. No quadro, dormia em cima de um grande livro de medicina. Ela deve ter adormecido bem na mesa da cozinha depois de um longo turno. E Joanie — abençoada criança — deve ter colocado aquela colcha sobre ela. E a desenhou.

August se moveu para ficar na frente de seu próprio retrato, e foi chocante para Miriam ver como a pintura era realista, como Joan capturara August com perfeição.

— Uma vez você pediu para aquela garota dizer o nome de uma artista famosa que fosse mulher ou que fosse negra. — O cigarro de August estava apagado, mas seu rosto estava impassível. Ela não se importou com o fato de o cigarro ter queimado seus dedos. — Joan Della North. É essa a artista. Se ela tem que ser a primeira, então que seja. Porque ela vai para aquela escola chique no exterior, Meer. Você está me ouvindo? Não quero ser desrespeitosa. Eu amo você — ela ergueu os braços no ar, tão elegantemente, como uma bailarina do Bolshoi pegando algo — como as estrelas. E eu sei que não deveria estar dizendo a nenhuma mãe como criar seus filhos. Mas *também* sou mãe. E Joan. My. Elas *também* são minhas.

A voz de August nunca vacilou desse tom estoico e determinado. Mas ela se emocionou um pouco quando disse:

— Joan foi tocada por um...

Não conseguiu terminar a frase. Miriam conhecia sua irmã o suficiente para saber que ela não falaria, não poderia mencionar Deus.

— Ela vai para aquela escola, Meer. Se ela entrar, vai estudar lá e pintar esse mundo todo. Nossa Joanie vai pintar tudo.

Miriam esqueceu o banho. Ela ficou naquele quarto, ajoelhada, até o Sol nascer. Então, ela fez o mingau das meninas. Beijando-as mais do que o habitual, mas incapaz de dizer "bom dia". Não foi por falta de tentativa. Ela ainda estava tão cansada. E havia roupas para serem lavadas e a conta de luz para ser paga.

CAPÍTULO 32

Joan

2003

A TEMPESTADE CLAREOU 50 quilômetros a leste de Memphis, perto de Mason. Nós havíamos dirigido para o leste através de Tennessee sob forte granizo. Deixamos nosso bairro com as nogueiras-pecã e a mercearia de Stanley e vimos fazendas de algodão e campos com plantações prontas para serem colhidas ao longo da I-40. Quando o granizo que caía ficou do tamanho de biscoitos, parei o Mustang e esperamos embaixo de uma passagem subterrânea.

— Este clima de tornado — disse Mya.

Mya não gostava de tempestades. Fiquei espantada por ela ter se forçado a viajar comigo. Costumava se comportar como Loba, ficando quieta e encolhida em um canto. Mas lá estava ela, sentada no banco do passageiro do carro do nosso pai, sintonizando a estação de rádio no K97 e esperando a tempestade passar para que pudéssemos visitar um primo que não fez nada além de me estuprar e matar outras mulheres.

Depois de meia hora, a escuridão da tempestade se dissipou. O granizo se transformou em chuva leve que se transformou em garoa. Uma nuvem escura se estendia por todo o horizonte atrás de nós, e à nossa frente estava a luz do Sol brilhante. Dificilmente uma nuvem no céu. A chuva suave embaçou o para-brisa do Mustang, e eu disse a Mya para procurar meus óculos de sol na minha bolsa.

— *Andiamo* — afirmou Mya e me entregou o par de óculos escuros.

Mya abandonara o sotaque britânico há muito tempo. Agora ela falava italiano em intervalos aleatórios. Onde ela aprendeu italiano, ninguém sabia, e Mya não explicava, a não ser em italiano, que ninguém entendia. Mas ela falava com tanta paixão, gesticulando com as mãos na cozinha, que mamãe, cansada dos turnos noturnos, dizia:

— Deixe a criança ser do jeito dela.

Saí da passagem subterrânea e o motor rugiu quando mudei da primeira para a quinta.

— Você vê? Você pode apertar a embreagem quando coloca a quarta marcha. Não precisa fazer isso tão suavemente quando está em primeira.

— *No, non lo so.*

Eu ri.

— Você é tão estranha — falei.

— E você não é? Você tem andado meio atordoada como se fosse o maldito da Vinci. Eu e a tia August estamos apostando quando você vai cortar sua orelha.

— Foi Van Gogh.

— O quê — trovejou Mya.

— Van Gogh cortou a orelha e deu para a amante.

— Você até sabe quem foi!

— Eu não posso acreditar que nós matamos aula.

— Por que? Só tiramos nota 10.

— Isso é porque você faz todo o meu dever de matemática e ciências, e eu faço todo o seu dever de inglês e história — falei, verificando o espelho retrovisor para que eu pudesse passar por um caminhão de dezoito rodas em movimento lento.

— Ugh, quando você for para Londres, ainda vai ter que me ajudar. O fascínio do Sr. Cook pelo pentâmero iâmbico é... perturbador, para ser sincera. Não vou fazer essa porcaria sozinha.

— Cala a boca. Eu nem sei se entrei. Não vai me dar azar.

A raiva cresceu em mim mais uma vez. Eu deveria estar na escola. A escola ficava perto de casa, e a casa ficava perto da caixa de correio, e a caixa de correio guardaria a decisão que mudaria o resto da minha vida.

Mya ergueu uma sobrancelha.

— Você está preocupada pensando se vai entrar? Por quê? Achei que você e a Srta. Dawn fizeram algum juramento de sangue à meia-noite. Sacrificaram uma cabra. Uma virgem. Uma criança pequena e inocente. — Ela deu de ombros.

Quando eu sentia que estava a ponto de começar uma discussão com Mya, ela dizia algo tão engraçado, tão ridículo, que eu não podia deixar de rir.

— Não, mas Joanie, você vai entrar — disse mais séria, dando um tapinha no meu braço.

Levou o dia todo para papai me ensinar a dirigir. Ele também me mostrou o funcionamento interno do carro. Levantou o capô e me mostrou onde deveria colocar o óleo e quanto óleo colocar, onde a bateria ficava, como dar partida no carro se a bateria acabasse. Levei o dia inteiro para descobrir tudo. Perdi minha aula de arte naquele sábado — algo que nunca tinha feito antes.

Em vez disso, nos dirigi ao redor de Memphis. Mya e tio Bird estavam no banco de trás, e ele estava mostrando sua arma para ela. Verificara três vezes se estava descarregada antes de dar a Jax para que pudesse verificar também; Jax, então, entregou a contragosto a arma para a filha.

— Beleza, está vendo aquela curva na estrada? — Papai estava de olho no câmbio. — Eu costumo dar voltas longas na segunda marcha.

— Por que não apenas mudar para ponto morto e desacelerar?

— É mais perigoso assim. É sempre melhor estar engatado quando se está em movimento. — Ele viu meu olhar vazio e incompreensível e continuou. — Certo. Digamos que uma criança saia correndo na rua. Se você estiver dirigindo, digamos, em terceira, tudo bem. Você freia. Com força. Tudo certo. O carro vai parar. Isso é tudo o que você tem que fazer para parar, certo? Mas digamos que a criança saia correndo quando estávamos virando a esquina e em ponto morto. Para parar em ponto morto, você teria que pisar na embreagem e pisar no freio. Muitos movimentos para fazer naquela fração de segundo. Então, sempre, sempre, dirija com o câmbio em alguma marcha, primeira, segunda, não importa. Deixe em ponto morto apenas quando estiver estacionando.

Senti o poder do carro debaixo de mim quando mudei para a terceira depois da curva e descemos ruidosamente a Poplar. Enquanto eu dirigia, as exigências da minha aula de arte diminuíam. Perdi a noção do tempo. Comecei a me apaixonar pela direção, pelo poder que ela me deu.

Quando virei à direita na esquina da Poplar com a McLean, perto do zoológico de Memphis, me certifiquei de mudar para a segunda, em vez de andar em ponto morto. Mantive meus olhos na estrada, mas ainda podia ver papai abrir um largo sorriso quando fiz a curva.

Eu não o tinha perdoado por nos abandonar. Isso era uma coisa grande demais para ser perdoada. Mas dirigindo o Shelby pelas ruas do norte de Memphis com meu pai, não pude negar o quão adorável era ter um.

Ele foi embora nas primeiras horas do terceiro dia. Ouvi a porta da sala de costura se abrir. A cabeça de Loba imediatamente deixou o conforto do meu colo, mas então eu a ouvi gemer daquele jeito que fazia apenas para ele.

Senti a beirada da minha cama afundar com o peso dele e fingi dormir enquanto ele sentava ali. Mas foi tudo o que pude fazer para não soluçar quando ele deu um beijo na minha testa, acariciando a cabeça de Loba e fechou a porta, silenciosamente, atrás dele.

Mya mudou a estação de rádio. O Mustang passou da estridente Three 6 Mafia para 101.1, Memphis Smooth Jams. *With all my heart I love you baby*[1] surgiu, tão suave quanto uma pluma.

— Deus, essa mulher sabe cantar. Mamãe não se cansava de ouvir o álbum *Fairy Tales* — falou Mya que começara a cantarolar junto.

— Ela entende — disse, pensando em como eu nunca disse adeus ao meu pai em nenhuma das vezes.

— Entende o quê? — perguntou Mya.

— De corações partidos — respondi.

— E S S A É S U A F I L H A ? — Foi assim que fomos recebidas em Riverbend, três horas depois.

— Não — repliquei.

— É filha *dele*?

---

[1] "Com todo o meu coração eu te amo baby." (N. da T.)

— Não!

— Bem, então, menores não podem entrar sem um pai ou responsável.

O guarda da prisão que comandava o escritório de visitantes tinha um sotaque sulista ligeiramente diferente, um pouco mais tonal, me dizendo que estávamos longe de casa. Ele tinha um bigode escuro e cheio, que contrastava com a careca crescente em sua cabeça. Estava sentado em uma mesa atrás de um vidro à prova de balas e mal ergueu os olhos de sua papelada enquanto falava.

— My, você não vai poder entrar.

A Instituição de Segurança Máxima de Riverbend era um complexo maciço composto por prédios claros de concreto, entre os quais havia a grama verde, e cercado por acres de terra de Nashville, dando a impressão de uma pirâmide que se erguia da terra. A colossal fortaleza podia ser vista da I-40 a 1,5 quilômetro de distância. Carvalhos gigantes ladeavam os dois lados de uma estreita estrada de acesso que levava aos portões da prisão. O centro de visitantes era um prédio separado e fortemente vigiado à esquerda do complexo principal da prisão. Para entrar, Mya e eu passamos por dois conjuntos de detectores de metal antes de chegar a uma caixa com janela que continha o rude guarda da prisão que recusou a entrada de Mya.

Era difícil discutir ou enganar o homem. Mya parecia ter seus 15 anos de idade. Nós duas usávamos nossos uniformes escolares. Se tivéssemos saído de casa com jeans rasgados e tênis *All Star*, mamãe perceberia. Eu podia imaginar a sobrancelha levantada de tia August, o tom de sua pergunta: *"Vocês estão prontas para a escola hoje?"* Não, tivemos que usar nossos uniformes. Mya usava uma polo marrom enfiada em uma saia xadrez plissada, parecendo uma criança muito pequena. Suas meias grossas iam até o joelho. Eu também usava uma camisa polo com o brasão de Douglass bordado sobre meu seio esquerdo. Mas os veteranos podiam usar jeans escuros em vez das saias plissadas e conjuntos de calças, então minha polo estava enfiada em um par de jeans pretos, menos chamativos.

Mya olhou fixamente para o guarda da prisão. Ele a ignorou, circulando algo em sua pilha de papéis.

— Tudo bem — disse ela, depois que ficou claro que ele não seria intimidado pelo olhar de uma menina de 15 anos.

Apertei as chaves do Mustang na palma de sua mão.

— Espere no carro — falei. Não queria que ela ficasse sozinha naquela prisão, ainda que, na verdade, o interior não se parecesse tanto com uma prisão. A área dos visitantes era uma sala longa e retangular com mesas de refeitório no meio e uma área de recreação infantil em uma extremidade. Uma TV foi montada no alto, no meio da sala, e passava a CNN em silêncio, legendas disparando pela tela. Era bastante mundano.

Eram os homens que me preocupavam. Os detentos sentavam nas mesas no centro da sala. Vi homens do tamanho de celeiros vestindo macacões de prisão azul-marinho. Quando ouvi o barulho repetido de suas algemas contra a superfície dura das mesas, percebi, horrorizada, que eles estavam algemados a elas.

— Espere no carro — repeti.

— Ugh, você parece a mamãe falando — zombou Mya.

— Não vá a lugar nenhum.

— Eu não sei como fazer aquele carro funcionar, mesmo que quisesse. Não se preocupe comigo. E você? Você consegue fazer isso? — Mya mordeu o lábio e examinou a sala. Percebi que ela também não queria me deixar naquele lugar sozinha.

— Vou ficar bem.

Ela ficou na ponta dos pés, deu um beijo de despedida na minha bochecha.

— *In bocca al lupo.*

— O que isso quer dizer?

— Quer dizer boa sorte — respondeu Mya.

Pesquisei a frase mais tarde. Pode ser traduzida para "na boca do lobo". Mya sempre teve um *timing* perfeito.

D‌EREK ENVELHECEU NOS SEIS ANOS DESDE SUA PRISÃO. Sua barbicha crescera, transformando-se em uma barba longa, cheia de nós e despenteada. Tatuagens agora cobriam seus braços. Faziam parecer que ele usava mangas extras sob suas roupas de prisão. E embora ele não tivesse mais do que 23 anos de idade, as linhas pesadas sob seus olhos de cervo, tão semelhantes aos da minha mãe, o faziam parecer muito, muito mais velho.

Um anel de metal havia sido fixado no meio da mesa e uma corrente curta levava do anel às algemas de Derek. Suas algemas ressoaram contra a mesa quando ele se moveu. Ele percebeu que o som me assustou e deu de ombros, em sinal de desculpas.

— Não é a melhor casa do mundo, admito — disse ele. Ele estendeu as mãos até onde as correntes permitiam. — Mas o que se pode fazer?

— Não matar pessoas. — respondi friamente.

Ele se recostou na cadeira.

— Você tem razão, prima. — Havia folga suficiente em suas correntes para que enfiasse a mão no bolso da frente de seu macacão de prisão para explorá-lo por um tempo. Eu vi o contorno de seus dedos contra seu peito enquanto ele procurava. Seu corpo relaxou enquanto ele, devagar e com habilidade, pegava um único cigarro do bolso: um Kool.

Ele deve ter ouvido minha respiração aguda.

— Você se importa? — perguntou, levantando o cigarro.

— Não, é só que... você se parece muito com a tia August — retornei.

— Sério?

— Muito.

Guardas estavam posicionados nos quatro cantos da sala, e um vagava pelo centro. Outros prisioneiros sentavam-se com suas famílias, suas esposas. Eu vi um garoto latino alto e magro, não muito mais velho do que eu e com tatuagens até o pescoço, acariciando a mão de uma mulher que devia ser a mãe dele. Ela estava sentada, soluçando, um rosário entrelaçado em seus dedos. Ouvi uma criança gritar "Papai!" e correr até um homem tão grande quanto um outdoor, com dreadlocks que quase tocavam o chão. Um homem branco magro e cheio de varíolas abraçou seu gêmeo idêntico com força até que o guarda que passava, de bastão na mão, separou os irmãos.

Eu me mexi com desconforto no meu assento. Não queria estar lá. Queria ir para casa.

— O que você quer, Derek? My disse que você queria falar comigo.

— Você ainda desenha?

Meu estômago estava começando a doer. Falar com Derek sempre me enojou. O tempo não havia alterado isso.

— Sim — respondi. — Eu ainda desenho. — Era como perguntar se eu ainda respirava.

— Isso é bom. — Derek assentiu. Ele inclinou a cabeça para acender o cigarro, colocou as mãos algemadas em volta do isqueiro e, depois de um momento, lançou a primeira nuvem de fumaça bem acima de sua cabeça. — Importante ter uma paixão.

— Estou indo embora — disse. Peguei minha mochila.

— Não, Joan. Fique. Por favor.

— Por quê? Por você? Você não vale nada. É uma perda de tempo. — Joguei a alça da minha bolsa por cima do ombro, instintivamente procurando minhas chaves no bolso, antes de lembrar que tinha entregado para Mya. — Foda-se isso. Foda-se você, Derek — praguejei.

Quando me levantei para sair, senti uma presença sombria na sala. Outro detento entrara. Ele era enorme. Se os outros homens eram celeiros, ele era um prédio. Parecia que poderia engolir o guarda que o conduzia pela sala com facilidade. Eu era alta tanto para minha idade quanto para uma mulher, mas esse homem fazia a maioria dos outros seres humanos parecerem liliputianos. Sua pele era da cor de cinzas escuras, e ele puxou a barba curta enquanto se pavoneava entre as mesas. Parecia observar os outros internos e suas famílias com uma espécie de diversão irônica, zombando deles enquanto caminhava. Seu andar sugeria um passeio por um parque em vez de um passeio por uma sala cheia de prisioneiros. Como se ele não tivesse nenhuma preocupação no mundo. Como se este fosse seu habitat natural.

Eu chegaria perto de cruzar o caminho dele se saísse naquela hora. Enquanto eu hesitava, ele examinou a sala e seus olhos pousaram em mim. Ele sorriu e um calafrio percorreu minha espinha. Em vez de dentes, ele tinha um *grill* de joias douradas que brilhava.

Afundei lentamente de volta ao meu lugar.

Derek estava de costas para o homem enorme, não o vira. Seus olhos se arregalaram um pouco, surpresos por eu ter tomado meu lugar de novo.

— Ouça... — começou, mas eu o calei.

— Ele está vindo para cá — sussurrei, frenética.

Derek franziu a testa.

— Quem? — perguntou. Ele olhou por cima do ombro para ver para onde eu olhava. E congelou.

O homem enorme estava sendo conduzido em direção à nossa mesa. Quando chegou a poucos metros de nós, caminhou ainda mais devagar. Seu sorriso se aprofundou em verdadeira malevolência.

Eu vi a luz piscando em seus olhos negros como carvão enquanto ele me examinava, analisava meu corpo. Agarrei minha mochila com mais força para impedi-lo de olhar. Mas seu sorriso só cresceu quando me viu retrair.

Derek ficou rígido.

O homem estava em cima de nós agora. Ele parou, pairando sobre Derek. O guarda franziu a testa, puxou suas correntes.

Derek se mexeu para que sua cabeça se afastasse do homem. Mas eu poderia dizer que esse pequeno recuo não adiantaria. Este homem queria que sua presença fosse notada e sabia que seria.

Eu soube instantaneamente, olhando dos olhos baixos de Derek de volta para os olhos negros e brilhantes do homem, que eles se conheciam.

O homem parou de olhar para mim e focou Derek.

O corpo de Derek estava tenso como se estivesse preparado para um impacto terrível.

O homem estendeu a mão — suas correntes fazendo barulho — e acariciou sua barba, esperando que Derek olhasse para ele. Ele fez um som, uma combinação de pigarro e risada.

Eu vi Derek, lentamente, sem vontade, levantar a cabeça para encontrar o olhar inflexível do homem.

Os lábios do homem mudaram de sua perpétua risadinha para um ponto apertado no meio de sua boca. Houve uma forte inalação de ar quando — tanto como forma de desprezo como de dominação, tanto para incitar quanto provocar — ele mandou um beijo para Derek.

O guarda puxou com mais força as correntes do homem.

— Anda logo! — gritou.

O gigante manteve os olhos em Derek por mais um momento, então se permitiu ser desviado, sua risada desaparecendo a cada passo que dava para longe da nossa mesa.

Derek não disse nada por um tempo. As correntes permitiram folga suficiente para ele esfregar uma linha longa e sulcada sobre sua testa. Ele fechou os olhos e não disse o que era tão aparente: que Derek sabia — assim como eu — exatamente como era viver entre demônios. Ter alguém que brincava com ele, contra sua vontade, como uma criança segurando uma lupa sobre uma formiga. Ou uma criança enterrando um pente no fundo de um quintal, debaixo de uma magnólia.

Se eu tivesse o poder de quebrar um homem, eu o tinha quebrado. Nenhuma alma, nem mesmo Derek, merecia esse tipo de condenação. E da minha mão. Eu me senti completamente envergonhada.

Depois do que pareceu uma vida inteira, Derek disse, com os olhos ainda fechados:

— É muito bom você ter vindo, prima. Muito legal.

A VIAGEM DE VOLTA com Mya levou mais tempo do que planejáramos.

Primeiro, quando saí do centro de visitantes, descobri que Mya acabara com a bateria do Shelby ouvindo K97. Quando a ignição não pegava, independente do quão forte eu apertasse a embreagem, cerrei meu punho e bati na buzina do carro em total frustração.

Aquele maldito pente. O que diabos eu tinha feito? Consegui a vingança pela qual esperei toda a minha vida e, no entanto, estava com nojo de mim mesma. Eu tinha feito isso? Criado esse mal? Só o Senhor sabia. E orei para que Ele me perdoasse. Porque não importava o que Derek tivesse feito comigo, com os outros, com Memphis, o trauma daquele preto nunca poderia curar o meu.

Xinguei baixinho e fiz o sinal da cruz. Então, fiz o que tinha que fazer, o que eu sabia que poderia fazer. Abri a porta com um chute, saí, abri o porta-malas, depois o capô, e enfiei meus braços bem fundo nas entranhas daquele carro antigo e o consertei.

Assim que voltamos para a estrada, tempestades esparsas me forçaram a dirigir o Shelby para uma passagem subterrânea e esperar que passasse. Ficamos sentadas por quinze minutos enquanto o granizo e a chuva grossa caía ao nosso redor. A tempestade ficou tão forte que o rádio desligou. A voz de Sinatra se dissolveu em estática. Desliguei o rádio.

O rugido da tempestade era esmagador no silêncio do carro.

Mya lançava olhares de soslaio para mim. Ela mordia o lábio do jeito que mamãe fazia quando estava imersa em pensamentos.

— Você não tinha nascido ainda — falei por fim. — Quando aconteceu. Mamãe estava grávida de você. Papai estava em treinamento em algum lugar, então a mamãe e eu viemos para Memphis para que ela pudesse lhe dar à luz.

Mya trouxe os joelhos até o peito, apoiando a cabeça ali, e seus olhos nunca deixaram os meus enquanto eu contava para ela o que conseguia me lembrar. Olhando para as colchas do chão da sala. Como o carpete pode doer como o inferno quando um corpo se contorce contra ele devido à força da dor. Como eu senti isso em todos os lugares. Em toda parte. Como eletricidade passando pelo meu corpo. Como se eu tivesse sido atingida por um raio. Como eu não sabia se morreria pelo que Derek estava fazendo comigo ou por engasgar com a dor disso. Como ele me segurou. Como ele segurou a palma da mão sobre minha boca para abafar meus gritos.

Quando terminei, apesar de todos os meus esforços, eu estava chorando.

— Estou feliz por não terem me deixado entrar — disse Mya, enxugando uma lágrima perdida que deslizou pelo rosto. — Eu teria sufocado aquele preto.

— Você não entende — falei.

Quando lhe contei tudo o que tinha visto naquela prisão, ela desafivelou nossos cintos de segurança e me abraçou como mamãe teria feito. Ela acariciou meu cabelo e murmurou em meu ouvido que eu não era má. Disse que minha testa era tão grande quanto a Lua, mas eu não era ruim. Afinal, pentes são apenas pentes. Eu não era culpada de forma alguma. Que foi uma boa coisa que eu fiz, concordando em enviar desenhos para Derek enquanto ele definhava naquele inferno. Uma coisa muito nobre.

VOLTAMOS A MEMPHIS no início da noite. Estacionei o Shelby na entrada. Ver a casa na luz azul-clara do crepúsculo, a porta amarela na claridade da noite, os gatos malhados nos degraus, sabendo que lá dentro estava minha família, fez minhas pernas bambearem um pouco. Ao ver aquela porta amarela, nunca fiquei tão feliz por estar em casa. Mya e eu, guerreiras cansadas, afastávamos com delicadeza gatinhos perdidos com as pontas de nossos tênis *All Star* enquanto subíamos lentamente os amplos degraus da varanda.

Sempre fiel, Loba cumprimentou a mim e Mya na porta, seu rabo batendo contra a madeira. Na cozinha, encontramos mamãe perto do fogão, tia August no balcão, ambas de aventais e se preocupando com algo que cheirava delicioso e familiar: uma torta de amora. Uma iguaria. Uma dádiva de Deus. Onde elas encontraram amoras maduras naquele início de primavera, eu não tinha a menor ideia nem energia para perguntar. Mas agradeci a Deus em silêncio por pequenos milagres.

Eu me acomodei no banco. Inclinei minha cabeça para trás contra uma almofada grossa e exalei.

Mya foi brilhante. Inventou uma história sobre ajudar o Sr. Cook depois da escola. De alguma forma, ela fez parecer plausível — nossa chegada tardia, nossas roupas molhadas e desgrenhadas, nosso cabelo solto. A tempestade, sabe como é. Mya cuspiu tudo com indiferença convincente. Como se nunca tivéssemos ido às entranhas do Hades e voltado.

Nunca contamos a ninguém o que fizemos, aonde fomos, o que aprendemos. É melhor que algumas coisas sejam mantidas entre irmãs.

Mya e eu não parecíamos ser as únicas naquela cozinha escondendo alguma coisa. Mamãe e tia August trocavam olhares furtivos como se fosse hora de uma jogada no beisebol e Miller estivesse sinalizando para Zambrano. Rápido, astuto.

— Agora? — perguntou mamãe, uma vez que Mya encerrou sua história.

— Entregue para ela. Deus sabe que você não consegue segurar segredo — respondeu tia August de seu lugar no fogão.

— Entregar o quê? — indaguei.

Vi mamãe enfiar a mão no bolso da frente do avental e tirar um envelope da cor de noz. Ela deu alguns passos em minha direção, então vacilou, tropeçou de leve. Apoiou-se no balcão e cobriu o rosto com o envelope, soluçando dentro dele.

— Mãe? — Comecei a me levantar da cadeira, mas mamãe ergueu um dedo de advertência. Ela sacudiu seus cachos.

— Não, não. Eu consigo fazer isso — disse, se recompondo. Ela enxugou as lágrimas com as costas da mão com rapidez e se levantou. Tão alta quanto sua pequena estrutura permitia. Mas mamãe parecia um gigante para mim naquele momento. Uma deusa. Ela desamassou o avental com a mão e deu dois passos lentos em minha direção. Colocou o envelope na mesa da cozinha de fórmica que eu conhecia tão bem, deslizando-o para mim.

Agarrei-o com a ponta dos dedos e senti o peso do envelope antes de ver a fonte da máquina de escrever na frente, antes de aparecer o rosto pálido da rainha Elizabeth cunhado nos selos britânicos que cobriam a coisa.

Tocando seus cantos, pensei então em tudo o que passara nos oito anos desde que chegáramos a Memphis. A viagem de dezoito horas em uma van quebrada. Os gritos da mamãe e meus a cada vez que eu abria meu caderno de desenho. Derek. Vê-lo outra vez e ficar tão apavorada que acabei por fazer xixi. Lembrei da noite em que Derek foi preso. Tia August, fora de si, resmungando que uma mulher negra nunca saberia o significado de liberdade. E, então, percebi que minha tia poderia estar errada. Porque eu sabia agora. Liberdade. Que Deus fosse minha testemunha, tinha o gosto de uma das tortas de amora quentes da mamãe.

Não precisei abrir o envelope para ver a vitória que estava lá dentro. A glória estava estampada com tanta clareza nos rostos da mamãe, de Mya e da tia August. E então, eu simplesmente sabia.

Talvez eu soubesse o tempo todo. Talvez isso fosse algo que sempre esteve em nós: esse dom. Talvez cada uma de nós o carregasse, sem saber, como uma moeda perdida em um bolso fundo. Minhas mãos provavelmente sabiam o que fazer, as instruções dentro de mim de alguma forma, colocadas lá eras atrás.

Eu devia saber. Minha xará, Joana d'Arc, era uma profeta. Eu devia saber... Não dormi embaixo deles durante anos?

Eu ri tanto com a revelação de tudo que chorei.

Porque ouvi mamãe declarar, sua voz falhando e oscilando com a emoção, mas insistindo, continuando:

— August, agora vá em frente e abra todos os baús. My, abra cada armário. Abram todos eles. Joanie não vai fugir para aquele frio de Londres sem que façamos uma colcha decente para ela.

Agradecimentos

PAPAI. Você se lembra de todos aqueles anos atrás, quando estávamos estacionados em Okinawa? Naquela noite, você decidiu pegar aquele livro preto, grosso e antigo na prateleira e ler um poema para mim e Kristen em vez de uma história? Você se lembra de mim segurando seu pulso, perguntando o que diabos era aquilo? Não podia ser um poema; era uma fala dos Irmãos Grimm. "Sim", você disse. "*Mas os poetas também podem contar histórias.*" Você se lembra de mim perguntando, exigindo que você começasse de novo, repetisse o que tinha acabado de ler? E você o fez. Em uma voz clara e vibrante. "*Era uma vez, em uma noite sombria...*" Então, obrigada, papai. Porque quando eu tinha 4 anos, você me deu um presente que moldaria o resto da minha vida — que os poetas também podem contar histórias. *Oo-rah.*

Mamãe. Sempre que eu me desesperava, prestes a desistir, aceitar um emprego de escritório, passar o resto dos meus dias sem poesia, era você quem me dizia para me calar. "*Eu não quero ouvir falar disso*", você dizia. "*Você tem um dom de Deus. Agradeça a Ele e então comece a trabalhar.*" E nós duas trabalhamos para isso, não mamãe? Não foi você que confiou a segunda edição de *O Grande Gatsby* da nossa família nas minhas mãos de 14 anos? Não foi você que fez eu e Kristen nos sentarmos para assistir *A cor púrpura, Falando de amor*? Não foi você que interpretou Anita Baker nas manhãs de sábado e Mahalia nos domingos? E não foi você que sempre se certificou, por mais pobres que fôssemos, por mais escassa que fosse a refeição na mesa, que eu sempre tivesse um diário de redação novo? Que mãe você é! Que mulher você é!

Kristen, Adam, Breonna, Andre, Turquoise, Winston e Jerell. Como sou abençoada por ter passado minha vida inteira como irmã de vocês. Cada palavra de carinho neste romance foi inspirada em todos os momentos da minha vida com vocês. Direi novamente: todo ser humano nesta Terra precisa de um irmão assim como um marinheiro precisa de uma bússola. Como vocês têm sido minhas Estrelas Guia! Sem vocês, eu ficaria à deriva.

Tias, tios, primos e parentes. Tia Winnie (em seu quimono), tia Rita, tia Joyce (no céu), tia Carlis, tia Gayle, tia Betty Ann, tia Charlene, tia Rosie (no céu) e primas Tia, Larniece, Lamar, Alexis, Erica, Nicole, Xavier, Quinton, Malcolm, Lauryn, Dahlia, Sean, Vincent, Terumah, TJ, Nia e tios Sput, Effrem, Errick, Thomas e Flamingo. Vocês me mostraram o que significa ser uma mulher Stringfellow graciosa e galante. Da próxima vez que nos encontrarmos, vamos tomar uma para o papai e a vovó.

Soumeya. Minha valente protetora, minha campeã mais feroz. Poucas pessoas acreditaram tanto em mim quanto minha agente literária, Soumeya Bendimerad Roberts, da HG Literary. Soumeya, você me deu uma chance quando eu tinha vinte páginas desse romance, um saldo bancário negativo e mais um ano para terminar minha dissertação de mestrado. Assinei com você no mesmo dia em que assinei os papéis do divórcio. Nós lutamos por essa obra com nada além da fé que tínhamos uma na outra. E a bela e implacável fuzileira naval em você nunca vacilou. Você avançou contra aquela colina, me carregou ferida em suas costas, estacou aquela bandeira. Não tenho ideia de como ou por quê. Mas eu sou católica. Então, acho que uma grande parte de mim acredita de todo coração em milagres e, portanto, em anjos. *Grazie mille*, Soumeya.

Katy, em suma, você me deslumbra. Fui abençoada com a mais brilhante das editoras, Katy Nishimoto, que cuidou tanto de mim quanto de minhas palavras. Fico admirada com você e com sua firmeza com esse trabalho de amor. E embora seu trabalho fosse equivalente, a poeta em mim acredita que o destino teve uma mão nisso. Ambos os nossos avós serviram na Segunda Guerra Mundial. O dela, na maioria japonesa do 442º Regimento de Infantaria, a unidade mais condecorada de seu tamanho na história militar. O meu, linchado em seu regresso. Quando terminei o romance, escrevi um bilhete para Katy: *Acho que demos muito orgulho aos nossos avós, nossos ancestrais, Katy. Fizemos uma coisa boa aqui. Uma coisa muito boa.*

A toda a minha família Dial — Donna Cheng, Sabrena Khadija, Jenna Dolan, Robert Siek, Matthew Martin, Debbie Glasserman, Debbie Aroff, Avideh Bashirrad, Michelle Jasmine, Ayelet Durantt, Corina Diez, Maya Millett e Andy Ward —, obrigada por cuidarem tão bem de mim e das minhas palavras. Vocês transformaram todo o processo do livro em um verdadeiro conto de fadas para mim; cada edição era um passo por uma floresta encantada. Whitney Frick, o cuidado, a atenção, o carinho que você tem como líder dessa família poderosa sempre foi tão evidente para mim. Você concedeu uma grande honra a mim, meus parentes e à cidade de Memphis ao publicar estas palavras. Então eu agradeço. Com tudo que há em mim, eu te agradeço.

Professores — Dr. Reginald Gibbons, Dr. Juan Martinez, Dra. Julia Stern, Dr. Barnor Hesse, Dra. Darlene Clark Hine, Dra. Christine Sneed, Dra. Rachel J. Webster, Dra. Simone Muench, Dr. Chris Abani, o poeta emérito Ed Roberson, Dr. Bartram S. Brown e Dr. Haki Madhubuti

— vocês não são professores nem mentores, mas uma família. Sou eternamente grata ao professor Ragy H Ibrahim Mikhaeel e Charlene S. Mitchell por sua tradução árabe de última hora. Devo também incluir uma nota especial de agradecimento à Dra. Tracy Vaughn-Manley, que me ensinou muitas coisas na Northwestern University, mas acredito que a mais duradoura de todas foi como fazer colchas.

. Wildcats, como lobo, estaria perdida sem minha matilha. Michael D. Collins Jr., Naliaka M. Wakhisi, Uchenna T. Moka-Solana e Wole D. Solana, Ama M. Appenteng-Milam e Jonathan D. Milam, Dr. Jason A. Okonofua, Mónica Guevara Del Bosque, Camille E. Trummer e Daniel Yeguezou, C. Russel Price, Pauline R. Eckholt, Lisa E. Weiss, Christopher J. Williams, Pascale J. Bishop, Caroline E. Fourmy e Dr. Kiran Kilaru — fizemos fogo naquele frio de Chicago, não foi? Com nada além do amor um do outro, criamos uma faísca naquela escuridão. Assisti explodir sobre o lago Michigan.

Colegas de faculdade de direito Johanna Ojo Tran, Mary K. Volk, Jennifer Rexroat Lavin e Laura B. Homan. Vocês me ensinaram que a irmandade vem em muitas cores, nos lugares mais inesperados.

Brooke A. Fearnley e Elizabeth M. Sampson. Oh, mulheres, vocês acenderam um fogo em uma lareira em meu coração que tenho certeza que nunca se apagará. Simplificando, somos irmãs. Fiquem fora da floresta. Amem seus homens. Continuem sexy e não sejam assassinadas. Não deixem de me ligar.

O cabelo é parte integrante desse romance tanto quanto a música. Portanto, devo agradecer minhas cabeleireiras ao longo da vida por simplesmente fazerem me sentir bonita. Durante toda a minha vida. Sra. Vivian Hunt de Harvey, Illinois, e Sra. Adrienne Hughes e Sra. Angela Caster de Memphis, Tennessee, agradeço e amo vocês.

Todas as flores para as seguintes artistas femininas que me mantiveram feliz, que me lembraram do orgulho que vem com a negritude, que me mantiveram escrevendo: CHIKA, Ashian, Latto, Nicki Minaj, Megan Thee Stallion, Cardi B, Ella Mai, Corinne Bailey Rae, SZA, Lizzo, Noname, Mara Hruby, Chloe x Halle, Mary J. Blige, Marlena Shaw, Roberta Flack, Monica, Lady Leshurr, Rico Nasty, Alice Smith, Big Bottle Wyanna, Beyoncé e, claro, Srta. Anita Baker.

Eu também gostaria de agradecer a alguns atores. O cinema, mais do que tudo, me inspirou durante a escrita deste romance. Algumas performances nos últimos anos simplesmente me deixaram sem fala. E eu me baseei no páthos dessas performances deslumbrantes para dar vida aos meus próprios personagens. Eu nunca conheci essas mulheres, mas me sinto como se estivesse em dívida. Eu poderia escrever 1 milhão de poemas para Niecy Nash, Janet Hubert, Dominique Fishback, Viola Davis, Aunjanue Ellis, Karen Aldridge, Taraji P. Henson, Lupita Nyong'o, Radha Blank, Shakira Ja'nai Paye, Bria Samoné Henderson, Wunmi Mosaku, Cynthia Erivo, Regina King, Whoopi Goldberg, Jada Harris, Angela Bassett, Natasha Rothwell, Kayla Nicole Jones e, mais uma vez, Mary J. Blige.

É difícil, para mim, escrever o quão extraordinário pode ser para uma mulher negra sentar sozinha com seus pensamentos em público, sem ser abordada ou importunada, ou sem que a mandem voltar para a África, ou pagar a conta adiantado, ou sem dizerem que ela parece exótica, ou para sorrir mais, ou para falar mais baixo, ou comer mais rápido, ou sair rápido para que o homem branco no bar possa se sentar. Então, gostaria de agradecer aos seguintes restaurantes, em todo o mundo, que me trataram com alguma dignidade enquanto escrevi este livro. Eu gostaria que mais estabelecimentos norte-americanos estivessem nesta lista, mas, infelizmente, meu país tem um longo caminho a percorrer para aprender a tratar mulheres negras um pouco melhor do que cães. *Grazie mille ai questi ristoranti*:

Chef Bahía — Matanzas, Cuba

Ranchón El Valle — Monserrate, Cuba

Calypso Relax — Bocale, Itália

Casa del Popolo — Fiesole, Itália

Terrazza 45 — Fiesole, Itália

Vinandro (Vino e Desco Molle) — Fiesole, Itália

The Bourgeois Pig — Chicago, IL

Schwa — Chicago, IL

Steadfast (no Gray Hotel) — Chicago, IL

La Canasta — Alhaurín de la Torre, Espanha

Restaurante Casa Sardina — Alhaurín el Grande, Espanha

La Bodeguita — Alhaurín el Grande, Espanha

El Tapeo del Soho — Malaga, Espanha

Billy's Seafood — Kill Devil Hills, NC

The SaltBox Café — Kill Devil Hills, NC

The LINE Hotel — Los Angeles e Washington, DC

Bidwell Restaurant — Washington, DC

Cozy Corner — Memphis, TN

Local on the Square — Memphis, TN

Porch and Parlor — Memphis, TN

Por fim, tenho certeza de que escrevi cada palavra disso, que coloquei cada sinal de pontuação na página, para meus filhos, para meus alunos de inglês do décimo ano da White Station High School em Memphis, Tennessee, e KIPP DC College Preparatory em Washington, DC. Leiam, meus amores. Leiam. Leiam. Leiam.

E escrevam.

—A AUTORA

Sobre a autora

Poeta, ex-advogada, graduada em MFA da Northwestern University e semifinalista de uma bolsa Fulbright, Tara M. Stringfellow escreveu para *Collective Unrest, Minerva Rising, Jet Fuel Review, WomenArts Quarterly Journal* e *Apogee Journal*, entre outras publicações. Depois de ter morado em Okinawa, Gana, Chicago, Cuba, Espanha, Itália e Washington, DC, ela voltou para casa em Memphis, onde senta no balanço da varanda todas as noites, com seu cão Huckleberry, ouvindo discos e conversando com vizinhos.

tarastringfellow.com
Instagram: @tarastringfellow

CONHEÇA OUTROS LIVROS

ELEITO UM DOS MELHORES LIVROS DO ANO PELO WASHINGTON POST

Vencedor do *World Fantasy Awards*

Finalista do Prêmio *Pulitzer*

Kelly Link conquistou seguidores fervorosos por sua capacidade de, a cada novo conto, levar os leitores de maneira profunda a um inesquecível universo ficcional. Por mais fantásticas que essas histórias possam ser, elas são sempre fundamentadas por um humor astuto e uma generosidade inata de sentimento pela fragilidade — e pelas forças ocultas — dos seres humanos.

NAVEGUE NESTA MAGISTRAL COLEÇÃO DE CONTOS

Contados nas vozes íntimas de personagens únicos e cativantes de todas as idades, os contos de *Cinco terças de inverno* exploram desejo e mágoa, perda e descoberta, momentos de angústia e de sensibilidade.

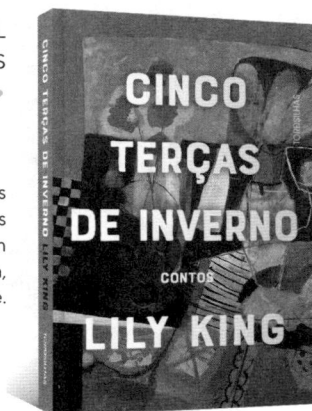

Autora best-seller do *New York Times*

Literatura feminina contemporânea

Todas as imagens são meramente ilustrativas.

Este livro foi impresso nas oficinas gráficas da Editora Vozes Ltda.,
Rua Frei Luís, 100 – Petrópolis, RJ.